구 형 의 황 야

상

마쓰모토
세이초
장편
미스터리

옮긴이 김소연

경북 안동에서 태어났다. 한국외국어대학에서 프랑스어를 전공하고, 현재 출판 기획자 겸 번역자로 활동하고 있다. 옮긴 책으로 『우부메의 여름』, 『망량의 상자』, 『웃는이에몬』, 『엿보는 고헤이지』 등의 교고쿠 나쓰히코 작품들과 『음양사』, 『샤바케』, 『집지기가 들려주는 기이한 이야기』, 미야베 미유키의 『마술은 속삭인다』, 『외딴집』, 『혼조 후카가와의 기이한 이야기』, 『괴이』, 『흔들리는 바위』, 『흑백』, 『안주』, 『그림자밟기』, 『미야베 미유키 에도 산책』, 덴도 아라타의 『영원의 아이』, 마쓰모토 세이초의『짐승의 길』 등이 있으며 독특한 색깔의 일본 문학을 꾸준히 소개, 번역할 계획이다.

KYUKEI NO ARANO
by MATSUMOTO Seicho
Copyright© 1962 by MATSUMOTO Yoichi
All rights reserved.
First original Japanese edition published by Bungeishunju Ltd., Japan 1962
Korean translation rights in Korea reserved by Booksphere Publishing House
under the license granted by MATSUMOTO Yoichi, Japan
arranged with Bungeishunju Ltd., Japan
through Shinwon Agency Co., Korea.
Korean translation copyrights© 2014 by Booksphere Publishing House

이 책의 한국어판 저작권은 Bungeishunju Ltd.와 신원 에이전시를 통해
MATSUMOTO Yoichi와의 독점계약으로 도서출판 북스피어에 있습니다.
저작권법에 의해 한국 내에서 보호를 받는 저작물이므로 무단전재와 무단복제를 금합니다.

이 도서의 국립중앙도서관 출판시도서목록(CIP)은 e-CIP홈페이지(http://www.nl.go.kr/ecip)
와 국가자료공동목록시스템(http://www.nl.go.kr/kolisnet)에서 이용하실 수 있습니다.
(CIP제어번호: CIP2014020212)

초이스월드
세월이드

구형황의
형의상
황야

마쓰모토 세이초 장편 미스터리

球形の荒野

물론 세쓰코가 아는 이름은 아니다. 거기에 눈을 멈춘 것은 모르는 사람의 이름인데도 어디에선가 그 글씨를 만난 것 같은 기분이 들었기 때문이다. 어디에선가─.

김소연 옮김

북스토리

松本清張
球形の荒野

† **일러두기**
  본문의 모든 주는 옮긴이 주입니다.

1

아시무라 세쓰코는 니시노쿄에 도착하자 전철에서 내렸다.

이곳에 오는 것도 오랜만이다. 플랫폼에서 보이는 야쿠시지藥師寺의 삼층탑도 그립다. 탑 아래의 소나무 숲에 부드러운 가을 햇빛이 떨어지고 있다. 플랫폼을 나서면 야쿠시지까지는 외길이다. 길 옆에 골동품 가게와 찻집을 겸하는 듯한 가게가 있고, 진열장 안에는 오래된 기와 같은 것이 진열되어 있다. 세쓰코가 팔 년 전에 보았을 때와 똑같다. 모든 물건이 어제 진열했던 위치에 그대로 놓여 있는 것 같은 가게였다.

하늘은 흐리고, 쌀쌀한 바람이 불고 있었다. 세쓰코는 기분이 살짝 들떠 있다. 이 길을 지나는 것도 꽤 오랜만이고, 지금부터 갈 절의 문을 보는 것도 꽤 오랜만이었다.

교토까지는 남편 료이치와 함께 왔다. 료이치는 학회에 나가기 때문에 그날 하루는 학회 일에 붙들려 있어야 한다. 둘이 함께하는 여행도 몇 년 만이다. 그녀는 남편이 학회에 참석하는 동안 나라를 돌아다녀야겠다고, 도쿄에서 출발할 때부터 생각했다.

세쓰코는 야쿠시지의 문으로 들어서서 삼층탑 밑에 섰다. 그녀의 기억으로 요전에 왔을 때 이 탑은 해체되는 중이었다. 그때는 유감스러웠지만 지금은 당당하게 전용率勇을 드러내고 있다. 언제나 그렇듯 오늘도 구경꾼의 모습이 없었다. 보통 나라를 찾아오는 관광객은 대개 여기까지 발길을 옮기지 않는다.

금당의 조각을 다 보고 나서 밖으로 나오자 점심때가 지났다. 그 후의 사정상 시간 여유가 없어서, 그녀는 일찌감치 야쿠시지를 나왔다.

야쿠시지에서 도쇼다이지唐招提寺로 나가는 길은 그녀가 가장 좋아하는 길 중 하나다. 팔 년 전에 왔을 때는 늦은 봄이라, 양쪽의 쓰이지築地기둥을 세우고 판자를 대어 그것을 심으로 삼고, 양쪽에 진흙을 발라 굳힌 다음 그 위에 기와를 인 담 담장 위로 하얀 목련이 피어 있었다. 길옆에 있는 농가의 세모난 지붕 집에 밝은 해가 비쳐 하얀 벽이 따뜻한 색으로 도드라져 보였다. 하지만 오늘은 날씨가 살짝 흐려서 그 벽의 색깔이 어둡게 가라앉아 있다.

길에는 여전히 다니는 사람이 없다. 무너진 흙담 위에는 담쟁이 덩굴이 자라 있다. 흙이 떨어진 담장의 상태도, 장식품처럼 늘 변하지 않는다. 농가 마당에서 벼를 훑고 있던 처녀가 세쓰코가 지나가는 것을 지켜보았다.

도쇼다이지에 도착해 보니 어느새 문이 깨끗해져 있다.

전에 왔을 때는 이 문도 꽤 망그러져 있었다. 기둥 아래가 거의 썩었고, 이끼가 낀 오래된 기와를 인 지붕이 불안정하게 기울어 있었다. 그러나 그때는 문 옆에 산벚나무 꽃이 피어 있어서, 붉은색이 엷게 남아 있는 문기둥 상부와 잘 어울려 기묘하게 '고대의 색깔'을 느끼게 했다.

금당까지는 긴 길을 걸어가야 한다. 양쪽으로 나무가 많은 곳이었다. 접수처인 작은 건물도 세쓰코가 팔 년 전에 왔을 때와 똑같다. 지나가면서 들여다보니 그림엽서며 부적 따위를 파는 노인이 있다.

세쓰코는 우선 금당을 바라보았다. 커다란 망새를 얹은 커다란 지붕 밑에는 기둥 여덟 개가 늘어서 있다. 언제 와도 이 둥근 기둥의 모양은 아름답다. 호류지法隆寺가 생각나는 봉긋한 기둥인데, 그리스의 건물에 있는 것 같은 형태다.

세쓰코는 처마가 깊은 금당 옆을 걸어 뒤쪽으로 돌아갔다.

고루도 강당도 그때 이후로 수리를 했는지, 붉은색이 새로웠다. 이 위치에서 보는 도쇼다이지의 배치만큼 아름다운 풍경은 없다. 왠지 아악雅樂의 가락을 듣고 있는 것 같은 느낌이었다.

세쓰코는 한동안 거기에 서 있었다. 구경하러 오는 사람 하나 없다.

구름이 약간 걷히고, 엷은 햇빛이 새어 들었다. 여덟 개의 배흘림기둥은 그림자를 드리우며 일렬로 멋진 입체를 만들었다. 처마가 깊기 때문에 햇빛이 도중에 가려져 상부의 처마 부근은 아무래도 어둡다. 푸른 살창과 하얀 벽이 안쪽으로 깊이 가라앉고 붉은 원기둥만이 밝게 보인다. 세쓰코는 한동안 넋을 잃고 바라보았다.

세쓰코에게 오래된 절의 아름다움을 가르쳐 준 사람은, 지금은 돌아가신 외삼촌이다. 어머니의 남동생으로 외교관이었다. 이름은 노가미 겐이치로라고 하는데 전쟁중에 유럽에 있는 중립국 공사관에서 일등서기관으로 일했지만 전쟁이 끝나기 전에 임지에서 병을 얻어 죽었다.

세쓰코는 어머니가 한탄하며, 그렇게 몸이 튼튼하던 사람이, 라고 했던 말을 기억한다. 당시에 그녀는 스물두 살로 지금의 남편과 결혼한 지 이 년째였는데 외삼촌을 생각하면 어머니의 그 말이 함께 귀에 되살아났다.

그만큼 외삼촌은 체격이 좋았다. 중학교 때부터 대학 때까지 유도를 했다. 3단이었다. 외삼촌이 일본을 떠났을 때는 전쟁이 격화되고 있었다. 어머니와 세쓰코는 등화관제 때문에 어둑어둑해진 도쿄 역에 외삼촌을 전송하러 갔었다. 그때 유럽으로 가는 길은 시베리아를 경유하는 것밖에 없었다.

일본은 미국 기동부대의 공격을 받고 있었고 유럽에서도 독일과 이탈리아가 패퇴를 계속하고 있었다. 그래도 임지가 중립국이니 무사히 도착하기만 하면 안전할 거라 여겼는데, 외삼촌은 생각도 못했던 병마에 쓰러졌다.

일본과 독일, 이탈리아의 패색이 짙어지던 시기라, 외삼촌은 중립국에 주재하면서 어려운 외교 임무를 맡아 과로하는 바람에 가슴에 병을 얻어 죽었다. 당시 외삼촌의 죽음을 알린 일본의 신문에도 '중립국에 있으면서 복잡한 유럽 정국 아래에서 일본의 전시외교를 추진하느라 진력하던 끝에 그 직무에 쓰러진 것이다'라는 기사가 나서, 세쓰코는 아직도 기억하고 있다.

외삼촌은 학생 시절부터 종종 나라의 고사古寺나 야마토지大和路야마

토 지방의 길. 또는 야마토 지방으로 통하는 길. 야마토는 현재의 나라 현을 가리키는 옛 지명이다를 걷곤 했

는데 외무성에 들어가고 나서도 빠뜨리지 않았다. 특히 영사관보

가 되어 텐진을 시작으로 유럽 각지에서 근무하게 되고 나서는 일

본으로 돌아오면 우선 제일 먼저 야마토지를 걸었다.

세쓰코가 외삼촌을 따라서 간사이 지방에 가 본 적은 없었다.

"세쓰코, 언젠가 데려가 주마. 외삼촌이 자세히 설명해 줄게."

외삼촌은 이전부터 그렇게 말했지만 결국 그 기회를 잃고 말았

다.

해외 근무를 하게 되면 외삼촌은 근무지에서 아름다운 그림엽서

를 세쓰코에게 보내 주었다. 하지만 외국 풍경의 아름다움에 대해

서는 한 줄도 쓰지 않았고, '나라에 있는 절에 가 보았니? 아스카의

절에도 꼭 가 보렴. 외삼촌도 가까이 있다면 휴가를 내서 갈 텐데

말이다'라고 적혀 있었다. 외삼촌은 외국에 있는 만큼 더욱 일본의

오래된 절을 동경했던 모양이다.

세쓰코는 그 후 돌아가신 외삼촌의 영향으로 오래된 절에 흥미

를 갖게 되었다.

금당을 다 보고 나서 세쓰코는 출구로 걸어갔다.

그녀는 부적과 그림엽서 등을 파는 접수처에 들렀다. 도쿄에 사

갈 선물을 골라 사촌 구미코에게 가져다주고 싶었다. 구미코의 아

버지에 대한 추억 때문이다. 거기에는 그림엽서와 함께, 벽에 거는

작은 도자기 접시가 놓여 있었다. '도쇼다이지唐招提寺'라는 네 글자가 배열되어 있어 이 절에 왔다는 기념이 될 것 같았다. 세쓰코는 그 접시를 달라고 했다.

노인이 물건을 포장하는 사이에 세쓰코는 문득 거기에 놓인 방명록을 발견했다. 전통 종이를 철해서 만든 두꺼운 것이었다. 마침 펼쳐져 있었기 때문에 별 생각 없이 바라보았다. 잡지 같은 데서 본 유명한 미술평론가나 대학교수 등의 서명이 있었다. 역시 일반 관광객이 오지 않는 대신 이런 사람들이 들르는 모양이다.

노인은 접시를 싸느라 애를 먹고 있었다. 세쓰코는 방명록의 한 장 앞을 넘겨 보았다. 한 면 가득 이름이 기장되어 있다. 여러 이름들이 글씨의 버릇을 나타내고 있다. 요즘은 붓글씨라면 누구나 쓰기 어려워하는지, 달필도 있지만 몹시 서툰 글씨도 많았다.

그러다가 그중 한 이름에 시선이 멈추었다. '다나카 고이치'라는 이름이다. 물론 세쓰코가 아는 이름은 아니다. 거기에 눈을 멈춘 것은 모르는 사람의 이름인데도 어디에선가 그 글씨를 만난 것 같은 기분이 들었기 때문이다. 어디에선가—.

"고맙습니다."

노인은 겨우 꾸러미를 끈으로 묶어 내밀었다. 세쓰코가 방명록의 이름을 들여다보고 있으니 노인은, "부인께서도 기장을 해 주시겠습니까?" 하고 권했다.

모처럼 도쇼다이지에 왔고 하니 세쓰코도 붓을 빌릴까 싶은 마음이 들었다. 자신의 이름을 다 적고 다시 한 번 앞장을 넘겨 보았다. 아무래도 신경이 쓰인다. 이름이 아니라 그 글씨의 버릇에.

왠지 모르게 돌아가신 외삼촌의 필적과 비슷했다.

외삼촌은 젊었을 때부터 글씨를 잘 쓰는 편이었다. 지금 이 붓글씨를 보고 생각났는데, 오른쪽으로 약간 올라가는 버릇도 그렇고 '一' 하고 옆으로 빼 쓴 붓의 마무리도 그렇고, 외삼촌의 필체와 매우 비슷했다. 즉 외삼촌의 이름인 겐이치로顯一郎의 이치一와, 이 다나카 고이치幸一의 이치一를 쓸 때 붓 사용법이 같았던 것이다. 외삼촌은 젊었을 때부터 북송北宋의 서예가 미불米芾을 본보기로 삼아 글씨를 배웠다.

세쓰코는, 자신이 이 절에 와서 돌아가신 외삼촌 생각을 너무 많이 한 나머지 그런 착각을 일으킨 것인가 하고 생각했다. 세상에는 비슷한 글씨를 쓰는 사람이 꽤 많지만, 우연히 외삼촌이 좋아했던 도쇼다이지에 와서 외삼촌과 매우 비슷한 글씨를 발견한 것은 역시 그녀에게 기쁜 일이었다.

세쓰코는 그리운 마음이 들어 만약을 위해 노인에게 물어보았다.

"이분도 멀리서 오셨나요?"

노인은 흥미 없다는 듯이 다나카 고이치의 이름을 들여다보고는, "글쎄요, 모르겠군요" 하고 대답했다.

"이 페이지에 이름을 쓴 분들은 언제쯤 오셨나요?"

세쓰코는 또 물었다.

"글쎄요."

노인은 눈을 슴벅거리며 서명의 순서를 보다가 답했다.

"열흘쯤 전인 것 같네요."

열흘 전이라면 노인이 아직 방명록의 참배자를 기억하고 있을지도 모른다. 여기에는 관광객도 별로 오지 않으니 바쁘지 않을 것이다.

그러나 노인에게 물어보니 "아뇨, 참배하시는 분들이 꽤 있어서 일일이 어떤 분인지 기억하지는 못합니다" 하고 더듬더듬 대답했다.

세쓰코는 포기하고 그곳을 떠나 원래 왔던 길을 되돌아갔다. 하지만 왠지 오늘은 외삼촌이 생각나서 견딜 수 없었다. 오래된 절의 아름다움에 눈을 뜨게 해 준 이가 외삼촌이었던 만큼 이 절에 와서 그런 생각이 나는 것은 당연했다. 하지만 돌아가신 분이 생각나는 까닭은 어쩌면 가을의 절을 보았기 때문인지도 모른다.

세쓰코는 남편과 오늘 밤 나라에 있는 숙소에서 만나기로 약속했다. 남편은 교토에서 학회를 마치면 여덟시에 나라에 도착한다고 말했다. 구름 낀 날씨 탓에 시간이 늦은 듯했지만, 막 두시가 지난 참이었다.

세쓰코는 다시 니시노쿄 역으로 돌아갔다. 나라로 곧장 돌아가려고 했지만 왠지 주저하게 되었다. 처음에는 여러 가지 계획을 짜 두었다. 예를 들면 아키시노데라秋篠寺에서 홋케지法華寺로 이어지는 사호지佐保路 길 주위도 걸어 보고 싶었다. 그런데 갑자기 마음이 내키지 않았다. 다나카 고이치라는 사람이 아직 마음에 걸렸다. 물론 모르는 사람이다. 하지만 그 사람이 남긴 글씨가 묘하게 머릿속에서 사라지지 않았다.

세쓰코가 플랫폼에 서 있자, 상행 전철이 왔다. 당연히 처음 예정으로는 이 전철을 타야 했지만 마음의 망설임 때문에 그냥 보냈다.

그때 세쓰코는 결심했다. 그녀는 반대쪽 플랫폼으로 다시 건너가 원래 타고 왔던 하행 전철을 탔다.

전철 창문 너머의 평야는 가을 풍경을 보이고 있었다. 구릉을 배경으로 홋키지法起寺의 수수한 삼층탑이 보이다가, 이윽고 호류지의 오층탑이 선명한 색깔로 소나무 숲 속에 나타나기 시작했다.

세쓰코는 가시하라진구마에 역에서 내렸다.

택시가 달리는 길은 쓸쓸했다.

양쪽이 넓은 평야고, 농가가 부락을 이루며 흩어져 있을 뿐이다. 오카데라岡寺를 지나 다치바나데라橘寺의 하얀 담이 정면에 보였다. 세쓰코는 기사에게 기다려 달라고 말하고 절의 높은 돌계단을 올라갔다.

다치바나데라는 작은 절이다. 그녀는 이 절의 이름을 좋아한다. 세쓰코는 본당 옆에 있는 접수창구로 갔다. 그곳에서도 부적이며 그림엽서를 팔고 있다.

세쓰코는 거기에서 그림엽서를 사고 주위를 둘러보았지만 방명록은 없었다.

"죄송한데요."

그녀는 큰맘 먹고 말했다.

"방명록이 있으면 이름을 좀 쓰고 싶은데요."

법서法書를 옮겨 쓰고 있던 접수 담당 스님은 세쓰코를 올려다보더니 자신의 책상 옆에서 말없이 방명록을 집어 내밀었다.

세쓰코는 서둘러 마지막 부분부터 살폈다. 그러나 '다나카 고이치'의 이름은 눈에 띄지 않았다. 그녀는 자신의 이름을 쓰고, 만약을 위해 앞장을 넘겨 보았다. 하지만 역시 몇 번을 보아도 '다나카 고이치'라는 이름은 없었다.

"고맙습니다."

세쓰코는 방명록을 돌려주었다.

돌계단을 내려가 대기시켜 두었던 택시를 탔다.

"어디로 모실까요?"

기사는 세쓰코를 돌아보며 물었다.

"안고인安居院으로 가 주세요."

기사는 다시 차를 몰았다. 길은 역시 벼를 베어낸 논 속으로 나 있다. 아까 다치바나데라에서 보았던 숲이 가까이 다가왔다. 세쓰코는 안고인이라고 적혀 있는 문 앞에서 내렸다. 여기에서도 기사에게 기다려 달라고 부탁했다.

안고인의 문을 들어서자 그 옆으로 금당이 보인다. 초석인 듯한 커다란 돌이 정원에 있다.

금당의 본존은 도리止利 불사佛師구라쓰쿠리노 도리. 생몰년도 미상. 아스카 시대의 불사로 백제에서 귀화한 사람이라는 설도 있다가 만들었다는 아스카 대불大佛이다. 미술사 같은 종류의 사진에 많이 나오는 유명한 불상이지만, 지금의 세쓰코는 '고졸古拙한 미소'를 띤 본존을 서둘러 참배할 마음은 없었다. 여기에서도 우선 방명록을 보여 달라고 하고 싶었다.

절의 접수창구에는 아무도 없었다. 그러고 보니 여기는 나라에 있는 다른 절들에 비하면 몹시 적적하다. 세쓰코의 모습을 보았는지, 절의 부엌 쪽에서 쉰 살 정도의 스님이 하얀 기모노를 입고 나왔다.

"참배하러 오셨습니까?"

스님이 고개를 쭉 빼며 말했다.

평소의 세쓰코였다면 본존을 참배했겠지만 지금은 다른 것이 신경 쓰였다. 그녀는 부적과 그림엽서만 샀다. 여기에서는 보여 달라고 할 것까지도 없이, 방명록이 창구에 놓여 있었다.

"저어."

세쓰코는 스님에게 말했다.

"도쿄에서 일부러 온 거라 방명록에 이름을 좀 쓰고 싶은데요."

스님은 세쓰코의 얼굴을 향해 웃음을 지으며 권했다.

"써 주시지요, 써 주시지요."

직접 벼루의 먹까지 갈아 준다.

세쓰코는 방명록을 폈다. 스님이 먹을 가는 사이에 살펴보았지만 마지막 장에는 이름이 셋밖에 없었다. 앞장을 넘겼다. 거기에도 인연 없는 타인의 이름이 줄지어 있었다. 그러나 한 장 더 넘겼을 때 저도 모르게 소리를 지를 뻔했다.

눈에 익은 '다나카 고이치'가 있었다. 서체도 도쇼다이지에서 보았을 때와 판에 박은 듯 똑같다. 세쓰코는 먹을 갈아 준 스님에게 물었다.

"좀 여쭤 볼 것이 있는데요."

다나카 고이치의 이름을 손가락으로 짚었다.

"이분은 언제 참배를 오셨나요?"

자신이 아는 사람에 대해서 묻는 것 같은 말투였다.

스님은 몸을 굽혀 이름을 들여다보았다.

"글쎄요."

고개를 갸웃거리더니, "모르겠네요. 이 절도 참배를 오시는 분이 많아서요" 하고 생각에 잠겨 말했다.

"언제였을까요. 그쯤에 적혀 있다면 일주일이나 열흘 전이겠네요."

세쓰코는 그 말을 듣고 스님의 얼굴을 바라보았다.

"스님께서는 이분이 기억나시는지요?"

스님은 또 고개를 갸웃거렸다.

"어떤 분이었는지 기억나지 않는군요. 아시는 분인지요?"

"그렇습니다."

그녀는 저도 모르게 말해 버렸다.

"이걸 보고, 오랫동안 만나지 못했던 분이 생각났어요. 그래서 여쭈어 보는 건데요."

"글쎄요."

스님은 얼굴을 찌푸리며 생각에 잠겼다.

"아무래도 제 기억에는 없는 것 같네요. 아내도 있으니 좀 물어 보겠습니다."

친절한 주지스님은 일부러 아내한테 물어보러 가 주었다.

스님은 아내와 함께 돌아왔다. 이야기를 들었는지 부인은 세쓰코에게 목례하고, 방명록에 있는 다나카 고이치의 이름을 보았다.

"흐음, 저도 잘 모르겠네요."

스님의 아내도 남편과 마찬가지로 고개를 갸웃거렸다.

세쓰코는 다시 한 번 방명록의 글씨로 눈을 돌렸다. 아무래도 외삼촌의 글씨와 매우 비슷했다.

세쓰코는 외삼촌에게 받은 글을 몇 장 가지고 있다. 어릴 때였기 때문에 그리 어려운 한시漢詩는 아니었다. 외삼촌은 취미로 붉은 양탄자 같은 것을 깔고 서예용 종이를 늘어놓고는, 외숙모에게 먹을 갈게 하여 큰 붓으로 한자를 쓰곤 했다. 지금 여기에 외삼촌의 글을 가지고 있다면 '다나카 고이치'의 필적과 비교해 보고 싶을 정도였다.

세쓰코가 나라로 돌아온 것은 저녁때였다. 거리에 밝은 불이 켜져 있었다. 역 앞에서 택시를 탔다. 해 질 녘의 공원 길에는 인파가 줄어들고 있었다. 고후쿠지興福寺의 탑에, 밑에서 조명이 예쁘게 비추어지고 있는 것이 보였다.

숙소는 남편과 상의해서 도부히노 부근에 잡아 두었다. 세쓰코가 숙소에 도착하니, 남편 료이치는 먼저 도착해서 이미 목욕까지 마친 후였다.

"미안해요. 늦었어요."

세쓰코가 사과했을 때 남편은 요즘 살찌기 시작한 몸을 단젠방한용으로 두툼하게 솜을 둔 기모노의 겉옷으로 감싸고 몸을 웅크린 채 신문을 읽고 있었다.

"당신, 목욕은 어떻게 할 거요?"

남편은 세쓰코를 보고는 말했다.

"나중에 할게요."

"그럼 얼른 밥부터 먹읍시다. 배가 고파."

남편은 어린애처럼 배를 두드렸다.

세쓰코는 곧 종업원에게 저녁 식사를 부탁했다.

"여보, 교토 학회는 비교적 빨리 끝났나 봐요?"

세쓰코는 남편에게 말했다.

"아아, 빨리 끝났소. 나중에 친한 사람들끼리 친목회를 했지만, 나는 술도 못 마시고 게다가 당신이 여기서 기다리고 있을 테니 그쪽은 일단락 짓고 왔지."

세쓰코는 늦은 것이 더욱 미안해졌다.

"정말 미안해요. 어떡해."

"괜찮소. 그것보다."

료이치는 씩 웃으며 세쓰코의 얼굴을 보더니 말했다.

"당신의 고사 순례 이야기라도 해 보지그래."

남편은 세쓰코의 취미를 놀렸다.

식사가 왔다.

술을 못 마시는 료이치는 식사 시중을 들어줄 필요가 없는 사람이었다. 그는 얼른 밥을 먹으면서 접시 위의 요리를 닥치는 대로 해치우기 시작했다.

"어머나, 배가 많이 고팠나 보네!"

세쓰코는 남편의 모습을 보며 미소를 지었다.

"아아, 오늘은 학회 때문에 진을 뺐고, 교토에서 여기까지 한 시간 동안 전철을 타고 오면서도 쫄쫄 굶었거든."

남편 료이치는 T대의 병리학 조교수였다.

"그런데 당신의 고사 순례는 예정대로 끝났소?"

"네."

세쓰코는 저도 모르게 애매하게 대답했다. 남편에게 이야기해둔 예정과는 달랐다.

"사호지 부근은 어땠소?"

남편은 물었다. 하기야 그 질문에는 약간 이유가 있다. 료이치는 '사호지'라는 이름을 마음에 들어 했다. 어감도 좋아하지만 '그분이 바라보시던 사호지 길의 푸른 버드나무를, 꺾은 가지라도 볼 수 있으면 좋으련만'이라는, 『만요슈万葉集』에 나오는 〈오토모노 사카노우에노 이라쓰메大伴坂上郎女〉의 시를 자랑스럽게 외우고 있었다. 료이치는 젊었을 때 그런 책을 자주 읽곤 했다.

"그쪽으로는 가지 않았어요."

세쓰코가 말하자 남편은 "왜?" 하며 세쓰코를 보았다.

"그 부근은 당신이 기대하고 있었던 곳 아니오?"

"맞아요. 하지만 그쪽에는 가지 않고 다치바나데라와 안고인을 돌고 왔어요."

"묘한 방향으로 갔군."

남편은 말했다.

"왜 그랬소?"

세쓰코는 생각 끝에 이유를 이야기하기로 했다.

"도쇼다이지에 갔을 때, 외삼촌의 글씨와 매우 닮은 필적을 방명록에서 보았거든요. 혹시 다른 절의 방명록에도 그게 있지 않을까 싶었어요."

"외숙부님?"

남편은 눈을 들었다.

료이치는 세쓰코와 약혼했을 때 노가미 겐이치로를 만나서 알고 있다. 결혼한 후에도 몇 번인가 그의 집을 방문해서 처외삼촌의 이야기를 자주 듣곤 했다.

"외삼촌의 필적과 매우 비슷한 글씨가 있어서, 나도 모르게 그리워졌어요."

"그렇군. 외숙부님은 당신의 고사 순례 스승이었지."

남편은 밝게 웃었다.

"그래서, 다른 절의 방명록도 수색한 거요? 하지만 그 필적이 비슷한 사람이라면 홋케지나 아키시노데라에도 갔을 것 같은데. 아스카 부근의 절로 곧장 간 것은 왜였소?"

"외삼촌이 그 부근을 좋아했거든요. 내가 어렸을 때, 외국에서 자주 그런 감상 같은 것을 적어 보내곤 했어요."

"이봐요, 이봐."

남편은 말했다.

"이야기가 이상하군. 당신이 외숙부님을 찾아다닌 것은 아닐 텐데. 매우 비슷한 필적일 뿐이잖소?"

"그건 그래요. 외삼촌은 십칠 년 전에 돌아가셨으니까. 하지만 안고인에서 틀림없이 똑같은 필적을 발견했어요."

"이런, 이런" 하고 남편은 말했다.

"여자의 직감이란 무섭군. 그 외숙부님의 붓의 망령을 사칭한 사람은 이름이 뭐였소?"

"다나카 고이치라는 이름이에요. 정말 너무 비슷했어요. 외삼촌은 북송 미불의 글씨를 본보기로 삼아 공부했기 때문에 글자체에 특징이 있거든요."

"다나카 고이치 씨도 같은 중국 서예가를 스승으로 삼았던 거라면, 당신한테 못할 짓을 했군그래. 당신이 예정을 바꿔 안고인으로 달려가게 했으니."

차를 마시고 나서 남편은 웃었다.

"지하에 계시는 외숙부님은 기뻐하실 테지. 수고 많았소."

바로 옆이 도부히노여서 밤에는 조용하다. 비가 내리기 시작했는지, 차양에서 소리가 났다.

남편은 웃었지만, 세쓰코는 '다나카 고이치'의 글자체가 언제까지나 눈에 남아 사라지지 않았다.

오늘만큼 유럽에서 병사한 외삼촌의 추억에 사로잡힌 적은 없었다.

2

세쓰코는 도쿄로 돌아간 후 이틀째 되는 날, 외숙모의 집을 찾아갔다.

외숙모의 집은 스기나미 깊숙한 곳에 있다. 그곳에는 아직 군데군데 무사시노의 잔재인 상수리나무 숲무사시노(武蔵野)라는 지명의 뜻은 '무사시 지방의 들판'이다. 이곳은 사람의 손길이 닿기 전에는 조엽수림이었으며, 사람이 들어와 살면서 농업이 시작된 후에도 초원이나 낙엽활엽수림이 많아 목초지로 활용되었다. 무사시노는 문학 작품 등에서 흔히 대자연의 이미지로 사용되었으며, 현재도 사라져 가는 무사시노의 숲이나 농촌 풍경을 보존하고자 하는 노력이 끊임없이 이어지고 있다이 남아 있었다. 가까운 곳에는 어느 옛 귀족의 별저가 있다. 그 저택은 거의 숲에 에워싸여 있다. 세쓰코는 그 부근의 길을 걷는 것을 좋아했다.

새 집도 많이 늘었다. 그래서 점차 세쓰코가 좋아하는 숲이 사라져 가는 것이다. 그래도 옛 귀족의 별저 주변에서는 상수리나무, 떡갈나무, 느티나무, 전나무 등이 하늘 높이 가지를 뻗고 있었다.

가을에는 특히 아름다웠다. 바자울 안쪽에 무사시노의 잔재가 숲과 함께 그대로 남아 있는 집도 있다.

외숙모의 집은 그런 풍경 속 한쪽 모퉁이에 있었다. 근방의 집들은 모두 오래되었다. 좁은 길이 화백나무 울타리 사이로 구불구불하게 이어져 있었다. 초겨울이 되면 이 좁은 오솔길 양쪽에 낙엽이 쌓여 세쓰코의 걸음을 즐겁게 했다.

세쓰코가 작은 집의 현관 앞에 서서 벨을 울리자, 곧 외숙모 다카코가 나왔다.

"어머나, 어서 오렴."

외숙모가 웃으며 말했다.

"나라에서 보내 준 엽서 받았어. 언제 돌아왔니?"

"그저께요."

"그래. 어서 들어와."

외숙모는 앞장서서 방으로 들어갔다.

세쓰코는 당시에 아직 어렸지만 외숙모가 외삼촌에게 시집을 오던 날을 기억하고 있다.

피로연은 외삼촌이 톈진의 영사관보가 되어 부임하기 직전에 열렸던 것 같다. 결혼한 지 일 년 남짓 지나, 세쓰코의 어머니에게 외삼촌과 외숙모의 이름이 나란히 적힌 편지가 왔던 것을 기억한다. 세쓰코도 외숙모에게서 중국의 아름다운 풍경이 그려진 그림엽서를 받았다. 외숙모는 글씨를 예쁘게 쓰는 여자였다.

외삼촌은 취미로 서예를 하고 있었던 만큼 평소부터 "나는 글씨를 잘 못 쓰는 여자는 경멸해. 아내를 맞이한다면 글씨를 잘 쓰는 것을 첫 번째 자격으로 삼을 거야" 하고, 누나인 세쓰코의 어머니에게 말하곤 했을 정도다. 따라서 그 자격을 인정했기 때문에 외숙모를 아내로 얻었을 것이다.

소녀 시절의 세쓰코는 외삼촌의 글씨에 전혀 감탄하지 않았다. 오른쪽으로 치켜 올라간, 이상하게 개성이 강한 글자체였다.

"나라에는 며칠이나 있었니?"

외숙모는 차를 내 주면서 물었다.

"하룻밤뿐이었어요."

세쓰코는 나라에서 사 온 선물을 내밀며 말했다.

"그거 유감이구나. 좀 더 느긋하게 있다 오지 그랬니?"

"하지만 그이의 학교 사정이 있어서 그럴 수도 없었어요."

"그래."

"저 혼자 나라에 아침 일찍 도착해서 곧장 도쇼다이지로 갔죠. 그 후에는 아키시노데라와 홋케지의 사호지 쪽을 걷고 싶었는데, 묘한 일이 있어서 반대로 아스카 쪽을 돌았답니다."

묘한 일, 이라는 말을 외숙모는 별것 아닌 의미로 받아들인 모양이다.

"어떤 일이 있었는데?"

외숙모는 세쓰코의 얼굴을 보며 되물었다.

세쓰코는 여기에서 외숙모에게 외삼촌의 필적에 대해서 이야기해도 될지 어떨지 망설였다. 평범한 이야기라면 웃으며 꺼낼 수 있었겠지만, 그 '다나카 고이치'라는 필적에는 묘하게 박진감이 있어서 가슴이 답답하다.

전쟁이 끝나기 직전에 외국에서 죽은 남편의 뒤를 지키며 조용히 살고 있는 외숙모에게 그런 이야기를 가볍게 할 수는 없다.

그러나 결국 꺼내고 말았다.

"도쇼다이지에 갔을 때," 하고 세쓰코는 이야기했다.

"그 절 접수처에 있는 방명록에서 외삼촌과 꼭 닮은 서체로 쓴 이름을 보았어요."

"세상에."

외숙모의 표정에 별로 격렬한 반응은 없었다. 그저 눈이 호기심 어린 빛으로 바뀐 정도다.

"신기하네. 그런 글씨를 쓰는 사람은 그 사람 말고는 별로 없을 줄 알았는데."

"그게, 똑같았어요, 외숙모."

세쓰코는 가능하다면 그 방명록의 일부를 빌려 와서라도 외숙모에게 보여 주고 싶을 정도였다.

"저는 외삼촌의 글씨를 많이 봐서 똑똑히 기억하고 있어요. 그래서 다른 사람의 이름이 적혀 있는데도 그 필적을 보고 소리를 지를 뻔했어요."

외숙모는 아직도 태연하게 웃고 있었다.

"저는 다나카 고이치라는 사람, 외삼촌과 꼭 닮은 필적을 찾아서 아스카 쪽으로 갔어요. 외삼촌은 자주 아스카지의 오래된 절에 대해서 이야기하곤 하셨으니까요."

"그래서, 어땠니?"

외숙모는 이제야 흥미를 가진 표정이었다.

"그게, 있더라고요. 안고인에 갔다가 거기에서도 다나카 고이치의 필적을 보았죠."

"어머나."

외숙모는 곧 웃음을 터뜨렸다.

"네가 너무 골똘히 생각하느라 그런 글씨체로 보인 건 아니니?"

"그럴지도 몰라요."

일단은 반박하지 않았다.

"하지만 가능하다면 외삼촌의 필적과 한 번 비교해 보고 싶은 기분이었어요."

"고마워, 역시 세쓰코구나."

"가까운 곳이라면 외숙모를 거기로 모시고 가고 싶을 정도라니까요."

"안 돼, 그런 걸 봐 봐야."

외숙모는 고개를 저으며 대답했다.

"본인은 이미 죽었는걸. 오히려 미련만 생기지. 어디엔가 본인이 살아 있다면 또 모르겠지만, 필적의 유령에 현혹되면 견딜 수 없어."

"아아, 우리 남편도 그렇게 말했어요."

세쓰코는 외숙모의 말을 받아 말을 이었다.

"제가 나라의 숙소에서 그이를 만나 이야기했을 때, 그이도 그러더라고요. 오늘 하루, 당신은 외삼촌의 망령이 쥔 붓에 끌려 다닌 거라고."

"그건 그래."

외숙모는 말했다.

"아시무라 씨의 말이 맞아. 이제 그런 생각은 두 번 다시 하지 마."

외숙모는 남편을 잃은 후, 검소한 생활을 계속해 왔다. 친정 역시 대대로 관리였기 때문에 그렇게 자산이 많은 것은 아니었다. 죽은 남편의 일 관계 덕분에 딸 구미코도 공무원으로 일하고 있다. 지금까지 재혼 이야기도 있었지만 외숙모는 한사코 거절해 왔다. 외숙모는 그만큼 아름다운 사람이었다.

"구미코는."

세쓰코는 화제를 바꾸었다.

"잘 지내지요? 별일 없나요?"

"응, 덕분에."

외숙모는 미소를 지었다.

"다행이에요."

세쓰코는 한동안 만나지 못한 사촌 동생을 생각하며 말했다.

"외숙모도 힘드셨지요. 하지만 이제 얼마 안 남았네요, 구미코가 결혼할 때까지만 고생하시면."

"나도 그렇게 생각하는데 말이다."

외숙모는 새로 차를 따랐다.

"아직은 갈 길이 먼 것 같아."

"구미코가 몇 살이죠?"

"이제 스물셋이야."

"적당한 사람은 있어요?"

그것은 구미코의 결혼 상대를 맞선이 아니라 구미코가 직접 고르고 있느냐는 뜻이었다.

"그게 말이지."

다카코는 찻잔을 멍하니 바라보았다가 이내 말을 꺼냈다.

"조만간 세쓰코 너한테도 얘기하려고 했는데."

세쓰코는 새로운 이야기라는 듯이 외숙모를 보았다.

"어머나, 구미코한테 좋은 일이 있나요?"

"응."

외숙모는 약간 고개를 숙이며 이야기했다.

"남자친구가 생긴 모양이야. 얼마 전에 두세 번 집으로 놀러왔는데."

"그래요. 어떤 사람인데요?"

"신문사에서 일하는 사람이야. 친구의 오빠인가 그렇다는데, 내 느낌으로는 밝고 좋은 청년 같더라."

"흐음."

세쓰코는 구미코가 고른 상대가 어떤 청년일지 궁금해졌다.

"세쓰코, 너도 한 번 만나보지 않을래?"

외숙모는 말했다.

"그러게요, 만나보고 싶어요. 다음에 구미코한테 얘기하고, 그 사람이 여기 왔을 때 저도 보면 좋겠네요. 그래서 외숙모님 생각은 어떠세요?"

"잘 모르겠어."

외숙모는 입으로는 그렇게 말했지만, 내심 구미코가 그 청년과 맺어지는 데에 반대하는 것 같지 않았다.

"세월이 참 빠르네요."

세쓰코는 먼 옛날을 떠올리듯이 말했다.

"외삼촌이 돌아가셨을 때, 구미코가 몇 살이었죠?"

"여섯 살이었어."

"외삼촌이 지금까지 건강하셨다면 얼마나 기뻐하셨을까요."

그 청년과 구미코가 결혼까지 갈지 어떨지는 별도로 치더라도, 구미코가 그럴 나이가 되었다는 사실에 세쓰코는 일종의 감개가 밀려왔다.

세쓰코는 이전부터 사촌 동생을 귀여워했다. 여러 가지 기억이 있지만 이럴 때 떠오르는 것은 구미코가 어렸을 때의 일이다.

언젠가 에노시마에 데려갔을 때는 구미코가 아직 네 살 정도였을까, 해안에서 모래 장난에 열중하느라 집에 갈 시간이 되어도 말을 듣지 않아, 세쓰코가 울고 싶어진 적이 있었다. 모래사장에 쪼그리고 앉아 있는 구미코의 작은 빨간색 옷과 하얀 앞치마가 지금도 눈에 선하다.

"그야 그 사람은 자식을 끔찍하게 생각하는 아버지였으니까. 외국에 간 후에도 구미코 이야기만 써 보냈잖니. 마지막 편지도 그랬어. 네게 언젠가 보여 주었지."

다카코가 말했다.

"네, 하지만 잊어버렸어요. 한 번 더 보고 싶네요."

세쓰코는 외삼촌의 편지를 읽고 싶은 마음과는 별도로 외삼촌의 필적을 다시 확인해 보고 싶었기 때문에 그렇게 말했다.

외숙모는 곧 거실로 갔다. 이럴 때는 왠지 서두르는 것 같다. 죽은 남편의 추억이 그녀를 들뜨게 하는 듯했다. 외숙모는 품에 봉투를 안고 돌아왔다.

"이거야."

봉투에 외국 우표가 한 장 붙어 있다. 1944년 6월 3일 소인이었다. 몇 번이나 꺼내 보았는지, 두꺼운 봉투의 지질紙質이 닳아 있었다. 세쓰코는 안에 든 종이를 꺼냈다. 이것도 전에 분명히 읽은 기억이 난다. 편지지도 꽤 구깃구깃해져 있었다.

근무지인 중립국에서 병에 걸린 외삼촌은 스위스의 병원에 입원했는데, 그 병원에서 보낸 편지였다.

먼 곳에 있으면 일본이 얼마나 힘든지 더 잘 알 수 있소. 인간은 그 사태의 와중에 있을 때보다도 바깥에 있을 때 더 감각적으로 진실을 받아들이는 법이지. 마치 자살을 하는 당사자보다도 목격자가 훨씬 더 공포에 사로잡히는 것과 마찬가지라오. 나는 지금 스위스의 병원에 있소. 그리고 이 중립국에서 일본에 있는 당신과 구미코를 걱정하고 있소. 지금만큼 당신과 구미코를 생각한 적은 없소. 이곳 신문에도 일본이 폭격을 당했다는 사실이 매일같이 보도되고 있소. 그 기사를 읽을 때마다 나는 당신과 구미코가 걱정되어 견딜 수가 없소. 이런 때에 자기 가족만 생각하는 것은 잘못일지도 모르지만.

어떻게든 일본 전체를 빨리 평화롭게 돌려놓아야 하오. 내가 이렇게 침대에 누워 눈을 감고 있는 동안에도, 한순간 한순간에 수백 명, 수천 명의 생명이 사라지고 있다고 생각하면 무서워진 다오.

내가 누워 있는 침대에는, 창문을 통해 온화한 햇빛이 비쳐 들고 있소. 아마 당신과 구미코 주변에는 이런 평화로운 햇빛이 비치지 않을 테지. 방공호에 숨어서 미군기의 습격을 두려워하며 도망다니고 있는 건 아닌지.

당신도, 구미코라는 존재가 있어서 행동하기에 여러 가지로 불편할 거라고 생각하오. 하지만 힘내 주기를. 내 마음만이라도 당신과 구미코 두 사람을 지켜주겠소.

빨리 일본에 평화가 오기를, 그리고 구미코가 무사히 성장하기를 기도하고 있소.

전시의 엄격한 통신 검열을 생각해 보아도, 이런 문장을 쓴 외삼촌은 대담했다. 그 용기도 딸인 구미코와 아내 다카코를 생각한 나머지 발휘되었음이 틀림없다.

세쓰코는 글씨를 분석하기 시작했다. 펜으로 쓴 글씨이기는 하지만 오른쪽으로 올라가는, 특징이 있는 필적이었다. 야마토의 오래된 절에서 본 붓글씨가 그대로 펜 글씨의 특징으로 나타나고 있다.

"편지를 보니까 외삼촌께 향이라도 올리고 싶네요."

세쓰코는 그 편지를 봉투에 넣어 외숙모에게 돌려주었다. 봉투 뒷면에는 스위스의 요양소 이름이 적혀 있다.

"그래, 고맙다."

다카코는 세쓰코를 옆방에 있는 불단으로 안내했다. 거기에 장식되어 있는 사진은 노가미 겐이치로가 마지막으로 일등서기관을 지내던 시절의 모습이었다. 입가에 미소를 띠고 있었다. 가느다랗고 눈부신 듯한 눈을 하는 것이 그의 특징이다.

"외삼촌의 유골을 일본으로 가져와 주신 분은 누군가요?"

세쓰코는 외숙모에게 물었다.

"무라오 요시오 씨야. 같은 공사관의 외교관보로 계셨던 분이지."

"그분은 지금 어떻게 지내세요?"

당시 공사公使가 병으로 일본에 돌아와 있어서 일등서기관인 외삼촌이 대리 공사 비슷하게 되어 있었다. 그래서 외삼촌의 유골은 전쟁이 끝나고 나서 무라오 외교관보가 가지고 돌아왔다.

"무라오 씨는 유럽아시아국局 ××과장으로 계셔."

외숙모는 대답했다.

"그렇군요. 그런데 외숙모, 그 후에 무라오 씨를 만나신 적이 있나요?"

"아니, 요즘은 한참 뵙지 못했지. 전에는 두세 번 우리 집에 오셔서 애 아빠한테 향을 올려 주신 적이 있지만."

무라오는 선배의 유골을 가지고 돌아온 인연으로 유족을 두세 번 방문했지만 그 후 세월이 지나면서 발길이 뜸해진 모양이다. 승진하면서 일이 바빠졌기 때문일 것이다.

무라오 외교관보가 외삼촌의 유골을 외숙모에게 건넬 때 외삼촌의 마지막 모습도 전해 주었다. 세쓰코도 숙모에게서 들었는데 다음과 같은 내용이었다.

외삼촌 노가미 겐이치로는 중립국에서 패전의 색이 짙어져 가는 일본의 외교를 위해 분주했다. 이미 추축국 이탈리아는 연합군에 항복했다. 독일은 소련에서 패퇴를 계속하고 있었다. 아무리 유리하게 보려고 해도 일본에 승산이 없는 정세였다.

그 무렵의 외교에 대해서는 잘 모르지만, 외삼촌이 하던 일은 중립국을 설득해 일본이 유리한 입장으로 종전을 맞게 하려는 공작이었던 모양이다. 중립국을 통해 연합국 쪽에 힘을 써서 그 목적을 이루려는 생각이었으리라.

그러나 당시의 중립국 쪽은 일본을 동정하지 않았다. 그렇다기보다 거의 연합국 편이었으니 외삼촌의 공작이 얼마나 어려웠을지 알 수 있다. 외삼촌은 그 때문에 폐를 상한 것이다. 본래 건장한 체격이었는데, 스위스로 옮겨 입원할 무렵에는 몰라보게 야위어 있었다고 한다.

사망 통지는 병원에서 그 나라 외무성을 거쳐 공사관으로 전해졌다. 외교관보 무라오 씨가 시신을 인도받기 위해 스위스의 병원으로 갔지만, 전시라 시일이 많이 걸렸기 때문에 그가 도착했을 때 외삼촌은 이미 화장되어 유골로 변해 있었다.

병원 측의 이야기를 들어 보니 외삼촌의 마지막은 평온했다고 한다. 일본의 운명만 걱정하고 있었다는 것이다. 병원 측은 아내 앞으로 쓴 외삼촌의 유서를 무라오에게 맡겼다. 유서는 유골과 함께 외숙모에게 도착했다.

그 유서에는 역시 구미코의 양육에 대한 이야기가 주로 적혀 있었다. 아내에게도 끊임없이 재혼을 권하는 문구가 있었다. 세쓰코는 아직 보지 못했지만, 그녀의 어머니가 읽고 세쓰코에게 내용을 가르쳐 주었다.

세쓰코가 나라에서 산 선물을 들고 외숙모를 방문한 지 사오일이 지났다. 남편이 없는 낮 동안에는 집도 조용한데, 그때 구미코에게서 전화가 걸려 왔다.

"언니, 안녕하세요."

구미코는 세쓰코를 언니라고 부르곤 했다.

"어머나, 지금 어디야?"

"관청 앞 공중전화예요."

구미코가 대답했다.

"왜 관청에서 걸지 않고? 아아, 산책하다가 건 거니?"

"아니, 그건 아니에요. 관청에서는 말할 수 없는 용건이라서."

구미코는 약간 어리광을 부리는 것 같은 목소리로 말했다.

"뭔데?"

"요전에 나라에 갔었다면서요? 집에 갔더니 어머니가 언니가 준 선물을 주더라고요."

"응, 네가 없을 때 갔었지."

"저기, 언니, 어머니한테 들었는데 나라의 절에서 아빠의 필적과 굉장히 비슷한 글씨를 봤다면서요?"

구미코의 목소리에 강한 무언가가 있었다.

"응, 맞아."

세쓰코는 미소를 지었다. 역시 그 일에 대해 묻고 싶어서 전화를 건 모양이다.

"그 얘기, 좀 더 자세히 물어봐도 돼요?"

구미코는 물었다.

"응, 그건 좋은데. 너희 엄마한테 한 이야기 외에는 아무것도 없어."

세쓰코는 구미코가 돌아가신 아버지를 그리워한 나머지 기대를 갖게 하면 곤란하다고 생각했다.

"알아요."

구미코의 목소리는 거기에서 잠시 끊겼다가 다시 말했다.

"내일, 일요일인데 집으로 찾아가도 돼요? 아아, 형부가 계시겠지요?"

구미코는 세쓰코의 남편도 그렇게 부르곤 했다.

"그이는 학교에 볼일이 있다고 해서 내일은 없을 거야."

세쓰코가 뭐라고 말을 이으려는데, "다행이다!" 하고 구미코의 목소리가 가로막았다.

"형부는 안 계시는 게 좋거든요. 좀 부끄러운 일이 있어서."

"어, 뭔데?"

"친구를 데려가고 싶어서요. 그 사람은 신문사에서 일하는데, 언니가 나라에서 겪었던 일을 이야기했더니 굉장히 흥미를 느꼈나 봐요."

"신문사에서 일하는 사람?"

"아이참, 언니, 어머니한테서 다 들었잖아요?"

구미코의 목소리는 거기에서 조금 작아졌다. 세쓰코는 전화를 끊고 나자, 구미코의 남자친구인 신문기자가 왜 외삼촌의 글씨와 비슷한 필적에 흥미를 가지는지 신경이 쓰이기 시작했다.

그날 밤, 세쓰코는 집에 돌아온 남편 료이치에게 얼른 이야기했다.

"그것 봐, 당신이 시시한 소리를 해서 그렇잖소."

그는 넥타이를 풀면서 얼굴을 찌푸렸다.

"요즘 신문기자들은 기삿거리를 찾으려고 무엇에든 흥미를 갖는단 말이오."

하지만 세쓰코에게는 그런 것이 기삿거리가 될 거라는 생각이 들지 않았다.

"그런가. 구미코한테도 그런 연인이 생겼나."

남편은 곧 그쪽으로 관심을 옮겼다.

3

맑은 날이었다. 바람이 불어서인지 하늘이 한없이 파랗다. 일요일이었지만 남편 료이치는 학교 일 때문에 아침부터 나가고 없었다.

"오늘 구미코가 신문기자를 데리고 온다 그랬지?"

남편은 집에서 나갈 때, 어젯밤 아내에게서 들은 이야기를 떠올렸다.

"맞아요. 당신도 되도록 일찍 들어오세요."

"음."

남편은 몸을 굽혀 구두를 신고 있었다.

"모처럼 구미코가 오는데 미안하지만 늦게 들어올 거요. 안부 전해 줘요."

남편은 낡은 가방을 들고 나갔다.

사촌 구미코가 전화를 걸어 온 것은 열한시쯤이었다.

"언니?"

구미코는 평소와 똑같은 밝은 목소리로 수화기 너머에서 불렀다.

"한시쯤 갈 건데 괜찮을까요?"

"어머나, 왜 더 일찍 오지 않고?"

세쓰코는 말했다.

"아무것도 없지만 점심도 준비하고 있어."

"그래서 한시로 한 거예요."

구미코는 대답했다.

"둘이서 얻어먹는 건 왠지 미안해서."

구미코의 그 마음을 세쓰코도 모르는 것이 아니었다. 처음 데려오는 남자친구와 함께 세쓰코의 집에서 점심을 먹는 것이 왠지 의미 있는 일처럼 받아들여질까 봐 싫은 것이다. 요즘 젊은 사람들은 그런 것을 아무렇지도 않게 생각한다고 들었지만 구미코에게는 아직 고풍스러운 데가 있었다.

"상관없지 않니?"

세쓰코가 말했다.

"차릴 만한 건 없지만 준비하고 있는데."

"미안해요."

구미코는 사과했다.

"정말 미안하지만 그런 걱정은 하지 마세요. 여기서 먹고 갈게요."

"뭐 어때. 너희 집에서 먹으나 우리 집에서 식사를 하나 똑같은 거지."

"아니, 그게 아니고요. 소에다 씨는 아직 우리 집에서 밥을 먹은 적이 없어요."

구미코의 그 말을 듣고서야 알았다. 도중에서 두 사람이 만나 어디에선가 함께 식사를 마치고, 같이 이쪽으로 오겠다는 뜻이리라. 젊은 두 사람에게는 세쓰코의 집에서 식사를 하는 것보다 부담 없는 일이었다. 구미코의 남자친구 이름이 소에다라는 것도 동시에 알았다.

"미안해요."

구미코는 전화로 사과했다.

"괜히 신경 쓰게 해서."

"그럼 어쩔 수 없지. 되도록 빨리 와."

전화를 끊고, 약속한 한시가 될 때까지 세쓰코는 아무래도 마음이 진정되지 않았다. 구미코가 어떤 남자를 데려올지 흥미로웠다. 외숙모의 이야기로는 신문기자라는 청년과 구미코가 아무래도 사귀는 것 같다고 한다. 어젯밤에 남편도 말했지만, 구미코의 어린 시절을 알고 있는 세쓰코에게는 그녀를 맞이하는 게 왠지 새삼스러웠다.

해가 머리 꼭대기로 오고, 마당의 나무 그림자가 좁아졌을 때쯤 구미코가 그 청년을 데리고 왔다.

신문기자라는 직업 때문에 이러이러할 것이라고 예상했지만, 처음 만난 소에다는 예상과 달랐다. 어느 모로 보나 평범한 회사원 타입이었다. 기자인가 싶은 점은 더부룩하게 엉켜 있는 머리카락

정도였지만 청년이 보이는 태도는 예의 바르고 말수도 적었다.

그가 내민 명함에는 '소에다 쇼이치'라는 이름이 적혀 있었다. 일하는 회사는 일류 신문사였다. 입고 있는 양복의 취향도 수수하고, 색깔도 무늬도 얌전했다. 키가 크고, 약간 튀어나와 있는 광대뼈가 인상적이었다.

구미코가 예고했던 대로 점심 식사를 마치고 왔다고 해서, 세쓰코는 가정부에게 일러 커피와 과일을 냈다. 그것을 조용히 받고 있는 소에다 쇼이치에게는 보통 말하는 신문기자다운 방약무인한 기색이 없었다. 소심한 젊은 회사원 같은 인상이다.

구미코는 평소보다 세쓰코에게 조심스러운 것 같았다. 그러나 딱히 머뭇거리는 기색은 아니었고, 적당히 청년과 둘이서만 이야기를 나누기도 했다. 조심스럽긴 했지만 어느 모로 보나 밝은 대화였다.

어젯밤에 남편이 중얼거린 얘기지만, 이 청년에게서 기삿거리가 없어서 무엇이나 파고든다는 요즘 신문기자의 분위기는 느껴지지 않았다. 그만큼 소에다 쇼이치는 신문사 사람 같지 않았다.

날씨 얘기며 짧은 잡담이 오간 후, 구미코가 오늘의 방문 목적을 꺼냈다. 물론 소에다 쇼이치 쪽에서 꺼내야 할 이야기지만 구미코가 먼저 말했다.

"언니. 소에다 씨는, 전화로 말했다시피 언니가 나라에서 겪었던 일이 무척 흥미로웠나봐요. 다시 한 번 얘기해 줄 수 있을까요?"

"어머나."

세쓰코는 소에다 쇼이치에게 미소를 지었다.

"묘한 이야기를 들으셨군요?"

세쓰코는 구미코 쪽을 힐끗 보았다. 그녀의 수다스러움을 다소 나무라는 의미이기도 했다. 구미코가 쿡 웃으며 고개를 숙였다.

"네, 굉장히 흥미로웠습니다."

소에다 쇼이치는 진지한 얼굴을 세쓰코에게 향했다.

세쓰코는 아까부터 그의 눈이 꽤 크다고 느꼈다. 불쾌한 느낌이 아니라 붙임성 좋은 눈매를 갖고 있었다.

"구미코 씨의 아버님 이야기는 저도 대충 들었습니다."

소에다 쇼이치가 조심스럽게 말했다.

"물론 공보公報도 있었고, 구미코 씨의 아버님이 전시에 외국에서 돌아가신 것은 확실할 겁니다. 하지만 부인이 나라에서 아버님의 필적과 비슷한 글씨를 보셨다는 이야기가, 왠지 제 궁금증을 자극했거든요."

"왜죠?"

세쓰코는 온화하게 되물었다.

"그렇게 깊은 이유는 없습니다."

소에다 쇼이치가 얌전한 목소리로 대답했다.

"다만 비슷한 필적을 구미코 씨의 아버님이 좋아하셨던 곳에서 발견하셨다는 사실에 끌렸을 뿐입니다. 좀 더 자세히 듣고 싶어졌어요."

이 젊은 기자가 왜 외삼촌 노가미 겐이치로에게 흥미를 갖는 것일까. 아마 구미코와 연인 사이가 되었기 때문에 그녀의 부친에 대해서 알고 싶어졌으리라. 하지만 그렇다면 굳이 세쓰코에게 그 이야기를 들으러 찾아올 이유까지는 없다. 구미코나 구미코의 어머니에게 들으면 충분하다.

"왜 그런 이야기에 흥미를 가지시나요?"

세쓰코가 물었을 때 소에다 쇼이치는 대답했다.

"저는 지금, 인생의 무엇에든 흥미를 갖기로 했습니다."

그 대답이 말과는 상관없이, 이상하게도 아니꼽게 들리지 않았다. 소에다 쇼이치가 갖고 있는 수수한 분위기 때문일지도 모른다. 무엇보다도 표정이 매우 진지했다.

과연, 신문기자란 인생에 흥미를 가짐으로써 그 직업이 성립하는 것이리라. 한편으로 자신이 외삼촌의 필적과 비슷한 글씨를 발견했을 때 느꼈던 이상한 기분을, 이 청년이 더 냉철하게 분석해서 느끼고 있는 것 같기도 했다. 딱히 근거가 있는 것은 아니다. 소에다 쇼이치라는 청년을 보고 있자니 왠지 모르게 그런 기분이 들었다.

대강의 이야기는 구미코가 소에다에게 이미 했으리라. 세쓰코는 나라 여행 이야기를 다시 소에다에게 자세히 들려 주었다. 소에다는 열심히 들었다. 가끔 메모를 하는 것을 보면 역시 신문기자답다. 이야기의 내용은 단순해서 그리 오래 걸리지 않았다.

"구미코 씨의 아버님 필적은 특징이 있다고 하셨지요?"

세쓰코의 이야기를 들은 후에 소에다는 말했다.

"맞아요. 젊은 시절에 중국 미불의 글씨를 본보기로 삼아 공부했기 때문에 글씨체에 큰 특징이 있어요."

세쓰코는 고개를 끄덕였다.

"미불의 글씨라면 저도 알고 있습니다."

청년은 말했다.

"요즘 그런 글씨를 쓰는 사람은 좀처럼 없지요. 그 절의 방명록에 남아 있던 글씨는, 역시 부인이 보시자마자 구미코 씨 아버님의 글씨를 연상하셨을 정도로 비슷했다는 거지요?"

소에다는 다짐하듯이 물었다.

"그래요. 하지만 그런 글씨체를 쓰는 분이 세상에 또 있을지도 모르죠."

"그건 그렇지요."

소에다 쇼이치는 조용히 대답했다.

"하지만."

그는 이어서 말했다.

"그 글씨가 구미코 씨 아버님이 가장 좋아하셨다는 나라의 오래된 절에서 발견되었다는 점이, 제게는 흥미롭게 느껴집니다. 아니, 그렇다고 해서 물론 구미코 씨의 아버님이 살아계실 거라고는 생각하지 않습니다. 다만 저는, 이번 일을 계기로 구미코 씨 아버님의 최후를 자세히 알고 싶다는 마음이 들었습니다."

"그건 무슨 말씀이신가요?"

세쓰코는 상대방의 얼굴을 바라보며 저도 모르게 자신의 표정이 딱딱해지는 것을 느꼈다. 그의 생각을 알아챘기 때문이다.

"아니, 딱히 대단한 건 아닙니다."

소에다 쇼이치는 역시 예의 바른 얼굴로 평범하게 부정했다.

"저는 신문기자입니다. 해 주신 이야기를 듣고 다소 직업적인 흥미를 느낀 것은, 전시의 일본 외교에 대해서 평소에 좀 조사해 보고 싶다고 생각했기 때문입니다."

세쓰코는 그 말에 소에다 쇼이치가 노가미 겐이치로 개인에 대해서 흥미를 품은 것이 아니라 전시외교에 대해 생각하고 있음을 알았다.

"지금까지 전시의 일본 외교관이 중립국에서 어떤 외교를 해 왔는지는 별로 알려지지 않았습니다. 전쟁이 끝난 지도 벌써 십육 년이나 되었으니, 더 늦기 전에 살아남은 사람들의 이야기를 듣고 정리해 두어도 좋겠다 싶어서요."

세쓰코는 안심했다. 예를 들면 자신의 몸 주위를 옭아매고 있던 공기가 갑자기 느슨해졌을 때의 기분과 비슷했다.

"좋네요."

세쓰코는 칭찬했다.

"분명히 멋진 일이 될 게 틀림없어요."

"아니."

소에다 쇼이치는 그때 처음으로 얼굴을 숙였다.

"저는 아직 애송이라 그렇게 깊이 있는 일을 하지는 못할 겁니다."

"아뇨."

세쓰코는 고개를 저었다.

"분명히 독창적인 일이 될 거예요."

이야기를 하는 동안 구미코는 시종 미소를 지우지 않았다. 원래도 얌전한 아이였지만, 오늘은 처음으로 소에다 쇼이치를 데려왔기 때문인지 말수도 적었다. 그러면서도 끊임없이 세쓰코와 소에다 쇼이치 사이에 신경을 쓰고 있는 것이 보였다.

"저는 외무성의 무라오 씨를 찾아가 볼 생각입니다."

소에다 쇼이치는 차를 마시면서 말했다.

"구미코 씨의 어머님 말씀으로도 유럽아시아국 ××과장 무라오 씨가 가장 잘 알고 있다고 하니까요."

"그래요, 그분이 제일 적당하겠지요."

세쓰코도 동의했다.

유럽아시아국 ××과장 무라오는 당시 외교관보였고 외삼촌의 유골을 가지고 돌아온 사람이기도 하다. 역시 그 사람 외에는 이야기를 들을 만한 사람이 없을 거라고 생각했다.

"하지만 유감이네요."

소에다 쇼이치는 여전히 조심스럽게 말했다.

"이제 곧 전쟁이 끝나려는 때에 구미코 씨의 아버님이 돌아가신 거니까요. 적어도 일본에 돌아오신 후였다면 미련도 덜했을 텐데요."

세쓰코가 늘 하는 생각이다. 세쓰코가 구미코 쪽을 보니 구미코는 고개를 숙이고 있었다.

젊은 두 사람이 세쓰코의 집을 나선 때는 세시쯤이었다.

가을 햇빛이 마당의 나무 그림자를 길게 늘이고 있었다. 두 사람은 붉은 색비름이 있는 울타리 맞은편을 걸어갔다.

세쓰코는 그 모습을 마당에서 지켜보았다. 색비름의 색깔만이 언제까지나 선명하게 눈에 남았다. 다니는 사람이 적은 길이기 때문이다.

　이튿날 소에다 쇼이치는 외무성 유럽아시아국 ××과장 무라오 요시오에게 면회를 신청했다. 먼저 전화로 이야기했더니, 비서 같은 남자가 받아서 무슨 용건이냐고 되물었다.

　소에다 쇼이치는 직접 과장님과 이야기하고 싶다고 말했다. 강경하게 말했더니 당사자가 전화를 받았다. 조금 전까지의 목소리와 달리, 역시 묵직한 중년의 목소리였다.

　"제가 무라오입니다."

　상대방은 사무적으로 물었다.

　"용건이 어떻게 되시는지?"

　소에다 쇼이치는 회사 이름과 자신의 이름을 다시 말했다.

　"취재 때문에 과장님을 뵙고 싶은데요."

　"어려운 외교 정책 같은 것에 대해서는, 우리는 모릅니다. 그건 더 윗분들한테 물어보십시오."

　"아뇨, 그런 용건이 아닙니다."

　"그럼 무슨 일이신지?"

　전화로 되묻는 무라오 과장의 목소리는 그다지 붙임성이 좋아 보이지는 않았다. 정중하지만 어딘가 사람을 밀쳐내는 듯한 차가움이 있었다. 관료에게 공통적으로 느껴지는 차가운 분위기다.

　"실은 제가."

　소에다는 말했다.

"'전시 외교관 이야기' 같은 것을 취재해서 쓰고 싶어서요. 무라오 씨는 분명 전시에는 중립국에 주재하고 계셨지요?"

"맞습니다."

"그래서 연락드렸습니다. 부디 이야기를 들어 보고 싶습니다만."

소에다는 부탁했다.

"그렇군요."

전화 맞은편에서 무라오 과장은 생각에 잠기는 듯했다. 말투로 보아 지금까지의 차가움과는 달리 꼭 희망이 없는 것 같지도 않았다.

"대단한 이야기는 할 수 없을지도 모르지만."

과장이 마침내 말했다.

"그러시다면 오늘 세시가 비어 있습니다."

세시라는 시간을 말하기까지 약간 시간이 걸렸다. 수첩이라도 보고 스케줄을 확인한 모양이다.

"시간이 십 분 정도밖에 없는데 괜찮으실까요?"

"괜찮습니다. 고맙습니다."

소에다 쇼이치는 고맙다는 인사를 하고 전화를 끊었다.

약속한 오후 세시, 소에다 쇼이치는 가스미가세키의 외무성 현관에 들어섰다.

유럽아시아국은 사층이라고 해서 엘리베이터를 탔다.

엘리베이터 안에서도 그랬지만 사층으로 올라가서 복도를 걷노라니 외부 손님이 많이 보인다. 모두 무슨 진정단일 것이다. 열두셋이나 되는 일행이 몇 팀이나 돌아다니고 있다. 복도는 마치 길바닥 같았다.

접수 담당 아가씨는 그를 응접실로 안내했다.

소에다는 거기에서 기다렸다. 창가로 걸어가 바깥을 내려다보니 가을 햇빛이 아래쪽의 넓은 도로에 비치고 있다. 다니는 차가 많다. 가로수의 마로니에 잎이 아름다웠다.

발소리가 났다. 소에다 쇼이치는 창가를 떠났다.

뚱뚱한 남자가 안으로 들어왔다. 체격이 좋아서 더블칼라 양복이 잘 어울렸다. 혈색이 좋은 얼굴과 숱이 적은 머리카락이 신문기자의 눈에 들어온 첫 번째 인상이었다.

"무라오입니다."

과장은 한 손에 소에다의 명함을 들고 있었다.

"앉으시죠."

"실례합니다."

소에다 쇼이치는 무라오 과장과 마주 보고 앉았다. 여자가 차를 내 주고 갔다.

"전화로 들었지만, 제게 어떤 걸 묻고 싶으십니까?"

무라오 과장은 머리숱도 적지만 수염도 숱이 적었다. 입술 언저리에 신사적인 온화한 미소를 띠고 있다. 뚱뚱해서 몸이 의자를 가득 차지했다.

"과장님은 중립국에 주재하셨는데요, 전쟁이 끝날 때까지 계속 계셨나요?"

소에다 쇼이치는 그 사실을 이미 알고 있다. 그러나 이런 경우에는 일단 당사자에게 확인하는 것이 정석이었다. 무라오 과장은, 그렇습니다, 하고 대답했다.

"고생이 많으셨지요?"

종전 직전의 일본 외교가 얼마나 어려웠을지는 상상할 수 있다.

"그야 고생했지요. 어쨌거나 사정이 그랬으니까요."

과장의 안색은 여전히 온화했다.

"당시의 공사님은 아마 귀국해 계셨던 모양입니다만."

"그렇습니다."

과장은 살찐 턱을 끄덕이며 인정했다.

"대리 공사 격이라고 할까, 공사님의 사무 대리를 맡았던 사람은 일등서기관 노가미 겐이치로 씨가 아니었습니까?"

"맞습니다. 노가미 씨였지요."

"아마 그쪽에서 돌아가셨지요?"

"예. 참으로 안된 일이었습니다."

과장은 조용한 목소리로 말했다.

"노가미 씨도 상당히 고생하셨겠네요?"

"그야 매우 고생했을 겁니다."

무라오 과장은 그 대목에서 담배를 꺼냈다.

"어쨌거나 그 고생을 하느라 노가미 씨의 수명이 단축된 거라고 들 했을 정도니까요. 당시 저는 외교관보여서 노가미 씨 밑에 있었는데, 모두들 전시외교를 위해서 매우 고투했습니다."

"노가미 씨의 유골을 가져오신 분이 아마 과장님이셨지요?"

소에다 쇼이치의 질문에 처음으로 무라오 과장의 표정이 어두워졌다.

"잘 아시는군요."

과장 쪽에서 신문기자를 바라보았다.

"아니, 그건 당시의 신문기사를 조사하다가 알게 된 겁니다. 신문에는 과장님께서 노가미 씨의 유골을 안고 귀국했다고 나와 있더군요."

"그래요."

과장은 또 연기를 내뿜었다.

"그런데 노가미 씨는 학생 시절부터 운동을 하셨다지요. 특히 유도는⋯⋯."

"3단입니다."

"그랬지요. 3단이었지요. 체격도 좋으셨다고 들었는데요."

"그게 화근이었습니다. 젊었을 때부터 운동을 너무 많이 하면 오히려 폐를 상하기 쉽지요."

"호오. 그럼 노가미 씨는 폐가 상해서 돌아가신 거군요."

"그렇습니다. 그게 언제쯤이었더라? 1944년 초였던 것 같은데, 가슴 쪽이 악화되어서 의사가 요양을 권했습니다. 이유는 지금 말했다시피 전시 일본의 외교가 몹시 힘들었기 때문이지요. 그 고생이 더욱 건강을 해친 것이었는데 노가미 씨는 아무리 해도 승낙하지 않았습니다. 그래서 당시 우리 관원들이 억지로 권해서 노가미 씨를 스위스로 보냈습니다."

과장은 천천히 이야기했다. 눈을 가늘게 뜬 까닭은 당시의 기억을 더듬고 있기 때문일 것이다.

"그럼 스위스의 병원에서 돌아가신 거로군요?"

"그래요. 통지를 받고 제가 유골을 인수하러 갔지요. 제네바로 갈 때도 엄청나게 고생했습니다."

"과장님은 병원 의사를 만나서 노가미 씨의 최후가 어땠는지 들으셨습니까?"

무라오 과장의 표정에서 미소가 사라졌다. 그때까지 얇은 입가에 떠돌고 있던 온화한 표정은 갑자기 차가워졌다. 하기야 그 변화는 소에다가 주의 깊게 보았기 때문에 알아챌 수 있었다고도 할 수 있다. 눈에 띄지 않는 변화였다.

과장은 당장은 대답하지 않았다.

"물론 이야기는 들었습니다."

잠시 시간이 흐른 후, 역시 시선을 먼 곳에 던진 채로 대답이 돌아왔다.

"노가미 씨는 석 달 동안 입원해 있었지만 끝내 불귀의 객이 되고 말았습니다. 당시의 일본과 달리 그쪽은 의약품도 풍부했을 테니, 어쩔 수 없는 일이었겠지요. 유족분들께는 안된 일이지만 일본으로 돌려보냈어도 그 정도의 치료는 도저히 할 수 없었을 겁니다."

무라오 과장은 눈을 내리깔며 말했다.

"과장님이 병원에 도착하셨을 때는 이미 유골이 되어 있었다지요?"

"그렇습니다. 제가 도착하기 이 주 전에 돌아가셨지요. 유골은, 이름은 잊어버렸지만 무슨 병원장이 직접 제게 건네주었습니다."

이번에는 소에다가 잠시 침묵했다. 소에다는 방의 벽에 걸려 있는 후지산의 그림을 바라보고 있었다. 고명한 서양화가가 그린 그림으로, 산의 윤곽이 붉은색으로 그려져 있다.

"노가미 씨의 최후는 어땠습니까?"

신문기자는 시선을 과장의 얼굴로 돌리며 물었다.

"지극히 평온했다고 들었습니다. 숨을 거둘 때까지 의식이 분명했고요. 중요한 때에 쓰러져서 면목이 없다고, 그렇게 말하며 괴로워했다고 합니다. 무리도 아니지요, 일본도 임종에 가까운 중태였으니까요."

무라오 과장은 말장난으로 재치를 발휘하려고 했는지도 모른다. 하지만 과장 자신도, 소에다도 웃지 않았다.

"당시의 신문기사에 따르면."

소에다는 말했다.

"노가미 씨는 중립국에 있으면서 복잡한 유럽 정국 속에서 공사를 보좌하며 일본 전시외교를 추진하는 데 온 힘을 다했다고 되어 있는데 구체적으로는 어떤 일을 하셨던 겁니까?"

"글쎄요."

무라오 과장은 갑자기 멍한 얼굴이 되었다. 오랜만에 미소를 보였지만, 그 미소는 사람이 대답하고 싶지 않을 때에 짓는 애매하고 엷은 미소였다.

"저는 잘 모르겠습니다."

"과장님은 당시 외교관보로서 함께 일을 하시지 않았습니까?"

"그야 했지요. 하지만 사실을 말하자면 노가미 씨 혼자 한 거나 마찬가지였어요. 평화로울 때의 외교가 아니니까요. 본국과의 연락도 연합국 쪽의 방해 때문에 자유롭지 못했어요. 일일이 청훈請訓을 하고 있을 수는 없지요. 필연적으로 노가미 씨의 판단으로 진행되었고 행동도 혼자서만 하는 경우가 많아졌어요. 우리 관원들에게 일일이 상담을 하는 일도 없었고요."

"그래도."

소에다는 물고 늘어졌다.

"과장님은 노가미 씨 옆에 붙어 계셨으니까 노가미 씨가 어떤 외교를 하고 있었는지 대강 알 수 있었을 것 같은데요. 그 이야기를 들려주셨으면 합니다. 자세한 것이 아니라도, 개략이라도 괜찮은데요."

"글쎄요, 좀 곤란하네요."

무라오 과장은 이번에는 즉시 대답했다.

"아직 공표할 시기가 아닙니다. 전쟁이 끝난 지 꽤 시간이 지났지만, 여러 가지로 발표하기에는 지장이 있어서요."

"십육 년이 지났는데도 말입니까?"

"그야 그렇지요. 당시 사람들이 아직 살아 있어요. 그분들에게 피해를 끼치게 됩니다."

무라오 과장은 거기까지 말하고 흠칫하며 입을 다물었다. 미소가 갑자기 사라지고 눈의 표정이 달라졌다. 말실수를 했다, 하고 후회하는 표정이다.

"피해를 입는 사람이 있다고요?"

소에다 쇼이치가 물고 늘어졌다. 상대가 문을 닫으려고 할 때 이쪽이 재빨리 틈새에 한쪽 발을 밀어 넣는 것처럼.

"어떤 사람들인가요? 이제 괜찮을 것 같은데요. 아니면 아직 당시 외교의 비밀이 살아 있는 겁니까?"

소에다는 비아냥거리며 과장을 화나게 해서 입을 열게 할 작정이었다.

무라오 과장은 화가 난 기색이 없었다. 그는 조용히 의자에서 일어서려고 했다. 이때 사무관이 응접실 입구에 모습을 나타내 과장을 부르러 왔기 때문이기도 하다.

"약속한 시간이 다 되었으니 이만 실례하겠습니다."

그는 일부러 시계를 꺼내어 보았다.

"과장님."

소에다 쇼이치는 그를 불러 세웠다.

"노가미 씨의 외교 활동을 공표하면 피해를 입는다는 건 누구입니까? 알려 주십시오."

"내가 그 사람의 이름을 말하면 당신은 그 사람한테 이야기를 들으러 갈 생각인가요?"

무라오 과장은 소에다를 바라보며 눈을 가늘게 떴다. 얇은 입술이 웃으려고 한다.

"예, 경우에 따라서는."

"그럼 말해 드리지요. 그 사람이 만나 준다면 당신이 인터뷰를 신청해 보세요."

"가르쳐 주시겠습니까?"

"말해 드리지요. 윈스턴 처칠입니다……."

응접실을 나가는 무라오 과장의 넓은 등을, 소에다 쇼이치는 명하니 바라보았다.

눈에 남은 것은 과장의 비웃는 입술 모양이었다.

4

소에다 쇼이치는 화를 내며 외무성을 나왔다.

윈스턴 처칠에게 물어보라니―. 바보 취급하는 거라고 생각했다.

무라오 ××과장의 표정이 아직 눈에 선하다. 얼굴 표정도 그랬지만, 관료답게 비꼬는 말투였다. 이력을 살펴보면 다이이치 고등학교에 도쿄대로 수재 코스를 밟았다. 그러고 보니 어느 모로 보나 냉철한 수재가 할 법한 비아냥거림이다.

소에다는 외무성 옆의 포장도로를 걸었다.

뒤에서 회사 깃발을 단 자동차가 다가왔다.

소에다는 혼자서 잠시 걷고 싶었다. 하지만 지금까지 기다리게 한 기사에게 마음이 쓰이기도 해서 돌려보낼 수도 없었다.

"어디로 모실까요?"

기사가 등 너머로 물었다.

"글쎄요."

회사로 곧장 돌아갈 마음은 없었다.

"우에노로 가 주세요."

걸을 곳이 필요했다. 우에노는 막연하게 생각하고 말한 것이었지만 자동차가 우에노의 언덕을 오르기 시작하자, 기사가 두 번째 행선지를 물었다.

"어디에 세울까요?"

바쁜 운수부에서 내 준 자동차다. 차마 산책을 위해서라고 말할 수는 없었다.

숲 맞은편에 청자색 망새를 얹은 박물관 지붕이 보였다.

"도서관 길에서 기다려 주실래요?"

우연히 입에서 나온 말이었다.

소에다는 학생 시절에 우에노의 도서관에 다녔다. 학교를 졸업하고 회사에 들어간 후로는 몇 년이나 간 적이 없었다. 도서관 앞에서 국철國鐵 우구이스다니로 빠지는 길은 소에다가 좋아하는 길 중 하나다. 오래된 사당이나 무덤도 있었다.

차는 박물관 앞을 그냥 지나쳐 오른쪽으로 꺾었다.

옛날과 다름없는 도서관 건물이 가까워졌다. 차는 오래된 건물의 현관 앞에서 멈추었다.

"기다릴까요?"

"글쎄요."

소에다는 내리고 나서 말했다.

"그냥 돌아가 주세요. 시간이 걸릴 테니까."

차는 회사 깃발을 펄럭이며 달려갔다.

소에다는 입구의 돌계단 앞에 서 있었다. 딱히 도서관에 들어갈 용건은 없다. 길은 옛날 그대로다. 바라보고 있노라니 학생 네다섯 명이 걷고 있었다.

소에다는 그 길을 걸을 생각이었다. 몇 년이나 오지 않았던 그리운 길을 걸으면서 기분을 추스르고 싶었다. 맑은 날이었고, 햇빛도 차분했다.

걷기 시작했을 때 소에다는 문득 자신이 서 있는 곳이 도서관이라는 사실을 깨달았다. 현재의 위치가 새삼 그에게 한 가지 생각을 불러일으켰다.

오래된 도서관 안에 들어가는 것은 옛날의 추억에 잠기는 것과도 같았다. 어둑어둑한 곳에서 입관표를 받는 것도 몇 년 만이다. 작은 창구에서 늙은 관원이 말없이 표를 준다. 그 노인은 물론 소에다가 학생이었을 때와는 다른 인물이었지만, 나이가 많다는 것은 다름이 없었다. 그는 학생 시절이 그리워졌다.

책을 빌리는 방식이 당시와는 다소 달라졌지만, 낡은 건물은 여전하다. 소에다는 학생들이 모여 있는 곳으로 들어가 색인 카드가 늘어서 있는 방으로 향했다. 방은 당시보다 넓어져 있었다.

담당자가 정면에 보였다. 여기에서 자신이 원하는 책의 분류를 묻는다.

"1944년경의 직원록?"

담당자는 아직 교복을 입고 있었다. 소에다가 도서관에 다니던 무렵에 친숙했던 남자는 담당이 바뀐 것인지, 그만둔 것인지, 어둑어둑한 그 창구 안에는 없었다.

"그거라면 분류의 ××호를 보시면 됩니다."

소에다는 담당자가 가르쳐 준 카드 상자 앞에 섰다. 수없이 늘어선 카드 선반 사이를, 옛날과 똑같은 조용한 발걸음으로 몇몇 사람들이 천천히 움직이고 있었다.

소에다는 번호를 전표에 기입하고 책을 받기 위해 다른 방으로 갔다. 옛날과 달라진 것이 없는 방이다. 거기에도 소에다가 아는 얼굴은 없었고, 역시 젊은 사람들만이 책의 출납을 처리하고 있었다.

자신의 책이 서고에서 나오는 동안 그는 긴 의자 위에 앉아 기다렸다. 학생 때에도 본 듯한 노인이 소에다와 마찬가지로 열람자로서 조용히 기다리고 있었다. 젊은 사람들이 많은 곳이지만, 이런 노인은 변함없이 한두 명은 꼭 있는 것 같다는 생각이 들었다. 모든 것이 어둡고 공기에는 곰팡이가 고여 있다.

소에다는 두꺼운 직원록을 대출해 열람실로 갔다. 학생들 사이에 끼어서 직원록을 펼치고 노가미 겐이치로가 일했던 중립국의 공사관 페이지를 찾았다.

당시에는 재외공관이 별로 없었다. 유럽에서 재외공관이 있었던 나라는 5개국에 지나지 않는다. 소에다는 다음의 이름을 찾아냈다.

공사　　데라지마 야스마사

일등서기관　　노가미 겐이치로

외교관보　　무라오 요시오

서기생	가도타 겐이치로
공사관부 무관 · 육군 중령	이토 다다스케

　소에다는 그것을 수첩에 적었다. 1944년 3월 현재라고 씌어 있다. 몹시 적은 관원 수가 당시의 정세를 말해 주었다.

　이중 데라지마 공사는 사망했다. 노가미 일등서기관도 사망했다. 무라오 외교관보는 물론 현재의 유럽아시아국 ××과장이다. 소에다의 지식에 없는 것은 가도타 서기생과 이토 중령의 소식이었다. 무라오 과장이 노가미 겐이치로의 사망 전후에 대해서 확실하게 말하지 않는다면 소에다는 서기생과 공사관부 무관에게 물어볼 수밖에 없다.

　무라오 과장이 처칠에게 물어보라고 한 말은 소에다의 가슴에 아직 가시가 되어 남아 있다. 노가미 서기관의 최후를 알고 싶다는 처음의 동기도 분명히 있었지만, 이렇게까지 오기가 생긴 것은 무라오 과장의 비꼬는 말이 부추겼기 때문이라고도 할 수 있다.

　소에다는 어둑어둑한 도서관을 나왔다. 가을 햇살은 온화했지만 어두운 곳에서 밖으로 나온 눈에는 어질어질해질 정도로 밝게 비쳤다.

　소에다는 긴 담을 따라 걸었다. 이 부근은 소에다가 도서관에 다니던 시절과 조금도 달라지지 않았다. 무너진 담도 그대로였고 폐허였던 쇼군의 묘소가 다소 정리되어 있는 정도가 다를 뿐 거의 옛날 그대로다. 걷다가 바빠 보이는 사람과 마주치지 않는 점도 마음을 차분하게 해 주었다. 학생이 많았지만 천천히 걷는 것을 즐기고 있는 여자들도 있었다. 높은 가지에서 은행잎이 바람에 흔들리고 있다.

소에다는 이제부터 뭘 해야 할지 생각했다. 가도타 서기생에 대해서는 외무성에 가면 알 수 있다. 성가신 점은 이토 무관이 현재 어디에 있느냐 하는 것이다. 그 사람을 찾아내는 데에는 상당히 시일이 걸릴 것 같다.

소에다는 자신이 지금부터 하려는 일이 어쩌면 의미가 없을지도 모르겠다고 생각했다. 왜 노가미 겐이치로에게 이렇게 집착하는 것일까. 그 일등서기관은 분명히 스위스에서 병사했고, 외무성에서 그의 사망 사실을 공표했다.

소에다가 노가미의 죽음을 쫓게 된 동기는 아시무라 세쓰코가 해 준 이야기다. 처음에는 그냥 흘려들었지만 나중에 가서 그대로 흘려버릴 수 없는 무언가가 마음에 일어나기 시작했다. 그 기분을 완전히 설명할 수는 없다.

어쨌든 구미코의 아버지와 매우 비슷한 필적이 나라에 있었다. 그 사실이, 소에다에게 노가미 일등서기관의 최후를 알고 싶다는 동기를 암시했던 것은 확실하다.

소에다 쇼이치는 그 후 각 방면을 뛰어다니며 1944년의 모 중립국 공사관원의 현재 상태를 조사했다. 데라지마 공사는 사망, 노가미 일등서기관 사망, 가도타 서기생 사망, 공사관부 무관 이토 중령은 현재 어디에 있는지 알 수 없었다.

데라지마 공사와 노가미 서기관이 죽었음은 처음부터 알고 있었지만, 가도타 서기생이 병사했다는 사실은 조사 도중에 판명된 것이다.

"가도타 군 말인가? 그 사람은 죽었네. 아마 전쟁이 끝나고 나서 귀국한 지 얼마 지나지 않아, 고향 사가 시에서 죽었을 거야."

소에다의 질문에 외무성의 어느 관리는 대답했다.

소에다로서는 노가미 일등서기관의 죽음에 대해 물어보고 싶은 사람을 이걸로 한 명 잃은 셈이다. 남은 것은 공사관부 무관 이토 다다스케 중령뿐이다.

이토 중령도 소식 불명으로 생사가 확실하지 않다. 당시의 군인들이 그 후에 어떻게 되었는지는 가장 알기 어렵다.

조사를 하면서 소에다는 그의 이력을 대강 훑었는데, 이토 중령은 오사카 부 후세 시 출신이었다. 소에다는 신문사의 오사카 본사에 연락해, 후세 시청에 문의하여 이토 중령의 그 후 상황을 조사해 달라고 했다. 그러나 호적상으로는 사망 사실이 없었고, 현재 어디에 거주하고 있는지도 알 수 없었다.

소에다는 실망했다. 모처럼 의지하고 있던 한 사람은 죽었고, 한 사람은 행방불명이다. 외무성의 무라오 ××과장은 더 이상 노가미 겐이치로의 사망에 대해서 이야기하고 싶어 하지 않을 것 같고, 또 소에다도 그를 다시 찾아갈 마음은 들지 않았다. 오기로라도 무라오를 통하지 않고 다른 곳을 통해 조사해 나가고 싶었다.

며칠을 우울한 기분으로 보냈다. 노가미 겐이치로에 대한 단서는 무라오 요시오라는 벽을 만나 여기에서 뚝 끊긴 것이다.

마지막 희망은 행방불명인 이토 무관이다. 구舊 육군 쪽으로 조사해 보면 어떨까 싶어서 그 방면에 꽤 박식한 기자에게 도움을 청했지만, 결국 알 수 없었다. 아무도 일개 중령의 소식 따위는 모르는 것 같았다.

소에다가 뭔가 끊임없이 조사하고 있는 것을 보고 한 친구가 물었다.

"대체 뭘 하는 거야?"

친한 친구였기 때문에 소에다는 그간의 조사에 대해서 이야기했다. 하지만 노가미 겐이치로에 대해서는 언급하지 않고, 당시의 전시외교 방식에 대해서 자료를 모으기 위해 모국※國 주재 공사관의 사정을 알고 싶다고 이유를 말했다.

친구는 방법을 고민해 주었다.

"좋은 게 있어."

그가 자신이 떠올린 방법을 가르쳐 주었다.

"그 무렵의 재류 일본인을 찾아가 보면 어떨까? 자네는 공사관 직원만 생각하고 있지만, 일반 재류민을 찾아보는 방법도 있지."

그러나 재류민이 노가미 겐이치로의 죽음에 대한 진상을 알 리가 없다. 공사관이라는 정부의 출장기관 안에서 몇 안 되는 재류민은 배척되었다.

"공사관에 접촉하던 사람이 있으면 좋겠는데."

"그렇군, 그런 사람이 있으면 좋겠어."

친구는 또 방법을 생각해 주었다.

"그렇다면 한 가지 좋은 생각이 있어."

"뭐지?"

"신문기자일세. 신문기자는 공사관원은 아니지만 대부분 공사관에 출입하면서 정보를 얻었을 게 틀림없어. 그러니까 내부 사정에 정통했을 테지."

특파원을 말하는 것이다. 하지만 1944년경, 일본 신문사가 과연 유럽에 특파원을 두었을까.

"있어. 좀 유명한 사람인데."

친구는 말을 이었다.

"누구지?"

소에다는 생각에 잠긴 눈이 되었다.

"다키 씨일세. 다키 료세이 씨."

"다키 료세이—."

소에다는 기가 막혔다.

다키 료세이라면 소에다가 일하는 신문사의 전 편집국장이다. 과연, 친구가 말한 대로 다키는 세계대전 중에 어느 나라의 특파원이었고, 나중에 그곳을 탈출해서 스위스에 체재했다.

다키는 귀국하자 외보부장에서 편집국장이 되었고 그 후에는 논설위원이 되었지만, 오 년 전에 은퇴하고 현재 세계문화교류연맹의 상임이사를 맡고 있다.

"확실히 다키 씨가 그랬지."

소에다는 오히려 친구에게 배운 꼴이었다. 너무 가까이 있어서 금방 알아차리지 못한 것이다.

"어떤가, 다키 씨라면 이야기해 주겠지. 회사로 보면 자네 선배고, 현재 문화단체의 이사라는 홀가분한 입장에 있으니 자유롭게 이야기해 줄 거야."

"다행이군."

소에다는 말했다.

"당장 다키 씨를 만나 보겠네."

소에다 쇼이치는 다키 료세이를 직접 알지는 못했다. 회사 선배로서 이름은 지나칠 정도로 충분히 들었지만 면식은 전혀 없다.

소에다는 평기자에 지나지 않는다. 상대는 편집국장에서 논설위원이 된 기자다. 회사 선배라고 해도 지위에는 엄청난 차이가 있었다. 일 때문이라면 몰라도 노가미 겐이치로에 대해서 물으러 가는 것은 너무 갑작스럽다.

보통 같으면 회사 명함을 이용해 취재 핑계를 대어서라도 이야기를 들으러 갔겠지만 다키에게는 그럴 수가 없다. 누군가 연줄을 찾아야 했다.

회사에 다키의 직속 후배는 상당히 많다. 소에다는 그중에서 비교적 자신과 가까운 사람을 찾았다. 현재의 조사부장이 적당할 것 같았다. 조사부장은 다키의 직속 후배다. 소에다와도 모르는 사이는 아니었다.

조사부장은 소에다의 부탁을 듣고 소개장을 써 주었다. 그것도 명함 뒤에 휘갈겨 쓴 것에 불과했다.

"무엇을 물어보려는 건가?"

조사부장은 일단 물었다.

"다키 씨가 전시에 유럽에 계셨을 때의 이야기를 듣고 싶습니다."

조사부장은 온후한 사람이었다. 그가 세계문화교류연맹 상임이사 다키 료세이는 늘 세계문화회관에 있다고 가르쳐 주었다.

세계문화회관은 고지대의 조용한 한쪽 구석에 서 있었다. 부근에는 외국의 공사관이나 영사관이 많아서 한적하다. 완만한 언덕의 기복이 그대로 길의 경사를 이루고 있다. 언덕길에는 돌이 깔려 있었다.

덩굴풀이 돋아 있는 오래된 긴 담이 이어지고, 어느 저택에나 우거진 풀들이 보였다. 사실 이 일대는 숲 사이에 서양식 저택이 보이고, 거기에 외국의 국기가 펄럭이는 이국적인 지역이다.

세계문화회관 건물 안은 이미 이국적이다. 묵는 손님들이 외국인뿐이기 때문이다. 어려운 규약을 두어, 자격이 있는 외국 신사가 아니면 이곳을 이용할 수는 없게 되어 있었다. 이곳은 구재벌의 별저였던 곳이다.

소에다가 회전문 안으로 들어가 프런트에 서자 직원 세 명이 바쁜 듯이 외국인과 이야기를 하고 있었다.

"무슨 용건이십니까?"

겨우 손님의 용무가 끝난 한 사람이 기다리고 있는 소에다를 향했다.

"다키 씨를 뵙고 싶은데요."

소에다는 자신의 명함과 소개장을 써 준 조사부장의 명함을 함께 내밀었다. 직원은 전화로 문의를 한 후에 "로비 쪽으로 가십시오" 하며 그 방향으로 손가락을 가리켰다.

이층이 로비로 되어 있었다. 일본식 회유정원을 내려다볼 수 있게 만들었는데, 커다란 정원석은 원래 이 저택의 소유자였던 사람이 돈을 아끼지 않고 모은 것이라고 한다.

로비에는 역시 외국 손님들만 앉아 있었다.

삼십 분쯤 기다리자 다키 료세이가 나타났다. 슬슬 지루해져서 대리석 바닥을 돌아다니고 싶은 욕망이 일어나기 시작했을 때였다.

다키는 탄탄한 체격에 키가 컸다. 안경을 쓴 얼굴은 이목구비가 뚜렷하고, 손질이 잘된 반백의 머리카락도 일본인과 동떨어진 특징이 있는 외모에 어울린다. 실제로 소에다가 의자에서 일어서서 정면으로 마주 보았을 때 압도될 정도로 당당했다. 외국인들 사이를 돌아다녀도 결코 꿀리지 않을 만한 관록이 느껴졌다.

"다키입니다."

소에다의 명함을 손가락 사이에 끼우고, 이사는 말했다. 소에다가 인사하자 "앉으시죠" 하며 의자를 손으로 가리킨다. 그 몸짓에도 위엄이 있었다.

"무슨 용건입니까?"

잡담은 하나도 없었다. 그런 점도 외국식이다.

"다키 씨가 제네바에 계셨을 때의 일을 좀 여쭤 보려고 찾아뵈었습니다."

소에다는 다키의 얼굴을 똑바로 보며 말했다.

"호오, 오래된 이야기를 들으러 오셨군요."

테 없는 안경 속 다키의 눈에는 온화한 잔주름이 새겨져 있었다.

혈색이 외국인 같은 것은 평소에 먹는 음식부터가 일본인과 다르기 때문일지도 모른다.

"다키 씨도 아실 것 같은데요, 1944년에 제네바의 병원에서 돌아가신 노가미 일등서기관에 관한 일로 찾아뵀습니다."

기분 탓인지 테 없는 안경 속의 눈이 날카롭게 빛난 듯했다. 가느다란 눈이었지만 순간 날카로워졌다.

그는 잠시 대답이 없었다. 천천히 주머니를 뒤져 담배를 꺼낸다.

"다키 씨는 당시 그쪽에 계셨지요. 노가미 서기관을 알고 계셨습니까?"

이사는 소리 내어 라이터를 켜고 고개를 숙여 담배에 불을 붙였다.

"성함은 들었지만 직접적으로는 모르는데요."

이사는 연기를 내뿜으며 대답했다.

"하지만 다키 씨는 노가미 씨가 그쪽 병원에서 돌아가신 것은 아시죠?"

"그건 들었습니다."

그 대답도 금방 돌아온 것은 아니다. 꽤 뜸을 들이고 나서였다.

"노가미 씨의 최후는 어땠습니까? 그쪽에서 일 때문에 고생을 많이 하셨다고 들었는데, 역시 과로 때문에 병에 걸리신 겁니까?"

"그렇겠지요."

이사의 대답은 무뚝뚝했다.

"당시의 일본 외교에 대해서는 다키 씨가 거기에서 특파원으로 계시면서 충분히 알고 계셨을 겁니다. 그 무렵, 공사가 병으로 귀국하고 노가미 씨가 공사 대리로 있었던 모양이더군요. 그러니 연합국과 추축국 사이에 서서 일본의 어려운 외교를 해 나가던 노가미 씨의 고심은 현지에 계셨던 다키 씨가 잘 아시겠지요."

"그렇습니다. 노가미 씨는 전쟁이 끝나기 일 년 전에 돌아가셨으니까요. 물론 병으로 돌아가실 만큼 큰 고생을 하셨겠지요."

이사는 별로 성의 없는 말투로 대답했다.

"다키 씨는 제네바에 계시면서 노가미 씨가 임종하던 모습에 대해 듣지 못하셨습니까?"

"모르겠는데요."

그 대답은 금방 나왔다.

"내가 알 리 없지요. 나는 신문사 특파원이고, 당시의 중립국을 통해 세계대전의 상황을 본사에 전하고 있었을 뿐이니까. 일개 외교관의 최후에는 흥미도 없고, 또 공사관 쪽에서 알려 주지도 않았어요."

소에다는 이번에도 벽과 마주하고 있다고 느꼈다. 뭐라고 말해도 이쪽의 말이 공처럼 튕겨 나올 뿐이다. 다키 료세이는 쿠션에 등을 기대고 다리를 꼰 채 유유히 앉아 있다. 그 모습이 소에다를 얕잡아보고 있는 것처럼 보이기도 했다.

소에다는 다키를 만난 순간부터 자신이 안이하게 생각했던 이미지가 산산이 부서진 것을 알았다. 같은 회사의 선배이기 때문에, 소에다는 다키에게 친밀감을 갖고 있었다. 자신이 있던 회사의 기자가 찾아와 주었으니, 다키가 쾌히 이야기해 주리라고 예상했다.

그러나 다키는 처음부터 심술궂게 느껴질 정도로 차가웠다. 무엇을 물어도 이쪽이 생각하는 대답을 해 주지 않는다. 아니, 그보다 대답할 수가 없었으니 어쩔 수 없지만 그 말투에는 조금도 후배에 대한 배려가 없었다. 퇴사한 지 벌써 오 년, 이미 신문사 사람에서 완전히 이탈하여 국제적인 문화인으로서 저명한 존재가 되었기 때문일까? 소에다는 가끔 종합 잡지 같은 데서 본 다키의 딱딱한 문장을 그 사람에게서 보는 것 같은 기분이 들었다.

소에다는 처음부터 다키를 선택한 것을 후회했다. 이 인물을 만난 것은 실수다. 그는 꺼내려던 메모지를 주머니에 넣었다.

"실례가 많았습니다."

선배에 대한 인사가 아니라 신문기자로서 만난 상대에 대한 인사였다.

"당신."

쿠션에 기대어 있던 다키 료세이가 담배를 문 채 몸을 일으켰다.

"그건 뭐요? 기사로 쓸 거요?"

갑자기 친절해졌다. 이제 와 목소리가 변한 것이다. 소에다는 처음에는 개인적인 문제라고 양해를 구하고 물을 작정이었다. 하지만 상대가 관료 같은 태도로 나오니 이쪽도 오기가 생겼다. 소에다도 아직 젊다.

다행히 이 이야기는 재료가 갖추어지면 신문에도 쓸 수 있고 융통성이 있었다.

"그렇습니다. 조금 조사해 보고 재미있으면 쓸 생각입니다."

"어떤 내용이지요?"

다키는 소에다의 얼굴을 들여다보며 물었다.

"전시 일본 외교의 회고 같은 것을 써 보려고요."

다키는 다시 담배를 물었다. 안경 속의 눈을 감는다. 아주 잠깐 동안, 소에다는 다키에게서 전 편집국장의 모습을 보았다.

"모처럼 기획했겠지만 소용없을 거요."

"왜지요?"

"재미없으니까. 게다가 이제 와서는 의의가 없기도 하고. 곰팡내 나는 낡아빠진 이야기지요."

어지간한 소에다도 화가 났다. 이 사람이 다키가 아니었다면, 아니, 회사 선배가 아니었다면 덤벼들었을 판이다.

"의견은 큰 참고가 되겠습니다."

그렇게만 대답하고, 소에다는 스프링이 있는 쿠션을 박차고 일어섰다. 주위는 외국인밖에 없다. 노부부가 조용히 이야기를 나누고, 젊은 부부가 아이를 뛰어놀게 하고 있다. 소에다는 그런 친숙하지 못한 분위기 속에 있었다.

소에다는 잘 닦인 플로어를 걸어 현관을 나섰다. 차에 올라타고 돌아가는 길에, 갑자기 분노가 아까보다 더 크게 일어났다. 이 부근의 건물들처럼, 다키는 예의가 바르지만 차갑다. 같은 회사에 있던 사람이라는 생각이 들지 않았다. 처음부터 관료 출신 이사를 만난다고 여겼다면 각오가 달랐을 텐데. 그러나 선배라고 생각했기 때문에 화를 참을 수가 없었다.

하지만 소에다는 차에 올라타고 나서 깨달았다. 외무성의 무라오 과장도, 지금 만난 다키 이사도 마치 짠 것처럼 노가미 겐이치로의 사망에 대해서는 이야기하고 싶어 하지 않는다. 무라오 과장의 경우는 빈정거리는 야유로 그를 물리쳤다. 다키 이사의 경우는 바닥에 깔려 있는 대리석처럼 잘 갈고 닦인 태도로 차갑게 답변을 거부했다.

두 사람 다 왜 노가미 일등서기관의 죽음을 언급하기를 싫어하는 것일까. 지금까지는 그렇게 심각하게 여기지 않았지만, 이때부터 소에다의 마음속에는 노가미 겐이치로의 죽음의 진상을 조사하겠다는 생각이 확실한 형태로 자리 잡았다.

5

소에다 쇼이치는 구미코의 집에 전화를 걸었다. 전화를 받은 이는 구미코의 어머니였다.

"어머나, 소에다 씨, 오랜만이네요."

다카코는 조용하지만 밝은 목소리로 말했다.

"요즘 격조했습니다. 아, 맞다. 요전에는 잘 먹었습니다."

소에다는 감사 인사를 했다.

"아뇨, 차린 것도 없었는데요. 그 후로 오시질 않아서 어떻게 지내시나 했지요."

"여러 가지로 회사 일 때문에 정신이 없었습니다."

"바쁜 건 좋은 일이지요. 오늘은 구미코가 집에 없는데요."

다카코 쪽에서 먼저 말했다.

"늦게 들어올까요?"

"뭐라더라, 구미코 친구가 불러서 그 친구 집에 갔어요. 그렇게 늦기 전에 들어올 것 같은데요."

"그렇습니까."

"저어, 뭔가 급한 볼일이라면."

"아뇨, 별로 급하다고 할 정도는 아닙니다."

전화를 받고 있는 사람은 노가미 겐이치로의 아내다. 그 목소리를 직접 듣고 있다는 것이 왠지 기묘했다.

"괜찮으시면 저녁때라도 저희 집에 오시지 않을래요? 구미코도 금방 들어올 것 같은데."

"그럴까요."

소에다는 구미코를 만나고 싶었다.

그녀의 아버지 노가미 겐이치로의 죽음에 대해 알고 싶다고 결심한 지금은 왠지 모르게 구미코를 만나고 싶다. 만나도 무슨 이야기를 들을 수 있을 리는 없지만.

"네, 꼭 오세요."

다카코는 끊임없이 권했다. 소에다도 그러고 싶어졌다.

"그럼 찾아뵙겠습니다."

"그래요, 기다리고 있을게요."

소에다는 약속대로 그날 저녁 구미코의 집으로 향했다.

구미코의 집은 스기나미의 조용한 길에 있었다. 부근에는 키 큰 나무들이 남아 있다. 화백나무 울타리가 이어져 있는 한적한 일대였다. 그중 한 울타리가 그녀의 오래된 집을 에워싸고 있었다.

문패에는 '노가미 가'라고 되어 있다. 주위는 어둑어둑했지만 소에다를 기다리는 모양인지 밝은 불빛이 바깥까지 새어 나오고 있었다.

소에다 쇼이치가 작은 현관 앞에 서자 다카코가 나왔다. 이 집에는 가정부가 없었다. 현관의 불빛을 등진 그녀는 서둘러 소에다를 맞이했다.

"어서 오세요. 기다리고 있었어요. 자, 들어오세요."

소에다는 구두를 벗었다.

안내된 곳은 세 평짜리 객실이었다. 좁은 집이지만 세간은 모두 차분했다.

"오랜만에 뵙네요."

다카코는 소에다에게 인사했다.

갸름하고 쓸쓸해 보이는 얼굴이었다. 구미코를 닮았지만 그보다 고풍스럽다. 어머니는 젊었을 때 미인이었다고 구미코가 말했는데, 틀림없이 그랬을 것이다.

도코노마_{일본식 방에서 바닥 한 단을 높게 올린 곳. 맞닿은 벽에는 족자를 걸고 바닥에는 꽃이나 장식물}_{을 둔다}에는 족자가 걸려 있었지만 소에다가 잘 읽을 수 없는 한시漢詩였다. 이 집의 주인이 외교관으로 있었던 시절에 특별히 그를 아껴 주었던 어느 노정치가의 글이다. 그 앞에 향이 천천히 피어오르고 있었다.

"구미코가 아직 돌아오지 않았어요."

다카코는 찻잔을 놓으면서 말했다.

"그래요? 늘 이렇게 늦나요?"

소에다는 거북한 듯한 얼굴을 했다.

"아뇨, 평소에는 일찍 들어오는데 어떻게 된 건지 오늘따라 늦네요."

다카코는 작게 웃었다.

"저는 또 소에다 씨와 어디 갔나 했어요. 전화가 오기 전까지 그렇게 생각하고 있었답니다."

"요전에 찾아뵌 후로는 만나지 못했습니다."

소에다는 진지하게 대답했다.

지금까지 소에다가 이 집에 놀러온 적은 있지만 밤에 방문하기는 이번이 처음이었다. 그것도 다카코밖에 없으니 아무렇지도 않을 수가 없었다. 역시 거북하다.

"편하게 계세요. 곧 구미코도 들어올 거예요."

"예에."

소에다는 어색한 동작으로 말차를 마셨다.

"오늘 밤에는 구미코 씨도 그렇지만, 어머님께 용건이 있어서 왔습니다."

소에다는 다카코를 어머님이라고 불렀다. 부인이라고 부르는 것도 이상하고 노가미 씨라고 하는 것도 마땅치 않다.

"어머나, 그래요? 무슨 일이시지요?"

다카코는 함께 마시고 있던 찻잔을 가까이 내려놓았다. 눈가에 미소를 띠며 살짝 고개를 기울인다.

"요전에 구미코 씨에게서 들었는데 아시무라 씨가 나라에서 구미코 씨 아버님의 필적과 매우 비슷한 글씨를 보셨다지요?"

"아아, 세쓰코 말이군요."

다카코는 코에 주름을 지으며 미소를 띠었다.

"그런 말을 했었지요. 절의 방명록인지 뭔지에 그런 글씨가 있었다고요. 그 이야기에 구미코가 굉장히 흥미를 갖고 있었던 것 같은데요."

"맞습니다. 실은 저도 그 이야기를 듣고 재미있다고 생각했어요."

소에다는 대답하며 다카코의 얼굴을 살폈다.

남편에 관한 이야기이니 표정에 변화가 있지 않을까 했는데 평소의 모습 그대로였다. 소에다가 예상했던 것 같은 변화는 일어나지 않는다. 역시 조용한 사람이었다.

"소에다 씨까지 그러시다니."

다카코는 눈을 들며 웃고 있었다.

"어째서요?"

"외국에서 돌아가신 남편분의 필적은 특별했다면서요. 아마 미불이라는 중국 옛 서예가의 서체라지요?"

"네, 특이한 글씨였어요."

"똑같은 글씨를 쓰는 사람이 있다니 재미있잖습니까. 요즘도 그런 오래된 글씨를 배우는 사람이 있다니, 우리는 생각도 할 수 없는 일입니다."

"그럴까요? 미불이라는 사람은 의외로 유명하지 않나요? 하지만 글씨의 버릇은 저도 잘 알고 있는데 조금 특이하긴 해요. 조카 세쓰코는 남편이 마치 살아 있는 것처럼 절을 뒤지고 다녔다고 하더군요."

"아시무라 씨의 마음은 잘 알 것 같습니다."

소에다는 말했다.

"역시 그리웠던 거겠지요. 그래서 저도 좀 감동했습니다. 여기에 남편분의 필적이 남아 있다면 한번 보여 주실 수 있을까요?"

소에다가 처음부터 생각하고 있던 용건은 그것이었다. 갑자기 말을 꺼내면 무례해 보이고 빙 돌려 말하면 끝이 없다. 결국 정직하게 말할 수밖에는 없었다.

"물론 있지요. 남편은 늘 빨간색 양탄자를 깔고, 종이를 놓고, 항상 내게 먹을 갈아 달라고 했거든요. 도락이었지요."

다카코는 방을 나갔다가 곧 돌아왔다. 손에 종이꾸러미를 들고 있었다.

"이거예요. 별로 잘 쓰는 글씨는 아니지만 어쨌거나 보세요."

꾸러미를 풀자 통처럼 둥글게 만 종이가 몇 장 있었다. 다카코는 그 끈을 풀었는데, 그 조심스러운 손놀림을 보면 남편의 추억을 여기에 펼칠 수 있어서 즐거운 듯했다.

소에다는 펼친 종이를 보았다. 과연 특이한 글자다. 일반인에게는 별로 익숙하지 않은 서체였다.

"이런 글씨를 잘 썼어요."

다카코는 소에다가 바라보고 있는 옆에서 말했다.

"전혀 와 닿지 않지요?"

"아뇨, 뭔가, 이상한 서체지만 끌리는 것 같습니다. 지나치게 단정한 글씨는 친근감이 없잖아요."

"그건 남편이 잘 써서가 아니에요."

부인은 말했다.

"본보기가 된 스승님이 좋기 때문이지요. 저도 들은 이야기를 옮기는 거지만, 남편이 이 특이한 서예가의 서체를 흉내 낸 까닭은 그 속에 일종의 선禪 같은 것이 있기 때문이라고 말하곤 했어요. 저는 아무리 봐도 모르겠더군요. 그러니까 당신한테는 보는 눈이 없는 거요, 라며 자주 꾸중을 들었어요."

다카코의 말투에는 아직 추억의 즐거움이 남아 있었다.

"그런데 소에다 씨, 어째서 제 남편에게 그렇게 신경 쓰는 건가요?"

다카코가 물었다.

"전쟁이 끝나기 전에 중립국의 외교관으로서 많은 고생을 하셨잖아요. 저는 그 사실에 흥미가 있습니다. 만일 무사히 돌아오셨다면 여러 가지 재미있는 이야기를 들을 수 있었을 텐데요."

"그렇군요. 남편은 그렇게 틈만 나면 오래된 절을 돌아다니곤 했으니까요. 문학에 다소 취미가 있었을지도 모르지요. 학생 시절에는 동인잡지 같은 것에 관여한 적도 있다던데."

다카코는 역시 즐거운 듯이 말을 이었다.

"글을 많이 쓰는 편이었어요. 남편이 외국에서 살아서 돌아왔다면, 당시의 일을 수기로 썼을지도 모르겠어요."

"그거 엄청난 일인데요. 그런 메모가 나온다면 귀중한 기록이 되겠군요."

사실 중립국에 주재하고 있는 사람이 패전 전의 일본 외교 사정을 쓴 수기는 지금까지 별로 없었다.

"저는 그런 상황에서 돌아가신 남편분이 정말 안됐다고 생각합니다. 실제로 얼마나 고생을 하셨는지 알 수 없지 않습니까. 그 피로가 결국 몸을 좀먹은 거겠지요. 학생 시절부터 운동을 해서 탄탄한 체격이었다지요?"

"맞아요. 젊을 때는 꼭 산사람 같았어요."

"안타깝네요. 저는 남편분을 통해서 전쟁이 끝나던 당시의 일본 외교관이 어떤 일을 했는지 조사해 보고 싶었거든요. 잘되면 좋겠다 싶어 의욕이 넘쳤는데."

무라오 과장이나 다키 이사 등이 묘하게 이 문제를 기피하고 있다는 이야기는 언급할 수 없었다.

왜 꺼리는 걸까. 노가미 겐이치로 이야기가 나오면 당시의 사정을 아는 주변인들이 이상하게 입을 다문다. 다들 어두운 얼굴이었다.

눈앞에 앉아 있는 사람은 노가미 겐이치로의 미망인이다. 하지만 이 사람의 얼굴은 밝다. 그들의 표정은 노가미 씨의 죽음이 실제로 어땠는지 알고 있는 인간과 모르는 인간의 차이인 것 같은 기분이 들었다.

"구미코가 늦네요."

다카코는 시계를 보았다.

"모처럼 오셨는데 죄송해요."

"아니, 괜찮습니다."

소에다는 살짝 얼굴을 붉혔다.

"구미코 씨는 언제든지 또 만날 수 있으니까요. 오늘 밤에는 이 글을 볼 수 있어서 다행이라는 생각이 듭니다."

소에다는 언젠가는 노가미의 죽음을 둘러싼 진상을 알아낼 생각이다. 다카코에게는 말할 수 없다. 노가미의 병사에는 어두운 무언가가 따라다니고 있다. 뭔가가 있다.

"그건 그렇고."

다카코는 갑자기 소에다의 얼굴을 보았다.

"소에다 씨는 연극 좋아하세요?"

"어떤 연극 말씀입니까?"

"가부키예요. 마침 표를 두 장 받았는데 괜찮으시면 구미코랑 같이 가시면 어때요? 모레 밤, 시간 있으세요?"

다카코는 어머니다운 배려를 보였다. 소에다를 구미코의 장래 결혼 상대로서 마음에 들어 했다.

"이삼일 전에 외무성 쪽에서 갑자기 보냈더라고요. 지금까지 그런 일이 없었기 때문에 깜짝 놀랐어요. 구미코가 좋아하면서 저한테 가자고 하더군요. 저는 가부키는 별로 좋아하지 않아서요. 소에다 씨, 괜찮으시면 구미코를 데리고 가 주시면 안 될까요?"

"글쎄요, 그건."

그렇게 말했지만 소에다는 문득 깨달았다.

"방금, 지금까지 표를 보내 준 적이 없었다고 하셨지요?"

"맞아요, 처음이에요."

"보내 주신 분은 외무성의 누구십니까?"

"이름은 씌어 있었지만 저는 누군지 모르는 분이에요. 아마 남편의 부하 직원일지도 모르지요. 가끔 그런 호의를 갑자기 보여 주시는 분이 있거든요. 누구인가 했더니 남편에게 신세를 많이 졌다면서 당시의 부하 직원이었다고 하시곤 했어요."

"그 표를 보낸 사람은 성함이 어떻게 되십니까? 이런 걸 물으면 안 되는 건가 싶습니다만."

"아뇨, 괜찮아요."

다카코는 일어서서 그 봉투를 가져왔다.

"이거예요."

소에다는 봉투를 뒤집었다. 거기에는 '외무성 이노우에 사부로'라고 되어 있었는데 능숙하게 쓴 펜 글씨였다.

"편지가 들어 있지는 않았습니까?"

소에다는 물었다.

"네, 그런 건 없었어요. 표 두 장이 봉투에 들어 있었을 뿐이에요."

"이상하네요. 보통 뭔가 편지라도 넣어 보낼 것 같은데요."

"아뇨, 가끔 이런 일이 있어요. 생각지 못한 때에 훌륭한 선물이 오기도 해서 당황하기도 해요. 아무래도 편지 같은 걸 쓰면 보내시는 분에 대해서 여러 가지를 말해야 하니까 그런 거겠지요. 거의 말없이 보내 주세요."

소에다는 그런 선물도 있을 수는 있겠다고 생각했다. 생전의 노가미 겐이치로 씨에게 다소나마 신세를 졌던 사람이 일부러 자신의 정체를 숨기고 몰래 미망인에게 선물을 하고 싶을 수도 있다. 편지는 굳이 넣지 않는 편이 배려일까.

그러나 소에다는 이 연극 티켓 두 장이 마음에 걸렸다.

"이노우에 사부로 씨라는 사람은 모르시지요?"

"몰라요. 한 번도 찾아오신 적 없고 편지가 온 적도 없어요. 아마 남편이 옛날에 알았던 분이겠죠."

"모처럼 말씀해 주셨는데 역시 저는 가지 않는 게 좋겠습니다."

"어머나, 왜요?"

다카코는 눈을 크게 떴다.

"티켓을 보내신 분의 뜻대로 어머님과 구미코 씨가 함께 가시는 편이 낫겠어요. 그게 보내 주신 분의 호의를 받아들이는 일일 테고요."

다카코는 생각에 잠겼다.

"그럴지도 모르겠네요."

작게 고개를 끄덕인다.

"그럼 그렇게 할게요."

"꼭 그렇게 하십시오. 저는 언제든지 함께 가 드릴 수 있으니까요."

문득 소에다가 살짝 웃었다.

"그런데 그 표를 좀 보여 주실 수 있을까요."

소에다는 다카코의 손에서 그것을 받아들었다.

좌석 번호는 3구역 '마' 24와 25였다. 메모하고 싶었지만 다카코 앞에서 그렇게 했다간 따로 속셈이 있다는 것을 들킬지도 모르니 그만두고 번호만 똑똑히 기억했다.

"좋은 자리네요. 이건 중앙일 거예요. 잘 보이는 자리가 아닐까요."

"그래요? 고마운 일이네요."

3구역 '마' 24, 25—. 소에다는 입 속으로 중얼거렸다.

"구미코는 어떻게 된 걸까? 오늘 밤에는 많이 늦네요."

다카코는 얼굴을 흐렸다. 아마 소에다를 배려하고픈 마음이었으리라.

때마침 전화가 울렸다. 구미코에게서 온 전화였다.

"어머나, 구미코, 어떻게 된 거니?"

소에다는 방에 앉아 다카코의 목소리를 들었다.

"그래, 세쓰코네 집이구나. 그럼 괜찮지만 더 일찍 연락했어야지. 지금 소에다 씨가 와 계셔."

다카코의 목소리가 끊긴 것은 구미코의 이야기를 듣고 있기 때문이다.

"그래, 그럼 잠깐 기다리렴."

다카코가 돌아왔다.

"구미코도 참, 못 말리겠어요. 조카네 집에 가 있나 봐요. 세쓰코의 남편이 저녁 식사에 초대했다나요. 소에다 씨, 잠깐 전화 좀 받아 보실래요?"

"예."

소에다는 일어섰다.

"소에다 씨, 미안해요."

수화기 속에서 구미코의 목소리가 울렸다.

"아니에요, 저도 갑자기 찾아뵌 거니까요. 지금 아시무라 씨 댁인가요?"

소에다는 말했다.

"맞아요. 형부가 식사를 대접해 주시겠다고 전화가 와서 여기에 왔어요. 당장 돌아가면 좋겠지만 시간이 더 걸릴 것 같아서요."

구미코의 목소리는 쾌활했다.

"괜찮습니다. 저는 이제 슬슬 가 볼게요. 아아, 맞다. 그 댁 부인께, 제가 요전에 찾아뵈었을 때는 감사했다고 인사 좀 전해 주세요."

"그렇게 전할게요. 미안해요. 그럼 다음에 봐요."

이틀 후 소에다 쇼이치는 공연 시간에 맞춰 가부키 극장에 갔다.

신문사에서 할 일도 있었지만 일찌감치 끝냈다. 표는 2등석을 간신히 구할 수 있었다. 측면 쪽 문에 가까운 가장 뒤쪽 자리다.

3구역의 '마' 24, 25석은 전방에 가까운 중앙 자리였다.

주의 깊게 보니 다카코와 구미코가 나란히 앉아 있는 모습이 보였다.

오늘 구미코는 빨간색 정장 차림이라 어느 모로 보나 젊은 여성다웠다. 다카코는 검은색 계열의 하오리 차림이다. 유감스럽게도 오늘 밤, 소에다는 두 사람에게 가까이 갈 수가 없다. 그러고 보니 두 사람에게 얼굴을 보이는 것도 피해야 했다.

소에다의 자리에서는 일층의 모든 손님이 대부분 내려다보였다. 막이 열려 있어서 손님들은 당연히 무대로 얼굴을 향하고 있다.

소에다는, 관객 가운데 누군가가 무대보다도 다카코 모녀에게 얼굴을 향하고 있지 않은가 기대하고 있었다.

소에다는 어제 하루 종일 외무성의 명부를 조사했다. 외무성에 출입하는 기자에게도 물어보았다. 외무성의 어느 부에도 어느 과에도 이노우에 사부로라는 사람은 존재하지 않는다. 놀라지는 않았다. 예상대로였다.

그 예상은 오늘 밤에도 계속되고 있다. 다카코와 구미코의 자리를 누군가가 응시하고 있지 않을까. 모녀에게 말을 거는 사람은 없을까. 그의 주의는 거기에 쏠려 있었다.

소에다가 들어갔을 때는 이미 1막이 시작된 후였다. 화려한 무대다. 자리를 메운 관객들은 예외 없이 무대에 정신이 팔려 있었다. 그동안 다른 데를 보고 있는 관객은 없었다. 소에다의 위치가 맨 뒤이기 때문에 일층은 감시할 수 있다. 다만 이층과 삼층은 시야에 들어오지 않았다. 여기에서는 무대 양쪽에 있는 이층과 삼층의 관객들이 보인다. 하지만 그의 머리 위로 튀어나와 있는 천장 위는 아무리 애를 써도 시야에 들어오지 않는다.

1막은 무사히 끝났다. 다카코와 구미코는 열심히 공연을 관람했다. 가끔 프로그램 진행표를 보면서 서로 속삭이기도 했다.

즐거워 보였다.

십 분간의 휴식시간이 되자 관객들이 자리에서 일어나 복도로 나가기 시작했다. 다카코와 구미코도 역시 통로를 따라 이쪽으로 걸어왔다. 소에다는 허둥지둥 구석 쪽으로 피했다.

모녀는 십 분 동안의 휴식을 복도 끝에 있는 층계참의 소파에서 보냈다. 근처에 관객이 많아서 소에다가 멀리에서 보고만 있으면 들킬 일은 없었다.

다카코 모녀에게 말을 걸거나 두 사람 앞에 발을 멈추는 사람은 보이지 않았다.

소에다는 슬쩍 주위를 둘러보았다. 가부키 극장에 온 관람객들은 일종의 사치스러운 분위기를 가지고 있다. 가족끼리 온 사람이 있는가 하면 게이샤를 데려온 이도 있었다. 화려한 후리소데를 입은 한 무리의 젊은 여성들도 보인다. 게다가 어느 회사에서 접대받는 듯한 분위기의 단체 손님들이 가슴에 리본 장식을 달고 한데 모여 걷기도 했다.

개막을 알리는 벨이 울렸다. 다카코 모녀도 사람들을 따라 문 쪽으로 간다. 소에다는 또 숨었다.

2막 때도 마찬가지였다. 빨간 정장 차림의 어깨가 보이는 구미코와 거무스름한 하오리 차림의 다카코에게 시선을 향하고 있는 관객은 역시 보이지 않았다. 소에다는 화려한 무대보다도 그쪽에만 주의를 기울여 눈에 비치는 모든 관객을 주시했다.

하지만 조명 때문에 밝은 무대와 달리 관객석은 어둑어둑하다. 뿐만 아니라 이 자리에 있으면 이층, 삼층이 사각지대가 된다. 만일 소에다가 예상하는 인물이 그의 머리 위에 있다면 모처럼의 기회인데 그의 감시가 소용없어진다.

소에다는 초조해졌다. 이곳을 빠져나가 이층이나 삼층을 뛰어다니고 싶었다. 하지만 공연중에는 그럴 수 없다.

어쨌든 소에다의 시야 속에 특별한 일은 일어나지 않은 채 막이 끝났다. 휴식시간임을 알리며 장내의 조명이 밝아지고 관객들은 자리에서 일어나기 시작했다.

다카코와 구미코도 다시 복도로 나왔다. 이번에는 식당 쪽으로 차를 마시러 가는 것 같았다.

소에다는 담배를 피우며 식당 입구가 보이는 소파에 앉았다. 하지만 눈은 잠시도 방심하지 않았다.

오 분 정도 지나 다시 구미코의 빨간 정장이 식당에서 나타났다. 소에다는 또 대피했다. 마침 그때 누군가 말을 걸었다.

"여어."

부서는 다르지만 같은 신문사의 사람이었다.

"어이."

소에다는 어쩔 수 없이 대꾸했다.

곤란하게도 남자는 이야기하기를 좋아한다. 소에다는 귀찮아하면서 눈으로는 다카코와 구미코를 좇았지만 모녀의 모습은 복도 모퉁이로 사라지고 말았다. 소에다는 붙드는 상대방을 대강 떨쳐내고 뒤를 좇았다.

그러나 구미코의 빨간색이 보이지 않는다. 그는 당황했다. 자리로 돌아간 건가 싶어서 문을 열어 보았지만 나가지 않고 남아 있던 관객들 사이 어디에도 모습이 보이지 않는다.

소에다는 복도로 나가서 조금 큰 걸음으로 다른 모퉁이를 돌았다. 그 순간 우뚝 멈춰 섰다. 눈앞의 복도에 구미코의 빨간 정장이 보였다. 다카코의 품위 있는 기모노도 옆에 있었다. 하지만 이번에는 상대가 있었다. 소에다가 눈을 크게 뜬 까닭은, 모녀와 마주 보고 서서 이야기를 하고 있는 것이 놀랍게도 외무성 유럽아시아국의 무라오 과장이었기 때문이다.

소에다는 붉은색의 굵은 기둥 뒤로 몸을 숨겼다.

무라오 과장은 담배를 피우면서 다카코와 이야기하고 있다. 그 붙임성 좋은 얼굴은 소에다가 만났을 때와는 전혀 다르다. 그러나 무라오 과장에게 다카코는 옛 선배의 부인이다. 또 노가미 일등서 기관의 유골을 제네바에서 가져온 사람도 옛날의 무라오 외교관보다. 그런 인연을 생각하면 두 사람이 환담을 나누는 것은 당연했다.

무라오 과장도 오늘 밤에는 가부키를 보러 온 모양이다. 보아하니 과장은 혼자고 다른 동반자는 없는 것 같았다. 하기야 다른 쪽에 가 있거나, 좌석에 남아 있는지도 모른다. 어쨌든 지금 과장과 다카코 모녀는 우연히 복도에서 마주쳐 인사를 나누고 있는 중이다.

다카코는 오랫동안 무라오 과장과는 만나지 않았다고 들었다. 그러니 몇 년 만의 만남일 것이다. 소에다가 보니 다카코의 표정에는 어느 모로 보나 그런 그리움이 넘치고 있었다.

대화는 시간으로 치면 대략 오 분 정도였을 것이다. 이윽고 개막을 알리는 벨이 울리자 과장은 다카코에게 정중하게 머리를 숙였다. 소에다가 있는 곳까지 들리지는 않았지만 분위기로 보아 예의를 갖춘 평범한 인사인 듯했다.

모녀의 표정에는 오랜만에 만난 남편의 옛 친구와 나눈 대화의 여운이 미소가 되어 남아 있다. 사실 다카코에게는 그리웠을 것이 틀림없다.

이제 연극은 마지막 막이었다.

소에다는 여전히 모녀에게 주의를 기울였다. 그러나 소에다가 기대한 일은 그가 보고 있는 곳에서는 끝내 일어나지 않았다.

소에다는 화려한 무대의 움직임을 멍하니 바라보며 생각했다. 무라오 과장이 여기에 온 것은 우연일까. 혹시 무라오 과장이 '외무성 이노우에 사부로'라는 이름으로 표를 보낸 게 아닐까. 그러나 무라오 과장이라면 당당히 자신의 이름을 썼을 것이다. 방금 과장을 만났다고 해서 거기에 연결 지어 생각하는 자신이 조금 지나친 억측을 하고 있는 것 같은 기분도 들었다.

대강 살펴보니 소에다의 시야에는 무라오 과장이 보이지 않았다. 소에다의 위로 돌출되어 있는 위층의 좌석에 앉아 있을지도 모른다. 소에다는 어떻게든 위로 가 보고 싶었다.

공연중이지만 가만히 좌석에서 일어선 그는 조심스럽게 통로를 지나 문 밖으로 나갔다.

계단을 올라 정면의 문을 조용히 열자 이층 좌석이 뒤에서 한눈에 내려다보인다. 무대는 아래쪽에 가라앉아 있다. 소에다는 문에 등을 기대다시피 한 채 바라보았다.

아래층 관객들과 마찬가지로 얼굴들이 하나같이 무대 쪽을 향하고 있다. 이 위치에서 보면 다카코와 구미코 모녀의 자리는 위에서 내려다볼 수 있었다. 주의 깊게 살펴보았지만 어느 관객이나 무대를 열심히 바라볼 뿐, 그가 기대하고 있던 모습은 찾을 수 없었다.

그제야 무라오 과장의 뒷모습을 발견했다. 정면 제일 앞줄이었다. 양쪽 옆을 보니 한쪽에서는 젊은 부인이 남편인 듯한 남자와 가끔 사담을 나누고 있었다. 반대쪽은 잘 차려입은 젊은 여자가 있는데 일행인 남자와의 조화로 보아 게이샤 같았다. 그 두 사람도 가끔 이야기를 나누고 있다. 그동안 과장은 누구와도 이야기하지 않았다. 즉 무라오 과장은 혼자서 온 것이다.

이때 감색 제복을 입은 여자가 소에다 옆으로 다가왔다.

"죄송하지만 자리로 돌아가 주십시오."

"사람을 찾고 있는데, 잠깐만 더 있으면 안 될까요?"

"그건 좀 곤란합니다."

손전등을 한 손에 든 여자는 고지식하게 말했다.

"개연되고 나서는 자리에서 일어서시면 안 됩니다. 죄송합니다."

소에다는 어쩔 수 없이 문을 열고 밖으로 나갔다.

아래층으로 내려갔지만 그대로 다시 자기 자리로 돌아갈 마음이 들지 않았다. 복도에는 사람이 드물었다. 소파에 걸터앉아 담배를 피우며 이야기하고 있는 사람뿐이었다. 소에다는 복도를 걸어 휴게실 쪽으로 갔다. 딱히 목적은 없다. 무대도 앞으로 십 분이나 십오 분이면 끝날 것이다. 공연이 끝날 때쯤, 다시 다카코 모녀를 지켜볼 생각이었다.

소에다가 들어간 곳에도 사람이 드물었다. 작은 전시장인지 배우의 초상화나 사진이 전시되어 있다. 소에다는 넓은 곳에서 혼자 담배를 피웠다.

그때 외국인 일행 한 무리가 들어왔다. 모두 부부 동반인 것 같다. 소에다는 열 명쯤 되는 그 사람들을 멍하니 바라보았다.

6

도쿄 도 세타가야 구 ××거리라고 하면 이름은 번화한 것처럼 들리지만, 아직 무사시노의 잔재가 그대로 남아 있는 전원 지역이다. 도쿄 도의 입구가 부풀어 올라 점차 교외로 뻗어가게 되었지만, 그래도 군데군데 전원이 남아 있다. 이 지역도 그중 하나로 부근에 울창한 잡목림이 곳곳에 보인다.

게이오선 로카공원 역과 오다큐선 소시가야오쿠라 역을 연결하는 하얀 가도가 이 논 속을 한 줄기로 구부러지면서 달리고 있다.

10월 13일 아침 여덟시가 되기 전이었다. 이 부근을 지나가던 농부가 국도에서 갈라진 논두렁길 약 오백 미터 부근에서 한 남자의 시체를 발견했다.

남자는 엎드린 채 죽어 있었다. 별로 질이 좋지 않은 검은색 코트의 등을 보이고 있었다. 머리는 박박 깎았고, 그것도 절반은 백발이었다.

사인은 교살이다. 마끈 같은 것으로 졸렸는지 경부頸部에 깊은 밧줄 자국이 있었다.

신고를 받고 경시청 수사1과에서 담당자가 달려갔다. 우선 감식반의 검시에 의해 사망 시각은 대충 사후 열 시간에서 열한 시간 전, 즉 전날 밤인 12일 오후 아홉시에서 열시 사이로 추정되었다. 나이는 쉰두세 살 정도이고 체격은 큰 편이다. 가을 정장에 얇은 코트를 입었지만 어느 옷이나 오래 입은 듯해 그리 유복한 생활을 하던 사람으로는 보이지 않았다. 와이셔츠도 낡았고 넥타이도 닳고 색깔이 바랬다.

지갑은 양복 안주머니에 있었지만 만 삼천 엔 남짓 되는 돈은 무사했다. 때문에 수사당국은 강도설을 부정하고 처음부터 원한설을 택했다.

단서가 되는 양복이나 코트의 이름을 조사하려고 했지만 이름이 없는 기성품이었다. 그것도 십 년쯤 전에 만들었다고 생각되는 엉성한 옷이었다. 본인의 명함집이나 서류도 없었다.

시체를 해부한 결과 사인이 교살이라는 것도, 검시 당시의 사후 열 시간 내지 열한 시간이라는 추정도 확실해졌다. 경시청에서는 관할서에 수사본부를 두고 곧 수사를 개시했다.

현장 부근은 잡목림과 논에 둘러싸인 한적한 곳이다. 밤 아홉시에서 열시쯤 되면 인적이 끊긴다.

국도에는 끊임없이 자동차가 오갔다. 하지만 현장인 논두렁길은 국도에서 꽤 떨어져 있고, 시야를 가로막듯이 사이에 작은 나무숲이 있어서 목격자는 없었을 것으로 생각된다.

수사원은 우선 피해자의 신원을 조사하기 시작했다.

경시청에서는 이 일을 보도기관에 알리고 협조를 구했다. 신문은 가끔 특종 싸움으로 수사에 방해가 될 때도 있지만 이럴 때는 더없는 협력자다. 그날 석간을 보고 곧 신고가 들어왔다.

신고자는 시나가와 역에 가까운 여관의 주인이었다. 쓰쓰이야라는 별로 고급은 아닌 여인숙이다. 주인 쓰쓰이 겐자부로의 신고에 따르면 석간 기사에 나온 피해자는 아무래도 자신의 여관에 묵은 손님인 것 같다고 한다.

그래서 수사본부는 주인을 데려와 시체의 얼굴을 확인하게 했다. 그는 보자마자 이 사람이라고 말했다. 주인의 이야기에 따르면 손님은 이틀 전, 즉 10월 11일 밤에 그의 여관에서 하룻밤 묵었다고 한다.

당장 숙박원장을 조사했다. 거기에는 본인의 필적으로 다음과 같이 적혀 있었다.

—나라 현 야마토 고리야마 시 ××거리 잡화상 이토 다다스케 51세.

피해자의 신원은 알았다.

수사본부는 뛸 듯이 기뻐했다. 곧 경찰 전화로 고리야마 서에 연락해서 피해자의 유족을 찾게 했다.

한 시간 후에 고리야마 서에서 보고 전화가 왔다. 보고에 따르면 분명히 당해 번지에 잡화상 이토 다다스케라는 인물이 살고 있고 연령도 맞으며 가족으로는 사망한 아내와 장가 든 양자가 있다고 한다.

양자 부부의 이야기에 따르면 이토 다다스케는 10월 10일 밤, 갑자기 도쿄에 가겠다며 집을 나갔다. 용무를 묻자 이토 다다스케는 '어떤 사람을 꼭 만나야 한다'는 말을 남겼을 뿐 자세한 이야기는 하지 않았다고 한다.

경시청에서는 고리야마 서에 부탁해서 피해자의 가정 사정 및 교우 관계의 조사를 의뢰했다. 피해자의 신원이 판명되었음은 그 이튿날 10월 14일 조간에 간단히 보도되었다.

소에다 쇼이치는 그날 아침잠에서 깨어 조간을 집어 들었다. 어젯밤 가부키 극장에서는 결국 그가 기대했던 일은 일어나지 않았다.

소에다는 반쯤은 실망하고 반쯤은 어딘가 안도를 느꼈다.

그가 집으로 돌아와서 잠든 것은 꽤 늦은 시간이었다.

소에다는 자신의 직업이기 때문에 조간을 볼 때도 정치면은 꼼꼼하게 읽었다. 그러다가 질려서 사회면을 보고 있는데 기사 하나가 눈에 띄었다.

'세타가야의 참살 시체 신원 알아내다'라는 표제가 붙어 있다.

세타가야에서 남자의 교살 시체가 발견되었음은 어젯밤 석간에서 읽었다. 그래서 조간의 표제를 보았을 때도 아무런 감흥없이 피해자의 신원을 알아냈구나 하고 여겼을 뿐이다. 그래도 기사를 읽었다.

기사에 따르면 피해자의 이름은 나라 현 야마토 고리야마 시 ××거리 잡화상 이토 다다스케(51)였다.

소에다 쇼이치는 일단 신문을 도로 머리맡에 놓았다.

자, 그럼 일어나 볼까, 하고 생각하다가 문득 그는 묘한 기분에 사로잡혔다. 지금 읽은 '이토 다다스케'라는 이름, 어디에선가 들어 보았다. 분명히 전에 한 번, 어디에선가 이 이름을 읽었다.

소에다는 직업상 많은 사람을 만난다. 명함을 수도 없이 받지만 사람 이름은 잘 기억하지 못하는 편이다. 그런데 지금 기억이 나는 것을 보면 최근에 명함을 준 사람이 아닌가 싶다.

하지만 아무래도 확실한 기억이 되살아나지 않는다. 소에다는 오랫동안 생각하다가 기억해 내길 포기했다.

일어나서 세면실로 갔다. 그 사이에도 방금 그 이름이 머릿속에서 사라지지 않고 기분 나쁘게 남아 있었다.

얼굴을 씻고, 수건을 수건걸이에서 빼내어 얼굴에 댄 순간이었다. 지금까지 아무리 해도 생각나지 않았던 신문기사 속 이름이 갑자기 되살아났다.

이토 다다스케—분명히 자신이 우에노의 도서관에서 적어 둔 직원록의 이름 중 하나다.

이토 다다스케는 노가미 겐이치로가 일등서기관으로 근무하던 중립국의 공사관부 무관이었던 육군 중령이 아닌가!

소에다 쇼이치는 자동차를 타고 세타가야 구 ××거리의 살인 현장으로 갔다.

맑은 가을날이었다. 부근은 대부분이 잡목림과 논이다. 하얀 가도가 밭 사이로 한 줄기 지나고 있고, 그 가도를 따라 민가가 띄엄

띄엄 서 있었다. 도쿄 안에 남아 있는 얼마 안 되는 전원의 한 부분이었다.

부근에 사는 사람에게 물어보니 현장은 곧 알 수 있었다. 가도에서 오백 미터 들어간 곳으로, 거기에서는 로카공원의 잡목림이 가깝다. 숲은 단풍이 지기 시작한다.

어제의 검증이 줄이 쳐진 흔적으로 남아 있었다. 가도에서 갈려 나온 좁은 길이 숲 안쪽으로 이어져 있는데 그 도중의 수풀 속이 현장이었다.

부근에는 인가가 없는 것도 아니었다. 하지만 꽤 거리가 멀고, 또 띄엄띄엄 흩어져 있다. 저 멀리로 최근에 지은 듯한 공단 아파트가 보이고 신축 주택도 드문드문 눈에 띈다. 요컨대 이 부근은 오래된 농가와 새 주택이 뒤섞여 있는, 새로 개발된 땅이었다.

살해된 이토 다다스케는 어디에서 여기로 왔을까. 생각할 수 있는 길은 게이오선의 로카공원 역에서 버스로 오는 것과, 오다큐선을 타고 소시가야오쿠라 방면에서 오는 것이다. 역까지 전철을 이용했다면 그럴 수 있지만, 자동차로 왔다면 도쿄 도내 어디에서든 자유롭게 올 수 있다. 한쪽은 고슈 가도로 이어지고, 한쪽은 교도稿
堂 방면으로 가는 국도로 이어져 있기 때문이다.

즉 51세의 이토 다다스케가 현장에서 목이 졸리기까지는 전철, 버스, 자동차 중 하나를 이용해 여기에 온 것이다. 그의 숙소는 시나가와였으니 당연히 교도 방면에서 오는 길을 생각할 수 있다. 그러나 교통편만으로 피해자의 행동을 추정하기는 어렵다.

다음 수수께끼는 왜 이 현장에서 살해되어야 했을까 하는 점이다. 어떤 이유로 인한 필연성이 있어서일까, 아니면 그저 한적한 장소였기 때문일까.

만일 이 장소가 피해자와 필연적인 연결을 갖고 있다면, 이토 다다스케가 이 부근에 사는 누군가를 찾아가는 도중이었거나, 아니면 범인 쪽이 이 부근과 관련되어 있거나, 그냥 이 부근을 잘 알기 때문이거나, 여러 가지 경우를 생각할 수 있다.

범행은 낮이 아니라 밤에 이루어졌다.

소에다 쇼이치는 거기에 서서 밤의 풍경을 상상해 보았다. 틀림없이 쓸쓸한 어둠이었으리라. 이런 어두운 곳에 범인과 나란히 오려면, 이토 다다스케가 납득하지 않고서는 잠자코 따라오지 않았을 것이다. 일단 범인이 억지로 이토 다다스케를 끌고 왔으리라고 여기기는 어렵다. 그렇게 되면 범인이든 이토 다다스케든, 둘 중 한 사람에게는 이곳까지 걸어올 만한 필연적인 관계가 있었다고 추정할 수 있다.

한 가지 더 생각할 수 있는 것은 이토 다다스케가 실제로 살해된 장소는 다른 곳이고 시체가 되어 자동차로 실려 온 것은 아닌가이다. 가도에는 자동차가 다니지만 이 좁은 길은 어떤 소형 자동차도 지나갈 수 없다. 시체가 되어 실려 왔다면 가도까지 차로 와서, 거기서부터 사람의 손으로 현장까지 옮겨져 온 것이 된다.

소에다 쇼이치는 생각했다. 오히려 그런 경우가 더 자연스럽지 않을까? 범인은 밤이 되었을 때 이 부근의 상황을 염두에 두고 시체를 버릴 곳으로 선택한 것이 아닐까?

이 시골 풍경을 보니 아무래도 범인이나 피해자 쪽에 연결될 만한 지리적인 인연은 없는 듯하다.

소에다가 한동안 거기에 서 있노라니 지나던 농부가 그의 모습을 돌아보고 또 돌아본다. 소에다는 논두렁길을 걸어 가도에 대기시켜 둔 차에 올라탔다.

"어디로 가시겠습니까?"

기사가 물었다.

"시나가와요."

차는 버스와 스쳐 지나면서 달리기 시작했다.

어쩌면 이토 다다스케가 왔을지도 모르는 길을 반대로 나아가는 것이다. 자연히 소에다의 얼굴은 창밖의 풍경을 조사하는 눈빛이 되어 있었다.

시나가와 역 앞의 쓰쓰이야라는 여관은 작은 여인숙이었다. 역 앞이라고는 해도 큰길 뒤에 들어가 있는 눈에 띄지 않는 뒷길이었다.

주인은 마흔일고여덟 살 정도의 마른 남자였다. 싸구려 점퍼를 입고 안쪽에서 나왔다.

"아이고, 들어오세요."

소에다가 찾아온 이유를 말하자 주인은 싹싹하게 권했다.

싸구려 여인숙이지만 요즘 숙소라 그런지 현관을 들어서자 왼쪽에 손님 대기용 응접실 같은 곳이 있었다. 소에다는 그곳으로 안내되었다. 땅딸막하고 뺨이 붉은 여자 종업원이 떫은 차를 가져왔다.

"돌아가신 손님에 관한 일로 경찰분들이 꽤 오셔서 여러 가지를 물으셨습니다."

주인인 쓰쓰이 겐자부로는 쓴웃음을 지으며 말했다. 눈썹이 짙고 광대가 높은 남자였다.

"이토 씨는 여기에 며칠이나 머무르셨습니까?"

신문기자라는 직업은 이럴 때 편리하다. 당사자와 아무런 연고가 없어도 자유롭게 물을 수 있다.

"이틀뿐이었습니다."

주인은 짙은 눈썹 밑의 커다란 눈을 움직이며 대답했다.

"그때 분위기는 어땠습니까?"

소에다는 가능한 정중하게 물었다.

"뭐라더라, 도쿄에서 찾아갈 사람이 있다면서 하루 종일 나가 있었습니다. 고향은 야마토의 고리야마인데, 그 때문에 도쿄에 나오셨다는 얘기를 했지요."

이 대답은 신문에도 실려 있었다.

"누구를 찾아가는지는 얘기하지 않으셨나요?"

"아니, 그건 저희도 듣지 못했습니다. 어쨌거나 돌아오시는 시간이 꽤 늦었거든요. 첫째 날 밤에는 열시쯤에 돌아오셨습니다. 그때는 매우 피곤하신 것 같았어요."

"어느 방면으로 가셨었는지는 모르시고요?"

"글쎄요, 아오야마 쪽에 갔다고 하시던데요."

"아오야마?"

소에다는 수첩에 적었다.

"그런데 아오야마에만 가셨을까요? 아침부터 밤까지 걸렸다면 상당히 긴 시간일 텐데요."

"그렇지요. 방문 결과가 신통치 않았는지 침울한 얼굴로 돌아오셨습니다. 내일도 찾아갈 곳이 있는데 일찍 가지 않으면 상대방이 출근해서 집에 없을 거라는 말씀도 하셨어요."

"그래요?"

처음 듣는 이야기였다. 그럼 이토 다다스케가 찾아가려 한 상대 중 한 명은 회사에서 일하는 사람인가 보다.

"그 사람 집이 어딘지는 듣지 못하셨습니까?"

"그건 못 들었는데요. 그쪽과는 다른 곳일지도 모르지만 이토 씨는 이런 말씀도 하셨습니다. 덴엔초후田園調布에 가려면 어떤 전철을 타는 게 제일 가깝냐고, 종업원에게 물었다고 합니다."

덴엔초후—.

아오야마와 덴엔초후—.

아오야마와 덴엔초후에는 대체 누가 살고 있는 것일까. 회사원이란 누구일까.

소에다 쇼이치는 회사에 이틀의 휴가를 신청했다.

도쿄발 오사카행 '혜성' 열차는 22시 출발이다. 소에다는 열차를 타기 전에 다시 한 번 세타가야의 살인 현장에 가 보았다. 오후 일곱시경이었다.

일부러 밤을 선택해서 가 본 까닭은 낮과는 인상이 어떻게 다른지 확인하고 싶었기 때문이다. 사건이 일어난 때와 같은 조건에서 현장에 서 보고 싶었다.

자동차를 가도에 대기시켜 두고, 소에다는 작은 논두렁길을 걸었다.

역시 낮의 분위기와는 다르다. 잡목림이 의외로 새까만 덩어리가 되어 들판 위에 솟아올라 있었다. 주위에는 전원이 펼쳐져 있고, 그 끝에 민가의 불빛이 흩어진 것처럼 보인다.

근처 농가의 검은 그림자에서는 쓸쓸해 보이는 불빛이 틈새로 새어 나오고 있었다. 낮에 보았을 때는 가까운 거리였던 것 같은데, 밤이 되니 현장과 민가 사이가 엄청나게 멀어 보인다. 멀리 있는 공단 아파트의 불빛이 밤바다에 떠 있는 증기선처럼 층층이 쌓여 있다.

사람 하나 다니지 않는 길이었다. 멀리 떨어져 있는 가도를 달리는 자동차의 헤드라이트가 가끔 오갈 뿐이다. 이런 어두움을 뚫고 이토 다다스케가 자신의 의지로 이 길을 걸어오지는 않았을 것 같다. 다만 낮에 왔을 때 느낀 감상과 달리, 만약 피해자 이토 다다스케가 상당히 큰 소리를 지르며 저항을 해도 떨어져 있는 인가에는 들리지 않았으리라 짐작된다. 도로에서 겨우 오백 미터만 들어와도 밤에는 훨씬 더 멀게 느껴진다. 게다가 이 부근 인가들은 일찍부터 덧문을 닫는 모양이다.

소에다는 좁은 길 안쪽을 바라보았다. 거기에도 검은 숲이 우거져 있고, 나무 사이로 농가의 불빛이 한두 개 새어 나오고 있을 뿐이었다. 좀 떨어진 곳에 아파트의 불빛이 보였지만 물론 여기까지는 닿을 것 같지 않다. 이토 다다스케에게 특별한 이유가 없는 한 이런 곳에 자신의 의지로 걸어오지는 않았을 것 같았다.

소에다 쇼이치는 도쿄 역에서 예정대로 급행을 타고 오사카로 출발했다. 침대칸을 잡지 못했기 때문에 푹 잘 수 없었다. 소에다는 탈것 안에서는 숙면하지 못하는 체질이다. 그래도 아타미의 불빛이 지났을 무렵부터 꾸벅꾸벅 졸기 시작했다. 꿈을 꾸었다.

어두운 들판인데, 멀리 불빛이 보인다. 그 들판 속을 소에다가 노인 한 명과 걷고 있다. 노인과는 아무 이야기도 하지 않았다. 아니, 한 것 같기도 하다. 하지만 어쨌든 무슨 말을 했는지는 확실하게 알 수 없다. 노인은 등이 굽어 있었다. 하지만 다리는 젊은이처럼 튼튼했다. 어두운 들길을 언제까지나 걷고 있는 장면에서 꿈은 끊겼다. 묘한 꿈이었다.

꿈이 끝나고, 옆에 있던 노인이 이토 다다스케인 것 같다고는 생각했지만 소에다는 이토 다다스케의 얼굴을 모른다. 눈을 떠도 꿈의 인상은 사라지지 않았다. 검은 그림자가 자신과 함께 어두운 곳을 성큼성큼 걷고 있었던 것만은 잠에서 깨어도 기억이 났다.

오사카에는 아홉시 전에 도착했다.

소에다는 곧 나라행 전철을 탔다. 간사이에 온 것도 오랜만이다. 가와치 평야에는 베어낸 벼가 쌓여 있었다. 이코마 터널을 지나자 단풍이 들기 시작한 아야메 연못 부근의 산림이 보인다. 사이다이지 역에서 갈아탔다.

고리야마에 가까워지자 성의 돌담이 전철 창밖으로 지나갔다. 몇 개나 되는 네모난 연못이 민가 사이로 하늘의 색깔을 비추며 지난다. 금붕어 양식장이다. '유채꽃 속에 성이 있네 고리야마.' 이 부근에 올 때마다 교로쿠#六의 시구가 생각난다. 이 지방 특유의 기리즈마 양식_{지붕 형식 중 하나로 책을 펼쳐서 엎어 놓은 것 같은 모양을 하고 있다}의 벽이 여기 저기에 보였다.

여학생 네다섯 명이 철도 건널목에서 기다리고 있었다. 소에다 는 구미코를 떠올렸다.

역 앞에서 상점가 쪽으로 향했다.

도로에는 나라행이나 호류지행 버스가 다닌다. 이런 표식을 보 면 소에다 쇼이치는 여행을 왔다는 실감을 깊이 느낀다.

이토 다다스케의 집은 상점가가 조금 한적해진 곳에 있었다. 보 기에 별로 장사가 잘될 것 같지도 않은 잡화점이다. '이토 상점'이 라고 쓰여 있어서 금방 찾았다.

가게 앞에는 서른이 넘은 키 작은 여성이 앉아 있었다. 그녀는 창백한 얼굴을 하고 침울한 표정으로 길 쪽을 바라보고 있었다. 소 에다는 그녀가 이토 다다스케의 양자의 아내일 거라고 추측했다.

소에다가 명함을 내밀며 용건을 말하자 부인은 눈을 휘둥그렇게 떴다.

"도쿄에서 일부러 오셨나요?"

여기에서도 신문사의 명함을 내놓았기 때문에 그렇게 홀대받지 는 않았다. 다만 그녀는 도쿄의 신문기자가 이번 사건으로 굳이 고 리야마 같은 시골까지 이야기를 들으러 왔다는 점에 놀란 모양이 었다.

"글쎄요, 지금 남편이 아버님 일을 처리하러 도쿄에 가 있어서 자세한 말씀은 드릴 수 없는데요."

그녀는 소에다의 물음에 무거운 입을 띄엄띄엄 열었다.

"경찰이 왔을 때도 말했지만 아버님이 도쿄에 가실 때 누구를 만나러 간다고 하시면서 굉장히 의욕이 넘치기는 하셨어요. 그 사람이 누구냐고 물었지만, 그냥 아는 사람이다, 지금은 말할 수 없지만 돌아오면 얘기해 주겠다고 하셔서 우리는 아무것도 듣지 못했지요. 아버님은 다정한 분이지만 옛날에 군인이셨기 때문에 완고한 데도 있었거든요."

"상경은 갑자기 결정하신 겁니까?"

소에다는 물었다.

"맞아요. 갑자기 생각이 나서 부리나케 떠나신 것 같았어요."

"이토 씨가 누군가를 찾아 도쿄에 가실 생각을 한 데에는, 뭔가 동기 같은 게 있을 것 같은데 짐작 가는 점은 없으시고요?"

소에다는 열심히 물었다.

"글쎄요."

양자의 아내는 동그란 얼굴을 갸웃거리다가 이내 말했다.

"그러고 보니, 그게 도쿄에 가시겠다고 우리한테 말씀하시기 이틀 전쯤이었을까요. 이 부근의 절을 돌고 오셨어요."

"뭐라고요, 절을?"

"네. 아버님은 그런 곳을 좋아하셔서 가끔 나라 근처로 놀러 가곤 하셨거든요. 그렇지, 상경하시기 얼마 전부터 그런 일이 잦아졌어요. 그리고 그날은 저녁때 집에 들어오셨는데, 뭔지는 모르겠지만 골똘히 생각에 잠기신 채로 아버님 방에 우두커니 틀어박혀 계셨어요. 그리고 나서였지요, 갑자기 나는 지금부터 도쿄에 다녀오겠다고 말씀을 꺼내신 것은."

"나라의 절이라고 하면 어디에 가셨던 걸까요?"

"여기저기였는데요. 오래된 절을 매우 좋아하셔서 어디라고 딱히 정하지는 않으셨어요."

"그렇습니까. 말이 난 김에 여쭙겠는데 이토 씨는 전에 군인이었다고 말씀하셨잖습니까, 외국에서 무관을 지내고 돌아오신 적도 있습니까?"

"예에, 그런 이야기도 들었어요. 하지만 아버님은 우리에게 옛날 일은 별로 이야기해 주지 않으셨어요."

그때 새삼 깨달은 듯이 며느리가 말했다.

"우리는 아버님과 핏줄로 연결되어 있지는 않아요. 남편이 양자로 들어간 집에 제가 시집을 온 거지요. 양자, 며느리예요. 그래서 아버님은 과거의 일을 별로 이야기하시지 않았어요. 우리도 아버님의 군대 시절에 대해서 자세히는 모른답니다."

"과연, 그렇군요."

소에다 쇼이치는 가만히 듣고 있었다. 그녀가 내준 찻잔 가장자리에 겨울 해가 둔하게 닿고 있다. 다다미 위를 쌀겨만 한 작은 벌레 한 마리가 기어 다닌다.

"이토 씨가 이번에 그렇게 불행하게 돌아가셨는데, 그에 대해서 뭔가 짐작 가는 데는 없으십니까?"

"그건 경찰도 여러 가지로 묻기는 하던데요."

며느리는 눈을 내리깔며 말했다.

"아무래도 짐작 갈 만한 게 없어요. 아버님은 좋은 분이고, 누구에게도 원망을 살 만한 분이 아니에요. 이런 일이 일어나다니 아직도 꿈꾸고 있는 것 같네요."

소에다 쇼이치는 택시를 타고 도쇼다이지로 갔다.

언제 와도 이 길은 조용하다. 숲 안쪽으로 이어지는 좁은 길에는 아무도 다니지 않았다. 걸어가니 길에 떨어져 있던 나무 열매가 신발 밑에서 소리를 낸다.

그림엽서나 부적 등을 파는 작은 집이 보인다. 이전부터 달라진 것이 없는 장소였다.

소에다는 집 안을 들여다보았지만 아무도 없었다. 앞에 그림엽서나 재떨이 등의 선물이 진열되어 있다. 방명록은 안쪽에 넣어 두었는지, 거기에는 나와 있지 않았다. 참배를 오는 사람이 적어서 가게를 보는 사람이 어딘가 다른 곳에 가 있는 모양이다.

소에다는 가게를 보는 사람을 찾을 생각으로 돌아다녔지만 좀처럼 찾을 수 없었다. 그대로 다리를 움직여 금당 옆으로 나갔다. 깊은 처마의 어두운 아래쪽에는 검은 나무 열매가 알알이 흩어져 있었다. 한산하고 소리 하나 들리지 않는 경내다. 고루와 강당이 차분한 붉은색을 보이며 온화한 가을 햇빛을 반사하고 있었다. 지면에 비치는 그림자도 부드럽다.

그림을 배우는 학생인 듯한 이가 간진도鑑眞堂의 돌계단 앞에 앉아 스케치를 하고 있다.

소에다는 어슬렁어슬렁 경내를 돌아다녔다. 역시 스님은 만나지 못했다. 금당 앞쪽에 해당하는 기둥으로 나왔을 때 갑자기 눈이 번쩍 뜨이는 색깔과 만났다. 서양인 부인 셋이 화려한 색채의 옷을 입고 걸어간다.

가을 하늘은 맑게 개어 있었다. 잎이 떨어진 가지 끝과 우거진 상록수가 서로 겹쳐, 파란 하늘에 쓸쓸한 덩어리를 그렸다.

물푸레나무 향기가 희미하게 났다. 도쇼다이지는 붉은색과 흰색이 조화를 이루는 절이다. 손질이 그다지 구석구석 되어 있지 않은 깊은 나무숲에 둘러싸여, 그 아름다운 색채가 차분한 조화를 이루고 있다.

소에다 쇼이치는 걸었다. 경내에는 가끔 들리는 전철 소리 외에는 사람 목소리가 나지 않았다. 자연히 이토 다다스케를 떠올렸다. 이토 다다스케는 누구를 만나러 도쿄에 갔을까. 시나가와의 숙소에서 들은 바로는 두 개의 지명과, 상대방의 직업을 추정할 수 있었다.

이토 다다스케는 도쿄에 올라갈 때도 양자 부부에게 아무것도 말하지 않았다. 그가 도쿄에 갈 결심을 한 것은 그 이틀 전에 나라의 절에 놀러갔다 온 후라고 한다. 절 순례와 도쿄에 올라간 원인은 어쩌면 직접적인 관계가 없을지도 모른다. 하지만 소에다는 이토 다다스케가 도쿄에 간 동기가 아무래도 그의 절 순례에서 비롯된 것 같았다. 이토 다다스케는 나라의 절을 돌다가 누군가를 발견한 게 아닐까. 그 누군가를 만나고 싶어서 도쿄에 갈 결심을 하게된 게 아닐까.

그는 그 인물과 별로 이야기를 하지 않았을지도 모른다. 하지만 이토 다다스케 쪽에서는 상대를 꼭 만나고 싶었을 것이다. 소에다는 그 인물을 어렴풋이 추측하고 있다.

다시 작은 사무소寺務所 앞으로 나왔다.

이번에는 노인이 사무소를 지키고 있었다. 쭈글쭈글한 얼굴로 화로를 끌어안고 오도카니 앉아 있다. 목 밑에 겹쳐 있는 하얀 옷 깃이 가을의 차가운 공기를 눈으로 느끼게 했다.

소에다가 그림엽서를 달라고 하자 노인이 말을 걸었다.

"멀리서 참배를 오셨습니까?"

"도쿄에서 왔습니다."

소에다는 붙임성 있게 대답했다.

"아이고, 멀리에서 일부러 오셨군요."

노인은 그림엽서를 내 주면서 말했다.

"도쿄 분들이 꽤 많이 오십니다."

소에다가 그 부근을 둘러보았지만 역시 방명록은 없었다.

"실례합니다. 참배를 온 기념으로 방명록에 한 글자 적어도 될까 요?"

"예에, 그러시지요."

스님은 무릎 밑의 보이지 않는 곳에서 방명록을 꺼냈다. 벼루도 함께 주었다.

소에다는 꽤 손때가 묻어 있는 단자緞子 표지의 방명록을 펼쳤다. 안에는 여러 사람들의 이름이 연달아 적혀 있었다.

소에다는 날짜에 맞춰 페이지를 넘겼다. 과연 아름다운 필적으로 '아시무라 세쓰코'라고 적혀 있다. 소에다는 마치 구미코의 사촌을 만난 것 같은 기분이 들었다.

소에다는 떨리는 마음으로 두세 장 앞을 넘겼다. 그 앞도 넘겼다. 기대했던 이름은 없었다. 아시무라 세쓰코가 보았다는 '다나카 고이치'의 이름이 눈에 띄지 않는다. 그는 약간 당황했다. 다시 한 번 넘겨 보았다. 없었다. 놓쳤는지도 모른다. 더 앞에서부터 넘겨 보았다. 하지만 몇 번을 보아도 눈에 띄지 않았다.

소에다는 스님이 이상한 얼굴을 하고 있는 것에도 아랑곳하지 않고 방명록을 자세히 점검했다.

그러다가 앗 하고 소리를 지를 뻔했다. 한 장이 잘려 있었던 것이다. 절단된 흔적이 희미하게 남아 있다. 잘린 면으로 보아 안전 면도칼이라도 사용한 모양이다.

분명히 누군가가 '다나카 고이치'의 서명이 있는 한 장만 잘라내서 가져간 것이다.

소에다 쇼이치는 시선을 들었다. 스님이 여전히 의아한 눈빛으로 소에다를 보고 있다. 하지만 이 노인에게 물어도 아마 이 사실을 모를 것이다. 가르쳐 주어도 그저 이 노인을 놀래고 당황하게 할 뿐임이 틀림없다. 소에다는 스님에게 말하지 않기로 했다.

오늘 온 기념으로 소에다는 자신의 이름을 쓰고 나서 스님에게 고맙다는 인사를 하고 떠났다. 대기시켜 둔 차로 돌아갈 때까지 역시 나무 열매가 발밑에서 소리를 냈다. 소에다는 택시에 올라탔다.

"어디로 모실까요?"

기사가 물었다. 소에다는 갑자기 혼란스러워졌다. 하지만 그는 곧 결심을 하고는 말했다.

"안고인으로 가 주시오."

차는 벼를 수확한 흔적이 남아 있는 논이 한눈에 보이는 평야 사이를 달렸다.

방명록을 잘라낸 범인은 누구일까?

소에다의 머릿속에는 이미 그 인물의 이름이 있었다.

이코마 산맥이 평야 끝으로 지나간다. 차는 끊임없이 전철의 궤도와 평행하게 남하했다. 소나무 숲 속에 있는 호류지의 탑도 지나갔다. 이 평야에 구릉이 있는 것은 커다란 전방후원분前方後円墳앞은 방형 (方形)이고 뒤는 원형인, 일본 고분의 한 형식 때문이다.

차는 도중부터 그때까지 달리던 국도를 벗어났다. 길은 좁아지고, 하얀 벽의 집들이 늘어선 마을 속으로 들어갔다. 개천이 흐르고 아이들이 물고기를 잡고 있었다. 관청 앞에는 '아스카 마을'이라고 적혀 있다.

마을을 빠져나가자 길은 다시 사원과 맞닥뜨렸다. 황폐해진 담과 기와 위에 풀이 자란 문이 있다. 안고인이었다.

다시 길이 넓어졌다. 차는 그 넓은 길을 따라 산 쪽으로 나아갔다.

가을 색이 짙은 그 산의 정면에, 다치바나데라의 하얀 담이 높은 돌담 위로 보이기 시작했다.

소에다 쇼이치는 오사카로 되돌아갔다.

그날 밤 열한시 가까이에 출발하는 급행 '월광'을 탔다.

소에다는 일등차의 좌석에 앉아, 어두운 차창 밖으로 지나가는 오사카 거리의 불빛을 보았다.

안고인에서도 도쿄다이지와 같은 결과였다. 하지만 이것은 예상했던 결과라고 할 수 있다. 안고인에서는 사무소의 젊은 승려가 방명록을 내 주었다. 분명히 아시무라 세쓰코의 이름은 있었다. 하지만 '다나카 고이치' 부분은 잘려 나가고 없었다.

여기에서도 소에다는 특별히 스님에게 그것을 보여 주지 않았다. 젊은 스님은 방명록의 한 페이지를 설마 잘라내는 사람이 있을 거라고는 생각도 하지 않는 얼굴이었다.

두 군데 절에서 모두 그랬다. 아시무라 세쓰코가 참배했을 때 보았던 '다나카 고이치'의 필적은 누군가에 의해 사라지고 없었다.

소에다 쇼이치는 잡목림이 있는 어두운 논에서 살해된 인물을 떠올렸다. 그 사람이 바로 방명록의 페이지를 잘라냈으리라 짐작했다.

전직 군인인 잡화점 주인 이토 다다스케는 어느 날, 자신의 도락으로 돌아보고 있던 절에서 '다나카 고이치'의 서명을 우연히 발견했을 것이다. 그것은 그에게 잊을 수 없는 인물의 필적과 똑같았다. 그뿐만이 아니다. 도쿄에 올라가기 전, 그는 다시 어디에선가 그 필적의 주인을 만난 게 아닐까?

아마 그때, 이토 다다스케는 무슨 사정 때문에 그 인물에게 말을 걸 수 없었을 것이다. 아니면 상대방 쪽에 사정이 있었는지도 모른다. 하지만 어쨌든 그 인물을 이토 다다스케가 목격한 것만은 확실한 것 같다.

흔들리는 기차 안에서 소에다는 생각했다.

이토 다다스케는 꼭 그 남자를 다시 한 번 만나고 싶었을 것이다. 하지만 상대는 나라에서 도쿄로 돌아가 버렸다. 이토 다다스케에게는 도쿄까지 쫓아가서라도 꼭 만나야 할 상대였다.

그래서 이토 다다스케는 독특한 습관을 가지고 있는 그 인물의 필적을 몰래 잘라냈다. 이것은 그의 며느리가 이야기한 대로, 이토 다다스케가 상경하기 전에 갑자기 절을 몇 번이나 순례하기 시작했다는 말로도 뒷받침된다.

그러면 도쿄에 온 이토 다다스케는 과연 곧장 상대방의 집으로 갔을까? 시나가와의 여관 주인 이야기에 따르면 이토 다다스케는 아오야마와 덴엔초후, 두 곳의 지명을 말했다.

그럼 아오야마에는 누가 있었을까? 덴엔초후에는 어떤 인물이 살고 있을까? 직장인은 어느 회사에서 일하고 있는 것일까?

또 왜 이토 다다스케는 오래된 절의 방명록에서 '다나카 고이치' 부분만 잘라냈을까?

그렇다. 이토 다다스케는 틀림없이 그 잘라낸 부분을 주머니 안쪽 깊숙이 넣고 상경했을 것이다.

열차는 어느새 교토를 지나고 있었다. 오쓰의 불빛이 얼핏얼핏 보일 때쯤부터 소에다는 얕은 잠에 빠졌다.

소에다가 눈을 뜬 것은 누마즈 부근에서였다. 시계를 보니 일곱시가 지났다. 아침 바다가 엷은 안개 속에 흐릿하게 보였다.

소에다가 천천히 얼굴을 씻고 좌석으로 돌아갔을 때 기차는 긴 터널 안에 들어가 있었다.

그는 담배를 꺼내 불을 붙였다. 앞으로 두 시간만 있으면 도쿄에 도착한다. 아타미 역의 플랫폼에 정차한 시각은 일곱시 반이었다.

그 무렵부터 자고 있던 승객들이 하나둘씩 눈을 뜨고 세수를 하러 가는 등 부산했다.

플랫폼에서 보이는 아타미의 거리는 아침 햇빛에 작은 지붕이 반짝거린다.

이때, 차 안으로 승객 무리가 우르르 들어왔다. 열 명 정도였는데 절반이 골프 용구를 들고 있었다.

소에다가 창 쪽을 보고 있자니 그중 한 사람이 마침 비어 있는 소에다의 앞 자리에 걸터앉았다. 들고 있던 골프 용구를 그물망에 올리고 느긋하게 앉는다.

소에다와 그의 눈이 마주쳤다. 양쪽의 얼굴에 가벼운 놀람이 퍼졌다.

"이거."

소에다 쪽에서 일어섰다. 현재 회사를 그만두기는 했지만 옛 간부였던 사람이다. 일전에 방문해서 이야기를 들은 지 얼마 안 되기도 했다.

"안녕하십니까. 생각지 못한 곳에서 뵙습니다. 일전에는 감사했습니다."

소에다는 정중하게 인사했다.

세계문화교류연맹 상임이사, 전 편집국장 다키 료세이는 조금 곤란한 듯한 얼굴을 했다. 소에다가 찾아왔을 때 스스로 생각해도 차갑게 대했던 것을, 기억하고 있는 것이다. 그 단정히 손질된 백발과 불그레한 얼굴은 외국인보다 더 외국인 같았다. 이목구비가 뚜렷한 얼굴은 입가의 미소를 애매하게 보이게 했다.

"안녕하시오."

목례도 애매하다. 그는 안경을 번쩍 빛내며 창 쪽을 향했다.

"꽤 이른 시간인데요."

소에다는 그의 단정한 옆모습을 보며 말했다.

"예."

내키지 않는 듯한 대답이다.

"가와나에서 오십니까?"

소에다는 조금 심술이 나서 물었다. 일전의 일이 아직 가슴에 맺혀 있다. 게다가 이 사람과는 어차피 또 만나야 한다. 그때를 위한 밑밥도 준비되어 있었다.

"예, 뭐."

여전하다. 다키는 주머니에서 담배를 꺼내 입에 물었다. 소에다는 재빨리 라이터를 꺼내 다키의 눈앞에서 찰칵 소리를 내며 불을 붙였다.

"고맙소."

다키는 어쩔 수 없다는 듯이 그의 불을 빌렸다.

"골프를 하고 주무시고 오셨다고 해도, 이렇게 이른 시간이면 피로가 풀리지 않겠네요."

소에다는 또 말을 걸었다.

"그 정도도 아닙니다."

무뚝뚝한 대답이다.

"일이 바빠서 이런 시간에 기차를 타시는군요."

"예."

역시 퉁명스러웠다. 상대는 소에다와 이야기하고 싶어 하지 않는 눈치다.

다키는 이윽고 다른 좌석을 이리저리 둘러보았다. 공교롭게도 좌석은 다 찬 것 같았다. 다키는 체념한 듯이 다시 고개를 돌렸다. 이번에는 소에다 쪽에서 더 이상 말을 걸 수 없도록 담배 연기를 마구 내뿜으며 책을 읽기 시작했다. 외국 책이다.

소에다는 상임이사의 숙인 얼굴을 묵묵히 보았다.

말을 걸지 못하도록 끊임없이 담배 연기를 내뿜는 모습을 보니, 일전에 소에다가 노가미 서기관의 죽음에 대해서 취재하러 간 일을 아직도 의식하고 있는 것처럼 보였다.

그러나 다키 료세이의 독서는 오래가지 않았다. 소에다가 눈앞에 있으니 침착할 수 없는 모양이다.

"실례."

자리에서 일어난 다키 료세이는 딱히 앉을 곳도 없는데 친구 좌석의 팔걸이에 몸을 기대면서 웃는 얼굴로 담소를 나누기 시작했다.

소에다 쇼이치는 그날 오후 스기나미의 노가미 가를 찾아갔다.

마침 구미코가 현관으로 나왔다.

"어머나, 어서 와요."

소에다를 보며 생글생글 웃는다.

"요전에는 실례가 많았어요."

소에다가 전에 왔을 때, 세쓰코의 집에 가 있어서 만날 수 없었던 것에 대한 사과였다.

"자, 들어와요. 어머니도 마침 계세요."

구미코는 안으로 뛰어 들어갔다. 빨간 원피스의 뒷모습이 바람에 나부끼는 것 같다.

소에다가 신을 벗기 시작했을 때, 어머니 다카코가 현관으로 나왔다.

"어머나, 안녕하세요."

다카코는 소에다를 안으로 맞아들였다.

안내된 곳은 요전의 객실이었다. 구미코는 차라도 준비하는지 객실에 없었다.

"오늘은 구미코 씨가 쉬는 날인가요?"

소에다는 다카코에게 물었다.

"네. 요전 일요일에 바빠서 출근했기 때문에 대휴를 받았대요."

"아아, 그렇군요."

소에다는 나라에 다녀온 일을 이 모녀에게 일부러 숨기고 있다. 지금 그 말을 하는 것은 조금 어설프다.

"소에다 씨, 오늘은 천천히 놀다 가세요."

다카코는 부드러운 얼굴에 온화한 미소를 띠며 권했다.

"네, 저녁 시간 전까지 신세를 좀 질 생각입니다."

"어머나, 더 있다가 가세요. 아무것도 없지만 저녁이나 같이 먹어요."

다카코는 소에다를 벌써부터 붙들려고 했다.

구미코가 커피를 가져왔다.

"아, 맞다."

다카코는 생각난 듯이 말했다.

"요전의 가부키 표, 결국 내가 구미코랑 같이 갔어요."

"그러셨습니까. 그거 다행이네요."

소에다는 왠지 간질간질했다.

"재미있었어요. 가부키는 오랜만에 봤거든요. 자리도 정말 좋았어요."

구미코는 말하다 말고 어머니에게 물었다.

"저기, 어머니. 표를 보내 주신 분, 아직 모르세요?"

"글쎄다."

다카코도 정말로 모르는 것 같았다.

"이상하네. 어차피 아버지의 옛 지인일 텐데, 이름도 모르고 호의만 받는 건 왠지 싫어요."

구미코는 살짝 내키지 않는 듯한 얼굴을 했다.

"역시 부군의 지인이겠죠. 그렇다기보다 전에 부군께 신세를 졌던 분일지도 모르겠네요."

"어차피 대단한 일은 아니었겠지만, 옛날 일을 계속 생각해 주셔서 고맙네요."

"아이참, 어머니도."

옆에서 잠자코 듣고 있던 구미코가 끼어들었다.

"아버지는 아버지고 우리는 우리예요. 우리가 언제까지나 그 호의를 받는 건, 상대분의 이름을 모르니까 더 싫어요. 왠지 익명으로 계속 원조를 받는 것 같잖아요."

소에다도 그 마음을 모르는 것은 아니었다.

모녀의 대화로 미루어 보건대 두 사람은 아직 신문에 난 이토 다다스케의 죽음을 모르는 듯하다. 신문에서 그 기사를 보지 못한 것인지, 읽었어도 이토 다다스케라는 이름을 모르는 것인지, 의문이 생겼다.

"갑자기 이상한 걸 여쭤 봐서 죄송한데요."

소에다는 말했다.

"어머님은 이토 다다스케 씨라는 분을 모르십니까?"

"이토 다다스케 씨?"

"네. 옛날에 부군과 같은 공사관에서 근무하셨던 무관인데요."

"글쎄요, 모르겠어요. 남편은 그런 이야기는 편지에 별로 써 보내지 않았으니까요. 그런데 그 이토 씨라는 분이 왜요?"

"아뇨, 아무것도 아닙니다."

소에다는 거기에서 이야기를 접었다.

7

이튿날, 서무과에서 새로운 사원명부가 나왔다.

사원명부는 10월 1일 현재라고 되어 있었다. 누구나 새로운 명부를 받아들면 일단 신기한 듯이 살펴보는 법이다. 자신의 이름부터 먼저 보기도 한다.

이 사원명부에는 R신문사의 임원부터 파견직에 이르기까지 모든 사원이 수록되었다. 정년이라 퇴직해서 객원 대우를 받게 된 사람들도 권말에 포함했다.

일 년에 한 번 나오는 이 명부에는 그동안의 인사 이동도 표시해 둔다. 본사에서 지방으로 전근을 가게 된 사람이 있는가 하면 부서가 바뀐 사람도 있다. 명부를 손에 들고, 그 이동의 흔적을 일종의 감개를 가지고 바라보게 되는 것이다.

소에다 쇼이치도 명부를 멍하니 넘겨 보고 있었다. 마침 한가한 시간이었다. 부서에 따라서는 작년 그대로인 곳이 있는가 하면 변동이 많았던 부서도 있다. 선배나 동료의 이름을 한 권의 책으로 보니 즐거웠다. 다들 자기와 관계가 깊은 사람들이다.

소에다는 한바탕 넘겨 보다가 권말에 나와 있는 객원 부분을 별생각 없이 펼쳤다. 부장 이상의 신분으로 정년을 맞이한 사람들이 일종의 예우로 명기되었는데, 그중에는 이미 사회적으로 유명한 사람도 있었다.

소에다는 문득 최근에 가장 친근해진 이름을 발견했다. 다키 료세이다. 요전에 기차 안에서 만났던 귀찮다는 듯한 그의 얼굴이 떠오른다. 오랫동안 외국의 특파원을 지냈던 만큼, 옷차림도 세련되었지만 얼굴 생김새도 일본인 같지 않았다. 백발이 섞인 머리카락은 단정하게 손질되어 있고, 이목구비가 뚜렷한 얼굴에는 무테안경이 잘 어울렸다. 입술은 얇고 양쪽 끝이 꽉 다물린 듯이 보이는 것이 이 사람의 특징이다.

'다키 료세이, 세계문화교류연맹 상임이사'라는 글이 한 줄로 짜여 있고, 마지막에 주소가 나와 있었다.

─도쿄 도 오타 구 덴엔초후 3-571

덴엔초후에 사는 건가, 하고 소에다는 생각했다.

하지만 다음 순간, 그는 마음속으로 앗 하고 소리를 질렀다. 글씨를 다시 한 번 바라보았다.

"덴엔초후─."

이토 다다스케가 시나가와의 숙소에 묵을 때 갔던 곳 중 하나가 아닌가.

덴엔초후만으로 당장 다키 료세이와 연결 짓는 것은 성급한 일일지도 모른다. 하지만 소에다는 이토 다다스케가 찾아간 곳이 다키의 집일 것 같아 견딜 수가 없었다.

근거가 있다. 다키는 전쟁 말기에 유럽 중립국의 특파원이었다. 이토 다다스케도 그 주재 무관이었다. 두 사람 사이에는 당연히 면식 이상의 관계가 있다. 어쩌면 매일 얼굴을 보고 정보를 교환했을지도 모른다. 식사도 종종 함께하지 않았을까.

그렇다, 이토 다다스케는 다키 료세이를 찾아갔을 것이다. 이토 다다스케가 나라를 떠나 도쿄에 도착한 다음 날 곧장 덴엔초후로 간 목적은 다키 료세이를 만나는 것 외에는 생각할 수 없다.

만일 덴엔초후에 이토 다다스케의 친척이나 친구가 살고 있다면 나라를 출발할 때 그는 가족에게도 그렇게 말했을 테고, 또 그 집에서 묵지 여인숙 같은 데서 묵지는 않았을 것이다. 덴엔초후의 방문지는 그가 그 집에 묵을 정도로 친하지는 않다는 의미이고, 상경한 다음 날 곧장 찾아갔을 정도로 귀중한 볼일이 있었다는 의미이다.

귀중하다는 의미는 이토 다다스케가 상경한 목적과 이어진다. 그는 나라의 오래된 절에서 노가미 겐이치로의 필적과 매우 비슷한 글씨를 발견했다. 필적뿐만 아니라 그는 당사자를 발견한 것이 아닐까. 그러니 그가 상경한 목적은 그 인물을 만나기 위해서가 아닐까.

그러나 이토 다다스케는 그 인물의 주소는 몰랐고, 그래서 당사자와 공통의 친구였던 다키 료세이를 방문했다. 그런 가정도 무리는 아닐 것이다. 다키 료세이와 이토 다다스케는 외국에 있던 시절에 꽤 친밀하게 교제했지만 다키의 집에 묵을 정도의 사이는 아니다. 다키 료세이는 그만큼의 거리를 이토 다다스케에게 두었을 것이다. 그렇게 생각하는 편이 어느 모로 보나 다키 료세이의 성격에 맞는 듯했다.

소에다는 흥분했다.

그는 의자에서 일어나 무작정 걷기 시작했다.

이렇게 되면 그에 따른 실증을 얻고 싶어진다. 그는 조사실로 들어갔다.

"최근의 직원록을 좀 보여 주십시오."

조사부의 담당자에게 부탁했다. 담당자는 두꺼운 책을 곧 꺼내 주었다.

소에다는 한쪽 구석으로 가서 직원록을 펼쳤다. 외무성 관련이다. 유럽아시아국 부분을 곧 찾아냈다.

'유럽아시아국 ××과장 무라오 요시오, 자택, 미나토 구 아카사카 아오야마미나미초 6-71.'

상상은 적중했다.

이토 다다스케가 찾아간 곳은 '덴엔초후와 아오야마'였는데, 바로 다키 료세이와 무라오 유럽아시아국 ××과장을 찾아간 것이다.

무라오 요시오는 당시 중립국 외교관보였다. 물론 공사관부 무관이었던 이토 다다스케와는 동료다. 또 다키 료세이와도 아는 사이다. 노가미 겐이치로 일등서기관을 중심으로 네 사람은 생명의 위험을 무릅쓰고 일해 온 사이다. 이토 다다스케가 무라오 요시오를 찾아간 데에는 다키 료세이를 방문한 것과 같은 목적과 의미가 있었다―.

소에다 쇼이치는 조사실을 나오면서 흥분했다.

그는 곧 다키 이사와 무라오 과장을 만나 '이토 다다스케라는 옛 무관이 찾아왔지요?'라는 질문을 해 보면 어떨까 하고 생각했다.

하지만 어떤 반응을 보일지는 몰라도 상대가 사실대로 대답해 줄 것 같지는 않았다. 이 패를 내놓기에는 아직 이르다. 오히려 두 사람에게 경계심을 일으킬 뿐이다. 꺼내려면 좀 더 유효한 시기를 고르는 게 좋겠다고 생각을 고쳤다.

다키도 무라오 과장도, 이토 다다스케가 살해되었다는 기사를 틀림없이 신문에서 읽었을 것이다. 그러나 아마 두 사람 다 수사본부에 협력하겠다고 나서지는 않을 것이다.

두 사람은 이토 다다스케의 방문을 받았다. 그것은 거의 확실하다.

그때 어떤 대화를 나누었는지는 모르지만 두 사람과 만난 이토 다다스케는 나중에 시체가 되어 세타가야 구 ××거리의 수풀 속에서 나타났다. 그가 살해된 것이 두 사람을 방문한 것과 직접적으로 관련이 있는지 확실하진 않지만, 전혀 상관이 없을 것 같지는 않다. 적어도 이토 다다스케가 상경한 목적은 그의 비참한 죽음에 다소간 인과관계의 그림자를 드리우고 있는 것 같다.

소에다 쇼이치는 시나가와의 여관 쓰쓰이야를 찾아갔다.

차가운 바람이 불고 먼지가 이는 날이었다. 쓰쓰이야 앞에서는 여종업원이 걸레질을 하고 있다.

"주인 계십니까?"

소에다가 묻자 종업원은 그의 얼굴을 기억하고 인사했다.

"어서 오세요."

종업원은 걸레를 양동이에 담근 채 안쪽으로 들어갔다.

기다릴 새도 없이, 들어오세요, 하더니 안으로 안내해 준다. 요전에 왔을 때와 똑같이 계단 옆 응접실 같은 방으로 들어갔다.

주인은 곧 나왔는데 오늘은 양복을 입고 있다.

"또 찾아뵈었습니다."

소에다는 목례를 했다.

"어서 오십시오."

주인 쓰쓰이 겐자부로는 손님을 상대로 장사를 하는 만큼 붙임성이 좋았다. 싫은 얼굴 한 번 하지 않고 종업원에게 차와 과자 등을 가져오게 했다.

"어디 나가십니까?"

소에다는 양복 차림의 주인을 보며 물었다.

"그냥, 여관 조합 총회가 있어서요. 마침 지금 슬슬 나가 볼까 하던 참입니다."

"나가시려던 차에 죄송합니다. 급한 일이시면, 차를 가져왔으니 함께 타고 가면서 여쭤 봐도 되는데요."

"아니, 그럴 것까지는 없습니다. 아직 시간은 있으니까 괜찮습니다. 오늘은 무슨 용무이십니까?"

주인은 얼굴에 주름을 지으며 웃었다.

"몇 번이나 귀찮게 해 드려서 죄송하지만 요전의 이토 씨 일 때문입니다."

"아하, 역시 신문사 분들은 집요하시군요. 그 일로는 저도 좀 귀찮아진 참입니다."

여관 주인은 웃음을 지우더니 이번에는 눈썹 사이에 세로로 주름을 지었다.

"형사님이니 뭐니, 몇 번이나 찾아와서 여러 가지를 물으셨거든요. 게다가 그 이토 씨 아드님인가 하는 분이 간사이에서 찾아오시기도 하고, 한동안 어수선했습니다. 우리 가게에서 돌아가신 것은 아니지만, 역시 그렇게 연관이 되면 별로 기분이 좋지는 않지요."

"그 기분 좋지 않은 이야기를 여쭈어서 죄송하지만."

소에다는 말을 꺼냈다.

"이토 씨가 여기 묵은 다음 날, 덴엔초후와 아오야마에 찾아갈 거라고 말씀하셨다고 했는데 그건 틀림없겠지요?"

중대한 일인 만큼 소에다는 다짐을 받았다.

"예, 틀림없습니다. 담당 종업원이 분명히 들었으니까요."

"아아, 그래요?"

소에다는 이것으로 확증을 얻었다.

"전에 했던 이야기를 또 하는 것 같지만 이토 씨한테 뭔가 수상한 점은 없었습니까?"

"글쎄요, 저는 이토 씨를 직접 뵌 건 아니라서 자세한 것은 모릅니다. 하지만 담당 종업원에게 물어보아도 별로 이상한 점은 없었던 모양입니다. 그것도 경찰에서 여러 번 물었지만요."

"왠지 침울하다거나, 생각에 잠겨 있다거나 하지는 않았고요?"

"지금 말했다시피 저는 늘 안에 들어가 있기 때문에 그런 점은 알 수가 없습니다. 뭣하면 담당 종업원을 불러 드릴까요?"

"예, 그렇게 해 주시면 감사하지요."

"하지만 그것도 경찰 쪽에서 엄청나게 조사했습니다. 그래도 아무것도 나오지 않았던 모양이에요."

그렇겠지. 경찰에서는 피해자의 분위기에서 범인을 추정하려고 했을 것이 틀림없다. 주인의 말대로 뭔가 이상한 점이 있었다면 경찰이 보고받았을 것이다. 보고가 없었던 것을 보면 종업원의 증언도 주인이 말한 그대로임이 틀림없다.

그러나 소에다는 일단 종업원을 만나고 싶었다.

"당장 여기로 부르겠습니다. 저는 조합 총회에 나가야 해서 이만 실례하겠습니다."

"그러시지요. 나가시는데 붙들어서 죄송했습니다."

"또 놀러 오십시오."

머리카락이 반백이 된 주인 쓰쓰이 겐자부로는 손님 장사를 하는 사람답게 정중하게 인사를 하고 나갔다.

거의 동시에 이토 다다스케의 담당이었다는 종업원이 들어왔다.

조금 전에 마당에서 청소를 하던 여자였다. 통통하고 키가 작다.

"당신이었습니까? 돌아가신 손님을 담당했던 사람이."

소에다는 미소를 지으며 물었다.

"네."

종업원은 약간 얼굴을 붉히며 고개를 숙였다.

"지금 주인께도 들었는데 경찰도 와서 여러 가지를 물었다고 하더군요. 어떻습니까? 정말 이토 씨에게 이상한 점은 없었나요?"

"그런 건 모르겠어요."

종업원은 소에다의 얼굴을 보지 않도록 하며 대답했다.

"그날은 마침 바빴기 때문에 그 손님의 방에는 잘 가지 못했거든요. 게다가 계속 외출해 계셨고 저녁 식사도 밖에서 드셨다고 했고요. 하지만 별로 이상한 눈치는 없었어요."

"어딘가에 전화를 건다거나 상대방 쪽에서 걸려 온다거나 그런 일은 없었던 거지요?"

"없었어요. 다만 도쿄의 지도를 사다 달라고 하셨습니다."

"지도?"

처음 들었다.

"당신이 사다주었군요. 그때 손님은 지도로 어디를 조사하던가요?"

"아뇨, 그냥 사다드리기만 했을 뿐이라서 그 뒤의 일은 몰라요."

이토 다다스케는 도쿄 도내에 대해서는 잘 몰랐던 모양이다. 지도를 산 것은 아오야마와 덴엔초후를 조사하기 위해서였을지도 모른다.

하지만 도쿄 도내를 잘 모르는 이토 다다스케가 왜 세타가야의 외딴 곳에서 죽어 있었을까. 혼자서 거기에 갔을 리는 없다. 소에다는 자신이 한 추정이 점점 확실해져 가는 것을 느꼈다.

"그 손님의 방에 들어갔을 때, 손님이 종잇조각 같은 것을 꺼내들고 있지 않았습니까?"

"종잇조각이요?"

종업원은 수상하다는 듯한 눈빛을 했다.

"아니, 이거 표현이 나빴던 건지도 모르겠군요. 그러니까 먹으로 쓴 종이를 꺼내 놓고 있지는 않았습니까? 방명록 같은 건데요. 그 왜, 절 같은 데에서 참배한 사람이 자기 이름을 붓으로 쓰잖아요. 그런 것 말입니다."

"글쎄요."

종업원은 눈을 내리깔고 생각에 잠기는 것 같았다.

"아뇨, 보지 못했어요. 신문을 보여 달라고 하셔서 가져간 적은 있지만요."

소에다는 담배를 피우며 생각했지만 이제 더 이상 물을 게 없었다.

"고맙습니다."

소에다는 억지로 약간의 팁을 쥐어 주고는 응접실을 나섰다.

소에다는 회사로 돌아가서 사회부 기자를 만났다.

"외국인이 묵는 호텔을 돌아보겠다는 건가?"

친구는 무슨 일이냐는 얼굴을 했다.

"글쎄, 그런 곳이라면 도내에는 열두세 곳은 있겠지. 무엇을 조사하려고?"

그가 물었다.

"투숙객의 이름을 조사하고 싶어. 10월 10일부터 14, 5일 사이를 보고 싶은데."

"글쎄."

그가 잠시 생각하더니 말했다.

"그건 성가시겠는데. 숙박원장은 신문사 사람한테도 보여 줄지 어떨지 알 수 없어. 그쪽도 손님 장사니까, 말하자면 영업상의 비밀일 테지."

"꼭 보고 싶은데."

소에다는 말했다.

"어떻게든 방법이 없을까?"

"글쎄, 자네 혼자 한 곳 한 곳 부탁하고 다녀도 무리일 거야. 어딘가 연줄을 통하지 않으면 보여 주지 않을 걸세."

"연줄이라는 건?"

"예를 들면 경찰이지. 이게 제일 손쉬워."

소에다는 얼굴을 흐렸다.

"경찰은 좀 곤란해. 그 외에 뭔가 방법은 없을까?"

"글쎄."

친구는 함께 머리를 맞대고 생각해 주었다.

"내 생각으로는."

소에다가 말했다.

"호텔에는 조합이 있잖아. 조합 사무소의 누군가가 말을 거들어 주면 잘되지 않을까."

"그렇군. 좋은 생각이야."

친구도 찬성했다.

"자네는 그 호텔 조합 간부 중에 아는 사람이 있나?"

"몰라."

소에다는 고개를 저었다.

"그럼 외보부의 A군에게 부탁하는 게 좋을 거야. 그 녀석은 높은 외국인이 오면 늘 이야기를 들으러 가는 일이 전문이니까. 자연히 호텔 쪽에도 발이 넓겠지."

소에다는 외보부의 A라는 사람을 몰랐다. 친구는 곧 전화를 걸어 주었다.

"어쨌든 만나서 얘기를 들어 보겠다는군."

"고마워."

외보부는 사층이었다. 소에다는 사층으로 올라갔다. A는 데스크에서 기다리고 있었다.

"이야기는 전화로 들었습니다."

외국인 같은 얼굴을 한, 키가 큰 A는 말했다.

"묵고 있는 사람 이름은 아시는 거지요?"

"그걸 모릅니다. 외국에서 일본에 와 있는 일본인의 이름인데요."

"이름을 몰라요?"

A가 더 놀랐다.

"이름을 모르는데, 명부에서 뭘 찾아내려는 겁니까?"

"그건 저도 대답하기가 좀 곤란하지만, 보다 보면 찾아낼 수 있을 것 같은 기분이 듭니다."

소에다는 스스로도 애매한 대답에 거북한 기분이 들었다. 당사자는 아마 본명을 쓰지 않았을 것이다. 소에다가 그 가명을 알 리도 없다.

"그럼 어쨌든 K호텔 지배인에게 부탁해 두겠습니다."

A는 명함에 소개 문구를 써 주었다.

"정말 감사합니다."

소에다는 명함을 쥐고 외보부를 나왔다.

K호텔은 회사에서 가깝다. 하지만 그곳만으로는 끝날 성싶지 않았기 때문에 자동차를 사용했다.

K호텔의 지배인은 야마카와라고 했는데, 초로의 신사였다. A의 소개 명함이 효과가 있었는지 곧 만나 주었다.

"투숙객 명부를 보여 드리는 건 매우 곤란합니다."

지배인은 온화하게 말을 꺼냈다.

"아무래도 이건 손님의 비밀이니까요. 저희도 영업상의 비밀을 제삼자에게 보여 드릴 수는 없습니다."

지배인은 그래도 호의적인 말투였다.

"어떤 이름을 가진 사람이 묵고 있었느냐고 물으신다면 또 모르겠지만 모든 리스트를 보시겠다는 건 좀 그렇지요."

소에다도 무리한 부탁임은 충분히 알고 있었다. 지배인의 호의에 기댈 수밖에 없다.

"외국에서 온 일본인이고 이름은 모릅니다. 나이는 예순 살 정도 되는 사람이고요. 그런 손님이 이 기간에 묵지 않았습니까?"

"아하, 그럼 미국에서 오신 분인가요?"

"아뇨, 그렇다는 보장은 없습니다. 영국에서 왔을지도 모르고 벨기에서 왔을지도 모르고, 저로서는 알 수 없습니다."

"그렇군요. 예순 살 정도의 일본인이고, 외국에서 온 사람이란 말이지요?"

지배인은 손가락 끝으로 책상을 톡톡 두드렸다.

"가족은?"

다시 묻는다.

"글쎄요, 그건 잘 모릅니다. 아마 혼자 왔을 거라고 생각하는데요."

"이름을 모르면 리스트만 가지고는 짐작하기 어렵겠군요."

듣고 보니 그 말이 옳았다. 소에다는 리스트를 보면 어떻게든 추정할 수 있을 거라고 두루뭉수리하게 생각하고 왔지만, 구체적인 지적이 불가능하다는 것을 새삼 알았다.

"리스트를 보시는 것보다 프런트 사람들에게 물어보는 게 좋을지도 모르겠네요."

지배인은 그렇게 말해 주었다.

"손님의 출입을 시종 보고 있으니까요. 하기야 프런트 근무는 2교대제로 되어 있으니 오늘 근무하는 사람들만으로는 알 수 없을지도 모르겠네요."

보이가 들어와 홍차를 내려놓았다.

"자네."

지배인이 보이를 붙들었다.

"이런 사람을 모르나?"

지배인은 소에다가 말한 대로 이야기했지만 보이는 기억이 없다고 대답했다.

"어쨌든 프런트 직원을 불러 보지요."

지배인은 말했다.

"외국에서 온 일본인, 60세라고 하면 혹시 알지도 모릅니다."

지배인은 탁상의 수화기를 들었다.

들어온 젊은 직원은 이야기를 듣고 생각에 잠겼다.

"글쎄요. 아무래도 저는 기억이 안 나는데요."

그가 잠시 후에 대답했다.

"그분은 오래 머무셨나요?"

"그건 모릅니다."

소에다가 옆에서 말을 받았다.

"그렇게 오래는 있지 않았을 겁니다. 그 사람은 아마 일본의 여러 곳, 예를 들어 나라 같은 데도 갔을 겁니다."

"얼굴 생김새는 어떤가요?"

"아, 그건……."

소에다는 곤란해졌다. 언젠가 구미코의 집에서 본 사진 속 노가미 겐이치로의 풍모를 어렴풋한 기억으로 설명했다.

"아무래도 그런 분은 묵지 않으셨던 것 같습니다. 어쩌면 저보다 각 층의 서비스 담당자가 더 잘 알 것 같은데요. 그 사람들한테 물어보지요."

"수고를 끼쳐 죄송합니다."

소에다는 미안해졌다.

"대체 무슨 일입니까?"

직원이 방을 나가고 나서 지배인은 소에다에게 물었다.

"아니, 실은 좀 조사하고 싶은 일이 있어서요."

"무슨 나쁜 일입니까?"

"아닙니다. 사정을 말씀드릴 수 없는 건 유감이지만요."

"나쁜 일이 아니라면 괜찮지요. 우리 쪽에는 호텔 협회라는 게 있어서 호텔에서 나쁜 짓을 하는 사람이 있으면 곧 각 호텔에 정보를 돌리고, 공동으로 방어책을 세우고 있습니다."

"그렇군요."

소에다가 문득 기대를 걸고 물었다.

"만일 제가 찾고 있는 사람이 이 호텔에 묵지 않았다면, 그 호텔 협회 쪽에 이야기해서 찾아 주시는 건 어려울까요?"

"아니, 못할 것은 없습니다. 하지만 이름을 모른다면 뜬구름 잡는 것 같은 이야기지요. 당사자가 일본인이고 예순 살 정도라는 것밖에 단서가 없으니까요. 뭐, 하지만 그것도 한 가지 특징이라고는 할 수 있습니다."

"도쿄 도내에서 외국인이 많이 묵는 호텔은 어느 정도나 될까요?"

소에다가 그렇게 물은 까닭은 당사자에게 외국인 동반자가 있을지도 모른다고 가정했기 때문이다.

"우선 일류라면 예닐곱 군데 정도입니다. 각 호텔에 따라 손님의 특색이 있지요. 예를 들어 T호텔은 톱클래스이기 때문에 대사관 같은 데서 자주 이용합니다. M호텔은 영국계나 호주계 사람이 많습니다. S호텔은 스포츠 관련, D호텔은 동남아시아계, N호텔은 연예인이라는 식으로 대충 손님의 특징이라고 할까, 그런 색채가 정해져 있는 모양입니다. 저희 쪽은 미국인 바이어가 많습니다."

지배인이 거기까지 말했을 때 아까 그 직원이 돌아왔다.

"각 층 서비스 스테이션에 전화해서 물어보았는데 어느 담당자도 기억이 없다고 합니다. 역시 그분은 저희 호텔에는 묵지 않으신 게 아닐까요?"

소에다는 마지막으로 만약을 위해 '다나카 고이치'와 '노가미 겐이치로'의 이름을 꺼냈다. 예상했던 대로 그 이름은 리스트에 없다는 대답이 돌아왔다.

소에다는 그 호텔을 나와 다른 호텔을 돌았다.

지배인이 호의로 소개장을 써 주었기 때문에 T호텔, N호텔, M호텔, S호텔, D호텔 등 일류 호텔을 순서대로 뛰어다녔다.

"글쎄요, 저희 호텔에는 방이 구백 개나 되기 때문에 조사하기가 어렵습니다."

라는 곳도 있는가 하면,

"아무래도 기억에 없는데요."

라며 성의 없게 거절당하기도 했다.

"이름을 모르면 조사할 수가 없습니다. 기억만으로 말씀드렸다가 틀리면 곤란하니까요."

라는 말도 들었다. 개중에는,

"모처럼 찾아와 주셨는데 죄송하지만 어느 분께도 알려드릴 수 없는 게 규칙입니다. 아뇨, 신문사 분을 의심하는 건 아니지만 개중에는 악질적인 사람이 있어서 투숙객이 이용당하는 경우도 왕왕 있거든요. 저희도 피해를 입은 적이 있기 때문에 그 후로는 거절하고 있습니다.”

하고 단호하게 거절당하기도 했다. 만약을 위해 마지막에 꺼낸 '다나카'와 '노가미'라는 이름은 어느 명부에도 없었다.

소에다는 지쳐서 녹초가 되었다.

요컨대 이 조사로 그가 생각하던 인물이 도쿄의 일류 호텔에 체류했을 가능성은 적다는 것을 알 수 있었다.

조사는 네 시간 가까이나 걸렸다. 돌아본 호텔의 수도 일곱 곳이었다.

돌아오는 길에 긴자를 지나며 보니, 포장도로가 석양 색깔로 물들어 있었다. 상점 안에는 전등이 요란하게 켜져 있다.

소에다는 피곤한 몸을 차 좌석에 기대고 멍하니 바깥을 보았다. 마침 러시아워라 느리게 달리던 차가 4번가 모퉁이에서 신호에 걸려 잠시 정차했다. 창밖을 보던 소에다의 멍한 눈에 낯익은 얼굴이 스쳐 지나갔다. 아시무라 세쓰코였다.

소에다는 신호를 기다리고 있는 차에서 뛰어내리고 싶었다. 하지만 물론 그럴 수는 없었고 다음 골목까지 차가 달려야 했다. 그의 차를 둘러싸고 앞뒤좌우로 다른 승용차나 트럭이 북적거렸다.

신호가 바뀌기를 기다리는 것이 답답했다.

차가 달리기 시작하고 나서도 소에다의 눈은 아시무라 세쓰코의 모습을 놓치지 않으려고 달라붙어 있었다. 그녀는 소에다가 보고 있는 줄도 모르고 인파 속을 계속 걸었다.

“저기서 세워 주십시오.”

한참 추월하고 나서, 소에다는 운전사에게 말했다. 근처에 정차

할 만한 데는 거기뿐이었다.

소에다는 차에서 곧 내려 포장도로를 반대로 걸어갔다. 이렇게 하면 그녀와 반드시 만날 수 있을 터였다.

소에다는 엄청나게 많은 통행인을 주의 깊게 보면서 걸었다. 하지만 세쓰코의 얼굴은 그 안에 없었다. 그는 어느새 4번가 모퉁이까지 와 있었다.

소에다는 약간 당황했다. 방금 차 안에서 본 아시무라 세쓰코와 어떻게든 만나서 이야기하고 싶었다. 우연이었지만 그녀의 모습을 본 순간 이야기를 나누고 싶은 충동이 일어났다. 그녀가 보이지 않으니 그런 기분이 더해졌다.

소에다는 다시 한 번 원래 왔던 방향으로 되돌아갔다. 눈으로는 세쓰코를 찾으면서.

그가 간신히 세쓰코의 모습을 발견한 것은 다시 한 번 멀리까지 걸어갔다가 실망하고, 포기할 수가 없어서 되돌아왔을 때였다. 한쪽 상점가 중 하나에 예쁜 도자기와 과일을 파는 가게가 있었다. 아시무라 세쓰코가 그 가게 안에서 물건을 구경하는 중이었다. 그렇게 찾아도 없더니 소에다가 차에서 목격한 직후에 곧장 가게로 들어간 것이다.

소에다는 가게 입구에서 그녀가 물건을 다 사기를 기다렸다. 세쓰코는 도자기 접시를 고르고 있었다. 여자 점원 한 명이 옆에 붙어서 여러 가지를 보여 주고 있다.

소에다는 인파를 피해 서서 담배를 피웠다.

세쓰코가 물건을 다 사고 나오는 데에 이십 분은 족히 걸렸다.

"어머나."

아시무라 세쓰코는 소에다를 발견하고 깜짝 놀란 얼굴을 했다. 그리고 나서 친근하게 웃었다.

"요전에는 감사했어요. 여기서 뵙게 될 줄은 몰랐는데요."

소에다는 인사를 했다.

"저도 차 안에서 우연히 보았습니다."

"어머나. 기다려 주신 건가요?"

소에다는 자신이 실없는 놈이 된 것 같은 기분이 살짝 들어서 뺨을 붉혔다.

"한창 물건을 사고 계시는 것 같아서요."

"말을 걸어 주셨으면 좋았을 텐데."

그녀는 말했다.

"맞다, 요전에 구미코가 우리 집에 놀러왔을 때 노가미 가에 계셨다면서요?"

"네."

"구미코가 전화를 걸 때 들었어요."

"부인께 할 이야기가 있습니다."

소에다는 결심하고 이야기를 꺼냈다.

"삼십 분쯤 시간 좀 내 주실 수 있겠습니까?"

세쓰코는 힐끗 소에다의 얼굴을 보았다.

"좋아요. 어디서 차라도 마실까요?"

두 사람은 나란히 걸었다.

"방명록의, 그 부분만……?"

아시무라 세쓰코는 소에다 쇼이치의 이야기를 듣고 눈을 휘둥그렇게 뜨며 그의 얼굴을 바라보았다.

우아한 찻집이었다. 빨간 벽돌 선반에 현애분재에서 줄기나 가지가 뿌리보다 아래로 처지게 만든 것 국화가 늘어서 있다. 조명은 어둑어둑하지만 국화 색깔 때문에 눈이 번쩍 뜨이는 것 같았다. 조용한 레코드 소리가 국화 꽃잎에 스며드는 듯하다.

"그렇습니다."

소에다는 고개를 끄덕였다.

"다나카 고이치 씨의 서명이 있는 페이지만이, 도쇼다이지에서도 안고인에서도 면도칼로 깨끗하게 잘려 나가고 없었습니다."

어이없다는 듯한 얼굴을 하고, 세쓰코는 여전히 소에다를 바라보고 있었다.

"절 사람들도 모르고 있더군요. 어째서, 누가 그 부분만 잘라냈는지 부인도 물론 짐작 가는 데는 없으시지요?"

아시무라 세쓰코는 가볍게 숨을 들이쉬었다.

"전혀요."

여전히 놀란 표정이다.

"짐작 가는 데가 없어요. 어떻게 된 일일까요? 정말 희한하네요."

"그렇죠. 게다가 미리 짠 것처럼, 두 절에서 그 부분만 잘려 있었어요. 한 곳만 그랬다면 우연이라고 할 수 있고, 다른 이름에 흥미를 가진 사람이 했다고도 생각할 수 있겠지만, 두 절 모두에서 다나카 고이치의 이름만 없어졌어요. 분명히 다나카 고이치라는 필적을 노린 인물이 한 짓입니다."

세쓰코는 조금 겁먹은 듯한 얼굴을 했다.

"소에다 씨, 일부러 그 필적에 흥미를 갖고 나라에 가셨던 건가요?"

"실은 그렇습니다. 구미코 씨에게서 부인의 이야기를 듣고 갑자기 보러 가고 싶어졌어요."

"무슨 생각으로 그걸 보러 나라까지 가셨던 건가요?"

소에다는 잠시 생각하고 나서 대답했다.

"다나카 고이치라는 이름을 쓴 글씨체가 노가미 씨와 매우 비슷하다는 사실에 흥미를 느꼈습니다. 하지만 현지에 가 보니, 어쨌든 저와 같은 흥미를 가진 사람이 또 한 명 있었다는 걸 발견했지요. 그 사람이 저보다 먼저 절에 가서 서명 부분을 잘라냈다, 이렇게 생각해도 될 겁니다."

소에다를 바라보던 세쓰코의 눈동자가 시선을 피해 먼 곳을 바라보는 표정으로 바뀌었다.

그녀의 시선이 향한 곳에서는 젊고 예쁜 아가씨들이 손님에게 커피를 가져다주고 있다.

"소에다 씨는."

그녀는 시선을 그대로 둔 채 낮게, 천천히 말했다.

"외삼촌이 살아 있기라도 하다고 생각하시나요?"

"그렇습니다."

소에다는 즉시 대답했다.

"지난번에 부인의 이야기를 듣고 문득 저는 그런 기분이 들었습니다. 남편분께서는 부인이 노가미 씨의 필적의 망령에 씌었다고 했다지만, 망령이 아니라 실제 인간이 이 일본에 돌아와 있는 것 같은 기분이 듭니다."

세쓰코는 다음 말을 꺼내지 않았다. 눈동자를 고정하고 바로 옆에 있는 구슬을 겹쳐 놓은 듯한 현애 소국을 바라보고 있었다.

"하지만."

갑자기 그녀가 소에다 쪽을 향해 강한 말투로 말했다.

"외삼촌이 죽었다는 건 틀림없이 공보公報로 전해진 소식이에요. 물론 군인이 전쟁터에서 죽은 경우, 공보가 믿을 만한 게 못 된다고는 할 수 있지요. 하지만 외삼촌은 중립국에 주재하던 일등서기관이었어요. 병에 걸려 입원한 곳도 중립국이었고요. 설마 그 공보까지 거짓일 거라는 생각은 들지 않아요. 정식 외교관이 죽은 것인걸요. 잘못된 전보를 칠 수가 있을까요?"

"그겁니다."

소에다는 몇 번이나 깊이 고개를 끄덕였다.

"저도 공보가 진실일 거라고 믿습니다. 말씀하신 대로 노가미 씨는 군인이 아니고 또 전쟁으로 돌아가신 것도 아니에요. 영령이 살아서 돌아온 것도 아닙니다. 그래도 저는, 왠지 노가미 씨가 살아서 이곳으로 돌아와 계시는 것 같은 기분이 들어서 견딜 수가 없어요."

"안 돼요."

아시무라 세쓰코는 입으로는 웃었지만 눈은 날카롭게 빛났다.

"소에다 씨가 그런 생각을 하시면 안 돼요. 우리는 정부의 공식 전보를 믿어요. 외삼촌은 일본을 대표하는 외교관이에요. 그리고 돌아가신 게 중립국인걸요. 그게 오보라거나 거짓이라고는 절대로 생각할 수 없어요. 부디 그런 생각은 이제 하지 말아 주세요."

"저도 부인이 무슨 말씀을 하시는지 압니다. 1944년이라면 이미 전황은 가열된 양상을 보이고 있었어요. 하지만 일국 외교관의 사망에 대해서, 상대인 중립국도, 일본 정부도, 잘못된 공표를 할 이유는 없지요. 노가미 겐이치로 일등서기관의 병사는 정부의 발표로서 당시의 신문에는 전부 실렸습니다. 저는 그 기사를 스크랩해 두기까지 했어요."

"그러니까……."

아시무라 세쓰코의 안색이 격렬하게 바뀌는 것을 보고 소에다는 말했다.

"그렇습니다. 그걸 믿으려고, 제 생각이 망상이라고 잘라내려고 했습니다. 하지만 그런 것치고는 이상한 점이 많습니다. 노가미 씨의 필적이 나라의 절에 남아 있었습니다. 노가미 씨는 평소부터 나라의 오래된 절을 돌아보는 것을 좋아하셨어요. 게다가 그 방명록의 서명이 누군가의 손에 의해 잘려 나갔어요. 이건 저만의 추측이지만, 다나카 고이치라는 이름의 인물이 돌아본 곳은 도쇼다이지와 안고인만이 아닐 겁니다. 다른 유서 깊은 오래된 절에도 같은 것이 남아 있을지 몰라요. 아니, 아마 그것도 잘려 나갔을지 모릅니다."

세쓰코는 소에다의 말을 가로막았다.

"외삼촌과 같은 필적을 갖고 있는 사람이 이 세상에 없다는 보장은 없어요. 그것만 가지고 외삼촌이 살아 있다고 여기는 건 아무리 생각해도 터무니없어요."

"그야 공상일지도 모르지요. 하지만 그렇게 딱 잘라 말할 수 없는 일도 있습니다. 부인, 최근에 세타가야에서 어떤 살인사건이 일어났습니다. 살해된 사람은 전시에 노가미 씨와 함께 중립국의 공사관에 있었던 무관입니다."

아시무라 세쓰코의 얼굴에서 갑자기 핏기가 가셨다.

8

"모델이요?"

구미코는 숨을 삼킨 듯한 얼굴로 어머니를 바라보았다.

갑작스럽기도 하고, 생각도 해 보지 않은 일이었다. 무엇보다 어머니의 사람됨으로 보아 전혀 어울리지 않는 일이다.

구미코가 직장에서 돌아오자 어머니가 꺼낸 이야기였다.

"모델이라고 해도 그쪽에서는 네가 그 모습 그대로 앉아 있어 주기만 하면 된다고 하셨어."

그쪽이라는 것은 사사지마 교조라는 서양화가다. 꽤 유명해서 구미코도 알고 있는 이름이다.

"왜 저한테 그런 제안을 했을까요?"

"그 화가분이 너를 어디에선가 본 적이 있대."

"어머나, 싫어요."

"그 화가는 지금 큰 작품 속에 소녀의 모습을 넣을 필요가 있어서, 그걸 위해 적당한 젊은 사람을 꼭 데생하고 싶다는 거야. 마땅한 사람이 없어서 곤란하던 차에 구미코 널 보고 네가 그 이미지에 딱 맞았다고 했다더라. 다키 씨한테서 들은 이야기로는 그랬어."

"다키 씨한테?"

세계문화교류연맹 이사인 다키 료세이를 말하는 것이다.

"다키 씨는 네 아버지가 그쪽에 계셨을 때 같이 있었던 신문사 특파원이었으니까. 오랫동안 뵙지 못했는데 오늘 갑자기 우리 집에 오셔서 그런 이야기를 하시더구나. 나도 다키 씨를 뵌 건 칠팔 년 만이었어. 꽤 놀랐단다."

"그래서 어머니, 그 이야기를 받아들이신 거예요?"

구미코가 경솔함을 탓하는 눈빛을 보냈기 때문에 어머니는 눈부신 듯한 얼굴을 했다.

"어쨌거나 아버지랑 같이 있었다는 분의 말이라 나도 그리운 마음이 들어서 함부로 거절할 수가 없었어. 네가 정 싫다면 거절해도 돼. 다키 씨한테 그렇게 말해 뒀으니까. 하지만 딱 사흘이면 되니까 어떻게든 들어줄 수 없겠느냐고 다키 씨가 몹시 열심히 말씀하시더라."

"다키 씨랑 화가 사사지마 씨는 어떤 관계인가요?"

"같은 고향 출신 친구래. 사사지마 씨라는 분은 널 전철 안에서 보았을 때 일부러 전철에서 내려 네 뒤를 따라와서 이 집을 알아내셨다더구나."

"세상에, 기분 나빠요. 꼭 불량배가 하는 짓 같잖아."

구미코는 얼굴을 찌푸렸다.

"아니, 예술가란 그런 면이 있나 봐. 자기 마음에 든 모델을 만나면 저도 모르게 그런 기분이 드는 거지."

"하지만 그건 그쪽 사정이잖아요. 내가 알 바 아니에요."

"그야 그렇지. 하지만 일부러 다키 씨가 찾아와서 자기 친구를 위해 사흘이라도 좋으니 이젤 앞에 앉아 있어 달라고 열심히 부탁하시니까 나도 대뜸 거절할 수가 없었어."

어머니는 곤란한 듯한 얼굴을 했다.

"그런데, 사흘이면 되는 걸까요?"

그런 일이라면 좀 더 시간이 걸릴 것 같았다.

"그래. 데생이니까 네 얼굴만 스케치하고 싶다고 하시던데."

"그래요."

구미코는 눈을 내리깔았다.

어머니는 다키 료세이의 부탁을 절반은 받아들인 것이다. 그 마음은 구미코도 모르지 않았다. 어머니는 돌아가신 아버지에 관한 일이라면 아주 열심이었다. 다키의 부탁을 거의 그 자리에서 승낙한 것은 외국 시절의 아버지와 교류가 있었던 사람을 소중하게 여기기 때문이다.

"생각해 볼게요."

구미코는 마음이 약해졌다. 다른 일이라면 당장 어머니에게 화를 내겠지만, 아버지를 생각하는 어머니의 마음을 떠올리면 역시 실망시키고 싶지는 않았다.

"밤에 찾아뵈어야 하는 걸까요?"

구미코도 낮에는 근무를 해야 한다. 밤이면 그걸 이유로 거절할 수 있을 것 같은 기분도 들었다.

"넌 공무원이니까 연차 휴가가 있었지. 올해는 아직 한 번도 휴가를 안 받았잖니?"

"네."

과연, 그런 방법도 있었구나 하고 생각했다.

"하지만 어머니, 그건 올해 겨울에 스키를 타러 가려고 남겨둔 거예요."

구미코는 이미 어머니가 밀어붙이는 데에 무너지고 있었지만 헛된 저항을 해 보았다.

"일요일을 포함하면 이틀만 더 휴가를 내면 되잖아."

"어머니, 굉장히 열심히 권하시네요?"

"다키 씨의 부탁은 꼭 들어주고 싶구나. 아버지가 그쪽에 있었을 때 친구니까."

"그럼 좋아요."

구미코는 결심한 듯이 겨우 고개를 끄덕였다.

"하지만 오랫동안 앉아 있어야 하는 건 아니죠?"

"응, 하루에 두 시간이면 된다고 했어."

어머니는 미간을 펴며 안심했다. 아버지에 관한 일이면 언제나 이런 식이다. 구미코가 승낙했기 때문에 어머니의 안색은 갑자기 밝아졌다.

"사사지마 씨라는 화가의 이름, 넌 알고 있지?"

"네, 이름만요."

"실력이 확실하대. 작품을 많이 만드는 건 아니지만 전문가들 사이에서는 꽤 높은 평가를 받고 있다더라."

어머니는 다키에게서 들었는지 생글생글 웃으며 말했다.

구미코도 그것은 어디에선가 읽어서 대충은 알고 있었다.

사사지마 교조라고 하면 현실과 타협하지 않는 작가로서, 어두운 색조를 즐겨 사용하지만 작품은 유니크하다는 평을 받고 있다.

미국인들 사이에 인기가 있어서 그의 그림을 원하는 화상畫商도 끊임없이 있지만, 다작을 하지 않는다고 한다.

구미코는 그런 것을 멍하니 떠올리다가 문득 사사지마 교조라는 화가가 독신이었음을 떠올렸다. 그것도 무슨 책에서 읽었던 적이 있다.

사사지마 화백에게는 처음부터 아내가 없었다. 나이는 아마 쉰 살에 가까울 테지만 내내 독신이었다. 잡지에서 읽은 건데, 사사지마 화백의 말에 따르면 예술을 위해서는 가정이 방해가 되기 때문에 결혼은 하지 않을 것이라고 한다.

"저기, 어머니."

구미코는 다시 시무룩한 얼굴이 되었다.

"사사지마 씨는 독신이죠?"

"응, 나도 다키 씨한테 들었어."

어머니는 태연하게 대답했다.

"하지만 인품은 훌륭한 분이니까 절대로 걱정할 필요가 없다더구나. 게다가 겨우 사흘이잖니, 괜찮을 거야."

"그래요, 어머니가 그렇게 말씀하신다면."

구미코는 말했다.

"찾아뵈어도 괜찮겠네요. 제가 모델이 된다는 건 아무래도 내키지 않지만요."

"부담 갖지 않아도 돼. 그냥 데생만 하는 거고, 네 얼굴을 그대로 그리는 것도 아니잖니. 화가란 멋대로 그림 위에서 모델의 얼굴을 바꾸는 모양이더라."

어머니는 평소 같지 않게 전람회 이야기 같은 것을 했다. 구미코보다 더 흥분하고 있었다.

상대방 쪽에서도 서둘렀기 때문에 결국 구미코는 이삼일 뒤에 사사지마 화백의 아틀리에로 가게 되었다.

사사지마 교조의 집은 스기나미 외곽에 있었고 미타카다이 역에서 가까웠다. 구미코의 집도 같은 구에 있어서 거리상으로는 가기 편했다.

전철에서 내려 역 북쪽을 향해 가면 약간 오르막길이 된다. 이 부근에는 긴 담장을 두른 집이 많았다. 아직 무사시노 그대로의 잡목림이 집들 뒤에 솟아 있었다.

사사지마 화백의 집은 역에서 걸어서 오 분도 걸리지 않았다. 부지는 의외로 넓지만 집은 작았다. 하기야 집 뒤에 있는 아틀리에인 듯한 건물이 안채보다도 크다.

그날은 토요일이었기 때문에 구미코는 오후에 방문했다. 다키가 사사지마 화백에게 연락해 두었을 것이다.

문을 지나 대나무를 심은 오솔길을 지나자 낡아 가는 현관에 다다랐다. 부지가 넓은 만큼 정원을 충분히 두었고, 거기에는 장미 등의 화초를 심은 화단이 여러 구획으로 만들어져 있었다. 꽃을 좋아하는 화가인가 보다.

초인종을 짧게 울렸다. 그러자 사사지마 본인이 직접 문을 열어주었다. 기나가시_{일본의 전통 옷에서 하카마나 하오리를 입지 않은 약식 복장} 차림이었는데, 구미코를 보고 먼저 웃으며 인사를 했다. 부스스한 머리카락이 이마에 흘러 떨어졌다.

"노가미 씨 맞지요?"

웃으면 눈초리에 주름이 생기고 뺨에 깊은 보조개가 패었다. 긴 머리카락만이 야윈 얼굴에 늘어져 있었다. 담배를 좋아하는지 이가 검었지만, 그것이 귀여워 보였다.

"들어오세요."

그는 구미코가 인사를 하기도 전에 선선히 직접 응접실로 안내했다.

"어이, 손님 오셨어."

화백은 안쪽을 향해 큰 소리로 말했다. 쉰 살쯤 되어 보이는 가정부에게 한 말이었음은, 그녀가 나중에 차를 가져다주어서 알았다.

응접실의 벽은 직접 그린 그림으로 화랑처럼 장식되어 있었다. 하지만 왠지 모르게 어수선하다. 역시 주부가 없다 보니 집 안에 먼지가 쌓인 듯한 느낌이다. 구미코가 그렇게 생각하고 보아서 그런지도 모르지만.

그제야 구미코가 인사를 하자 화가는 호방하게 말했다.

"무리한 줄 알면서 졸라서 미안합니다. 사정은 다키 씨한테서 들었지요?"

"네."

구미코는 살짝 얼굴을 붉혔다. 예술가 특유의, 대상을 바라볼 때의 강한 눈빛이 느껴진다.

"빨리 승낙해 주어서 정말 다행입니다. 들으셨겠지만 모델이 되어 주시는 거라고 해도 그냥 얼굴만 데생으로 따면 되는 겁니다. 어려워하지 말고, 편하게 책이라도 읽는다는 생각으로 제 앞에 앉아 있어 주세요."

화가는 온화한 목소리로 말했다.

시종 미소를 잊지 않아서 그의 야윈 뺨에서는 보조개가 사라지지 않았다. 광대뼈가 튀어나와 얼굴 윤곽이 날카로워 보였지만 웃으면서 생기는 주름이 부드러운 인상을 주었다.

사실 이곳에 올 때까지는 심장이 두근거렸는데 이제는 안심이 되었다. 그것은 예술가에 대한 막연한 신뢰감과 존경에서 온 것이었다.

"언제부터 와 주실 수 있습니까?"

구미코가 내일이 일요일이니까 내일부터 사흘 동안 올 생각이라고 대답하자, 화가는 황송한 듯이 머리를 긁적였다.

"고맙습니다. 아니, 저도 이렇게 빨리 승낙해 주실 거라고는 생각하지 않았어요. 게다가 내 일도 좀 급해서, 당장 내일부터 와 주신다면 정말 고맙지요."

키가 큰 가정부가 조용히 차를 가져와 구미코에게 인사를 하고 물러갔다.

"제게는."

화가는 복도로 멀어지는 가정부의 발소리를 들으면서 부끄러운 듯이 웃으며 말했다.

"아내가 없습니다. 그래서 자상하게 마음을 써 드릴 수 없는 부분이 있겠지만, 참아 주세요. 저 가정부도 내일부터 한동안 오지 않을 겁니다."

구미코는 저도 모르게 안색을 바꿀 뻔했다. 화가의 말이 구미코에게는 불안하게 들렸다. 여기에 들어올 때 유리가 쳐진 지붕밖에 보지 못했지만, 그 넓은 아틀리에에 화가와 단둘이 마주한다고 생각하니 가라앉았던 가슴의 두근거림이 다시 시작되었다.

"작업을 할 때 다른 사람이 너무 어슬렁거리는 걸 저는 싫어합니다. 서비스는 완벽하지 않겠지만 커피 정도는 제가 끓여 드리지요. 옛날부터 그렇게 해 왔어요."

항의를 할 수는 없었다. 상대는 화가고, 일단 이쪽에서 승낙한 일이니 새삼스럽게 거절하는 것도 상대방을 모욕하는 게 아닌가 싶어 내키지 않았다. 두 시간 정도면 된다고 하니 괜찮겠지. 화가도 믿을 만해 보이고.

"시간을 정하지요. 언제가 편하십니까."

"오전 중이 좋은데요."

"좋습니다. 그 편이 빛이 드는 상태도 좋지요. 고맙습니다, 전부다 좋네요."

화가는 환하게 웃으며 기뻐했다.

"그럼 열한시부터 오후 한시까지로 합시다. 내일부터 당장 와 주실 수 있는 거지요?"

화가는 구미코의 얼굴을 응시하며 다짐했다.

"그렇게 할게요."

화가는 쓸데없는 이야기를 하지 않았다. 의논이 끝나자 과묵해
졌다. 손님에게 이제 돌아가도 좋다고 말하는 듯했다. 이 무뚝뚝함
이 구미코에게 한층 더 안도감을 주었다.

화가는 구미코를 현관까지 배웅해 주었다. 느슨하게 감은 허리
띠에 양손을 찔러 넣고, 구미코의 인사에 목례했다.

구미코는 원래 왔던 길을 내려가 역에 도착했다. 플랫폼으로 나
가 전철을 기다리고 있자니 딱 눈높이에 잡목림의 언덕이 보였다.
그 언덕 중턱에 여러 집들의 지붕이 늘어서 있었다. 사사지마 화백
의 특징 있는 아틀리에의 유리 지붕이 나무 사이로 빛나고 있다.

내일부터 저 안에 앉아 있는 것인가 하고 생각하니, 구미코는 실
제로는 자신이 아닌 것 같은 묘한 기분이 들었다.

아틀리에에 앉아 있어야 하는 줄 알았는데 그렇지 않았다. 사사
지마 화백은 구미코를 넓은 툇마루의 등나무 의자에 앉혔다.

"우선 스케치부터."

화백은 양해를 구했다.

그곳은 안채 뒤쪽에 있고 넓은 정원이 바로 내다보였다. 화백이
꽃을 좋아하는 사람임은 벽돌로 에워싸인 화단에 여러 가지 꽃이
나누어 심어져 있는 것으로 알 수 있다. 국화나 코스모스 등이 흐
드러지게 피어 있는 풍경이 예쁘다고 생각했다.

오늘의 사사지마는 어제와 달리 격자무늬의 화려한 스웨터를 입고 있었다. 구미코의 눈에는 훨씬 화가답고 활기가 넘쳐 보였다. 화백은 마주 보는 등나무 의자에 걸터앉아, 다리를 꼬고 무릎 위에 스케치북을 펼친 채 연필을 쥐고 있다. 그의 얼굴에서는 어제와 똑같은 미소가 끊이지 않았다. 기름기가 없는 건조한 머리카락이 흐트러져 있지만, 웃고 있는 눈은 가늘었다.

화백의 얼굴 절반과 어깨 한쪽에 오전의 태양 빛이 부드럽게 닿고 있었다. 구미코는 그 빛이 자신에게도 비슷하게 닿고 있을 거라고 생각했다. 화가가 이 시간이 좋다고 어제 기뻐했던 이유를 알 듯한 기분이 들었다.

처음 하는 일이고, 전문화가 앞에 모델로 서는 것이라 구미코는 자연히 굳어졌다. 화가는 그 눈이 섬세한 것인지, 아니면 그의 기분이 민감한 것인지, 그런 상태일 때는 결코 연필을 움직이려고 하지 않았다. 연필은 손에 들고만 있을 뿐, 파이프를 피우며 구미코와 잡담을 시작했다.

사사지마 화백은 무엇이든지 잘 알고 있었다. 과묵해 보이는 인상과 달리 박식하고 재미있었다. 말투가 조용한 만큼, 상대의 말이 자신의 내부에 직접 들리는 것 같은 느낌이었다. 주위도 조용해서 화가의 목소리가 투명한 공기 속에 잘 울렸다.

화가는 상대방의 연령을 생각해서인지 젊은 사람과 관련된 이야기를 많이 했다. 결코 젠체하지 않는 자연스러운 말투여서 구미코의 기분도 점차 풀어졌다. 외국 영화의 이야기, 커피 이야기, 소설 이야기, 결코 그림의 세계만은 아니었다.

하지만 이런 이야기를 하면서도 화가의 시선은 끊임없이 구미코의 얼굴에 주의 깊게 쏟아졌다. 역시 대상을 바라볼 때의, 그 찌푸린 듯한 눈빛으로 응시한다.

"어때요, 일은 재미있나요?"

화가는 가끔 연필을 움직이면서 물었다. 연필을 쥘 때가 구미코에게 자연스러운 선이 나타났을 때인 모양이다.

"별로, 그렇게 재미있는 건 아니에요. 그냥 일하고 집에 가는 것뿐이죠."

"물론 일이 되면 재미가 없겠지요. 하지만 가만히 집에 틀어박혀 있어도 재미없잖아요. 매일 밖에 나가는 편이 좋습니다. 다만 그걸 타성적으로 해서는 매일이 지루해지지만요."

이야기는 그런 식이라 두서는 없었다. 애초에 잡담이니 그 편이 마음은 편하지만.

모델이 되면 화가의 명령대로 여러 가지로 얼굴의 방향을 바꾸어야 하나 싶었지만, 사사지마는 전혀 그런 지시를 하지 않았다. 다만 그녀의 자연스러운 움직임 속에서 순간 마음에 든 선을 잡아 나가는 것 같았다.

"선생님은 왜 결혼을 하시지 않나요?"

꽤 익숙해지고 나서 구미코는 큰맘 먹고 물었다. 젊은 여성의 소박한 의문이고 그렇게 무례한 질문은 아니라고 생각했다.

화가는 웃음을 터뜨렸다.

"젊을 때부터 그림만 그리고 있다가 그만 마음에 드는 색시를 얻을 기회를 놓치고 말았지요. 이제 이 나이가 되니 귀찮아서 혼자서 느긋하게 사는 게 더 좋아졌어요."

오늘 아침의 안색은 청결했다. 기나가시 차림으로 나타났을 때는 독신자라고 듣기도 해서 묘한 기분이 들었지만, 일을 하고 있을 때는 의외로 젊어 보였다. 하지만 자세히 보니 살쩍 부근에는 백발이 섞여 있었다.

화가라는 특수한 직업을 가진 사람이니 이 나이에 독신을 고수하는 것은 구미코에게도 부자연스럽게는 여겨지지 않았다. 다만 이 사람은 젊을 때 연애를 했다가 그것이 불행한 결과로 끝났기 때문에 그 후로 결혼을 포기한 것이 아닐까 하는 생각이 들었다. 하지만 물어보기에는 아직 조심스러웠다. 그것보다 그런 생각까지 하다니 어느새 화가 앞에 앉아 있는 게 익숙해진 모양이다.

화가도 편안하게 있으라고 말해서, 구미코는 내키는 대로 자세를 바꾸었다. 이렇게 움직이면 그림을 그릴 수 없을 것이라고 생각하고 한동안 꼼짝 않고 있었지만, 화가는 반대로 그것을 싫어했다. 집에 있을 때와 똑같이 편하게 있어 달라는 것이다.

문득 보니 정원의 화단 사이에서 사람이 움직이고 있었다. 노인 잡역부였는데 꽃을 손질하고 있었다. 시종 등을 돌리고 화가가 일하는 데 방해가 되지 않도록 신경을 쓰면서 눈에 띄지 않게 꽃 사이를 움직였다. 화가가 쓰던 것인지 더러운 등산모자 같은 것을 쓰고 카키색 셔츠를 입고 있었다.

꽃을 좋아하는 화가인 만큼 화단 손질을 위해서 남자를 고용한 모양이다. 가위 소리가 가끔 날카롭게 들려온다.

화가는 일단 연필을 움직이면 속도가 빨랐다. 크로키라는 것일까, 쓱쓱 그려내고는 순식간에 다음 종이로 넘긴다. 구미코는 자신의 얼굴이 어떻게 재현되어 가는지 신경이 쓰였다. 나중에 보여 달라고 하고 싶기도 했고 부끄럽기도 했다.

화가가 연필을 움직이는 시간은 짧다. 그래서 한 시간쯤 지나자 네다섯 장 정도는 그려냈다.

"몇 장이든 이렇게 아가씨의 얼굴을 그려 두는 겁니다. 그래서 가장 내 마음에 든 포즈를 정하고 싶어요. 내일부터 슬슬 제가 주문하는 대로 해 주세요."

화가는 연필을 내려놓고 시계를 보았다.

"점심때가 되었으니 준비를 해 오겠습니다. 잠깐 기다리세요."

"어머나, 괜찮아요, 저 때문에 그러시는 거면."

"그러시지 말고요. 이래 봬도 음식 솜씨가 있거든요."

화가는 의자에서 일어섰다.

"제가 도울까요?"

"괜찮아요, 아가씨는 손님이니까."

화가는 말했다.

"게다가 혼자 하는 게 더 익숙해요. 그대로 앉아서 기다려 주세요."

사사지마 화백은 안쪽으로 걸어가 사라졌다.

구미코는 화가의 말대로 의자에 앉은 채 멍하니 있었다. 화백이 그린 스케치북이 표지가 덮인 채 거기에 있다. 예의에 어긋나는 줄 알면서도 머뭇머뭇 스케치북을 집어 들어 펼쳤다.

연필로 휘갈긴 그림이지만 구미코의 특징을 잘 잡아내고 있었다. 늘 거울을 보아서 알고 있는 얼굴의 특징이 아주 정확하게 선으로 나타나 있다. 역시 화가다.

구미코는 다음 장을 넘겼다. 옆을 향하고 있는 포즈로, 화단 쪽을 문득 보았을 때 그린 것 같았다. 다음 장을 넘겼다. 약간 고개를 숙인 얼굴이다. 그리고 정면을 향해 이야기하고 있을 때의 얼굴, 비스듬히 옆을 향한 얼굴 등 여러 가지 얼굴이 차례차례 나타났다. 모두 연필의 확실한 선으로 이루어져 있다.

몹시 닮은 그림도 있고, 닮지 않은 그림도 있었다. 닮지 않은 그림은 화백이 자신의 의식으로 멋대로 대상을 바꾼 그림인 듯했다. 또 얼굴 전체가 아니라 이마나 눈썹, 눈, 코, 입술, 그런 부분만이 그려져 있는 장도 있었다.

구미코가 스케치북을 바라보는 동안에도 화단 안에서는 가위 소리가 들려오곤 했다.

문득 시선을 들자 가을 꽃 사이에서 등산모자를 쓴 노인이 움직이고 있다. 부드러운 태양 빛이 꽃잎 위를 튕겨 노인의 어깨에 그림자를 만들었다.

구미코는 여기에 오길 잘했다고 생각했다. 자신의 모습이 그림으로 그려지는 것은 별로 내키지 않지만 교외의 이런 조용한 환경 속에 앉아 있는 지금이 왠지 살아 있는 중에 가장 아름다운 순간으로 여겨졌다.

"그래, 다행이구나."

구미코가 화가의 집에서 있었던 일을 이야기하자 어머니는 안심한 얼굴이 되어 말했다.

"사사지마 선생님은 어떤 분이니?"

여러 가지 이야기를 더 듣고 싶어 한다.

"글쎄요. 까다로운 분일 줄 알았는데 다정한 분이더라고요. 게다가 샌드위치를 대접해 주셨는데 굉장히 맛있었어요. 꼭 요리사가 만든 것처럼."

"그래. 손재주가 좋은 분이구나."

"역시 혼자서 오래 사셨으니까 자연스럽게 음식 솜씨도 느나봐요."

"그러게, 요리는 여자보다 남자가 더 잘하는지도 몰라. 그런데 가만히 앉아 있자니 답답하지는 않았니?"

"전혀요. 선생님 쪽에서 신경을 많이 써 주시고 여러 가지 이야기를 해 주셨어요. 그렇게 좋은 분이 왜 결혼을 하시지 않는 걸까요. 선생님한테 물어봤더니 이제 결혼이 귀찮아졌대요."

"그림을 그리는 사람 중에는 그런 사람이 가끔 있지. 하지만 선생님한테 그런 걸 뻔뻔스럽게 물어보면 안 되는 거 아니야?"

"아뇨, 그런 분이 아니에요. 굉장히 스스럼없는 분이에요."

"그래. 그렇다면 다행이구나. 네가 마음에 들어 하니. 처음에 다키 씨한테서 이야기가 나왔을 때 내 생각만으로 받아들였던 거라, 네가 어떻게 생각할지 실은 걱정했거든. 그럼 내일부터 즐겁게 찾아뵐 수 있겠다."

"그러게요."

어머니의 안색은 밝았고 즐거워 보였다. 구미코가 화가의 모델이 된 것 때문은 물론 아니다. 아버지 친구의 부탁을 구미코가 들어주고 있다는 데에서 오는 안도였다. 어머니의 표정으로 구미코는 그것을 잘 알 수 있다.

이튿날은 월요일이었지만 구미코는 약속 시간 열한시에 맞춰 미타카다이 역에 내려서 걸어갔다. 직장에는 휴가 신청을 내 두었다. 겨울이 되면 스키를 타러 가기 위해서 남겨 두었던 연차지만, 그 귀중한 이틀이 이번 일로 깎여 나가도 아쉽지는 않았다.

어제와 똑같이, 현관문을 열어 준 사람은 사사지마였다. 오늘은 격자무늬 셔츠를 입고 있었다.

"어서 와요."

화백은 깊은 보조개를 지으며 웃었다.

"올 때가 되었다 싶어서 기다리고 있었답니다."

"어제는 실례가 많았어요."

구미코는 인사를 했다.

"아니요, 저야말로. 자, 들어오세요."

어제와 똑같은 복도였다. 오늘부터 아틀리에로 갈 거라고 했지만, 여전히 툇마루의 등나무 의자 위에 앉게 되었다.

"생각해 보니 아틀리에보다 여기가 더 좋을 것 같더군요. 여기에서는 보잘것없는 화단이지만 꽃도 보이고, 그 너머에 있는 숲까지 보이니까요. 아틀리에에는 휑뎅그렁하고 이런 바깥 풍경이 보이지 않거든요."

구미코도 그 편이 좋았다.

오늘도 날씨가 좋아서 가을 햇살이 화단에 쏟아지고 있다. 노랗게 단풍이 든 잡목림이 배경이었다. 그 속에서, 여전히 화가가 쓰던 것 같은 등산 모자를 쓴 잡역부가 꽃과 식물 사이를 조용히 움직이고 있었다.

"어때요, 어머님은 걱정하시지 않던가요?"

화가는 웃으며 물었다.

"아뇨. 집에 가자마자 말씀드렸더니 굉장히 좋아하셨어요."

"그래요? 그거 다행이군요."

화가는 말했다.

"그것도 신경 쓰이던 일입니다. 그 말을 들으니 저도 안심이 되는군요."

화가는 커다란 스케치북을 펼쳤다. 역시 어제와 똑같이 연필을 잡았다. 하지만 당장 연필을 움직이지는 않는다. 한동안 잡담을 계속했다.

"선생님은 전에 저를 봤다고 하셨는데 어디에서 보신 건가요?"

구미코는 어머니에게서 들은 이야기를 떠올리고 물었다.

"다키 씨가 말했군요."

조금 수줍어하는 표정이다.

"전철 안입니다. 어디였더라? 그건 잊어버렸지만."

화가는 눈을 천장으로 향하며 생각에 잠기는 것 같았다.

"분명히 주오선일 거예요. 저는 오기쿠보에서 내리니까요."

"아아, 맞아요. 그럼 요요기였나?"

화가는 중얼거렸다.

요요기라면 이상하다. 화가의 착각이 틀림없었다. 구미코는 가스미가세키 역에서 지하철을 타고 신주쿠까지 가서, 거기에서 주오선 국철로 갈아탄다. 그러니 요요기에서 자신을 보았을 리는 없었다. 하지만 구미코는 화가의 말을 정정하지 않았다. 화가가 착각하는 대로 내버려 두어도 상관없었다.

"구미코 씨는 어머님과 단둘이라 쓸쓸하겠네요?"

화가는 겨우 연필을 쥐고 나서 말을 꺼냈다.

"네, 물론 굉장히 쓸쓸하지요."

구미코는 고개를 끄덕였다.

"아버님은 외국에서 돌아가셨다고요?"

"맞아요. 전쟁이 끝나기 일 년 전에, 그쪽에서 병에 걸리셔서 유골만 돌아왔어요."

"그거 안됐군요. 하지만 어머님도 구미코 씨가 착한 따님이라 안심하시겠어요."

"저는 외동딸이에요. 그러니까 형제가 한두 명 더 있었다면 어머니의 쓸쓸함이 얼마간 덜어졌을지 모르지요. 저 하나뿐이라, 가끔 쓸쓸하다고 어머니가 중얼거리시곤 해요."

"그렇겠지요……."

그동안에도 화가는 끊임없이 구미코를 바라보고는 종이 위에서 연필을 움직였다. 구미코의 얼굴과 종이 위를 번갈아 바라본다. 어제와 달리 오늘은 구미코도 상당히 익숙해져 있었다.

화가는 구미코가 지루하지 않도록 끊임없이 신경을 써 주었다. 잡담은 그래서 하는 듯했지만 그 사실을 깨닫자 구미코는 도리어 거북했다.

"선생님, 그렇게 이야기만 하고 계셔도 괜찮으세요?"

구미코는 슬쩍 자신의 기분을 말했다. 쓸데없는 배려는 해 주지 않아도 된다. 그림만 그려 주어도 심심하지 않다고 말하고 싶었다.

"괜찮아요. 이렇게 말하면서 그리는 게 훨씬 더 일이 잘되거든요."

화가는 말했다.

"저는 이래 봬도 낯을 가리는 편인데 말이지요. 그래서 싫어하는 인물과 마주하고 있으면 한 마디도 하고 싶지 않습니다. 하지만 구미코 씨처럼 훌륭한 아가씨하고라면, 이야기하는 것 자체가 즐거워요."

"고맙습니다."

구미코는 미소를 지으며 머리를 숙였다.

"아니, 진짜예요. 어쨌거나 그림쟁이란 얼굴을 찌푸리고 심각하게 그린다고 해서 좋은 그림이 나오는 게 아니니까요. 역시 즐거운 기분이 제일이지요. 즐거운 마음으로 그렸을 때 그림이 제일 잘 나와요."

실제로 화백은 즐거운 듯이 매끄럽게 연필을 움직이고 있었다. 태양 빛은 어제와 똑같았다. 화백의 얼굴 반쪽과 어깨 절반에 햇빛이 닿아 그곳만 두드러진 것처럼 밝다. 머리카락에 섞인 화가의 백발이 반짝반짝 빛났다.

화백이 잠자코 있는 동안 종이 위를 미끄러지는 연필 소리가 사각사각 울렸다. 여기에 정원에서 들려오는 가위 소리가 가끔 섞일

뿐이었다.

화단 사이로 움직이는 나이 든 잡역부의 느릿한 동작이 더욱 이 온화하고 조용한 분위기를 도왔다.

어머니는 구미코가 돌아오기를 이제나저제나 기다리고 있었던 모양이다.

"어땠니, 오늘은?"

구미코가 집에 돌아오자마자 묻는다.

"네, 굉장히 즐거웠어요."

구미코는 생글생글 웃으며 대답했다.

"선생님의 일은 잘되어 가니?"

"네, 잘 모르겠지만 여러 모습의 저를 그리고 계세요."

"그래, 다행이네. 어떤 그림이 나올지, 나도 보고 싶다."

"어머나, 안 돼요. 선생님이 없을 때 몰래 스케치북을 봤어요. 그랬더니 제 얼굴이 여러 모습으로 그려져 있더라고요. 그렇게 이야기하면서 용케 그리시는구나 싶을 정도로 제 특징을 잘 잡은 그림이었어요."

"역시 화가니까 그렇겠지. 게다가 그분은 유명하잖아. 대단한 화가니까, 아무리 이야기를 하고 있어도 잘 그릴 수 있는 건가 보다. 안 쓰실 그림을 두세 장 받을 수는 없을까?"

"어머니도 참."

"스케치니까 전부 다 필요하신 건 아니잖아. 제대로 된 그림을 그릴 때까지의 밑그림이니까. 안 쓰게 되면 주실 수도 있을 것 같

아. 게다가 내가 인사하러 가지 않는 것도 이상하지. 아무리 다키 씨가 꺼낸 이야기라고 해도."

어머니는 거기까지 말하다가 문득 떠오른 듯이 말했다.

"맞다, 오늘 다키 씨한테서 전화가 왔었어. 네가 사사지마 씨한 테 가 주어서 사사지마 씨가 몹시 기뻐하신다더구나. 다키 씨도 정 중하게 감사 인사를 하셨어."

"그래요."

자신이 모델이 되는 것을 모두가 그렇게 기뻐하는구나, 그렇다 면 사흘이 아니라 더 오래 걸려도 좋다고 생각했다.

"사사지마 선생님은 좋은 분이에요. 좀 어린애 같은 데도 있지 만."

구미코는 웃었다.

"오늘은 뭘 만들어 주시든?"

"카레라이스요. 집에서 먹는 것보다 훨씬 더 맛있더라고요."

"그래, 그렇게 요리를 잘하시니?"

"꼭 레스토랑에 와 있는 것 같았어요. 그 정도면 아내도 필요 없 을 만하지요."

"구미코."

어머니는 타일렀다.

"뒷전에서라도 그런 말을 해서는 안 돼."

"하지만 얼마나 맛있었다고요. 어머니보다 훨씬 더 요리를 잘하 세요."

"그래, 뭔가 비결이 있나? 화가니까 아마 외국을 돌아다니시면서 자연스럽게 배우셨을 거야."

"그럴지도 몰라요. 저는 모델이 되는 것보다도 선생님이 만드시는 요리를 먹는 게 더 즐거워졌어요."

다음 날.

구미코는 열시가 넘어서 집을 나갔다. 사오일 동안 좋았던 날씨가 조금 흐려지기 시작했다. 구름이 두꺼워서 자연히 풍경이 어둑어둑하다.

화가가 이런 날에도 변함없이 일할 수 있는 걸까 하고 조금 걱정이 되었다. 하지만 스케치고, 지금까지의 일도 있으니 역시 오늘은 진도를 나갈 거라고 생각했다. 어제 화가가 한 이야기로는, 오늘은 간단한 수채화를 완성하고 싶다고 했다.

구미코가 화백의 집 현관에 도착한 것은 열한시였다. 현관의 초인종을 가만히 눌렀다. 평소 같으면 곧 안쪽에 사람 그림자가 비치고 현관문을 열어 주는데 오늘은 그렇지 않았다. 한동안 서 있었지만 아무도 나오지 않아서 한 번 더 초인종을 눌렀다.

그래도 아무도 현관으로 나올 기미가 없었다. 화백이 손을 뗄 수 없는 일이라도 하고 있는 걸까 하고 생각했다. 어제도 그저께도 본인이 곧 나와서 맞이해 주었다. 열한시에 구미코가 오는 것은 화백도 알고 있다. 초인종을 두 번 눌러도 나오지 않는 것은 어지간한 사정이 있기 때문일 거라고 생각했다.

구미코는 십 분 정도 더 기다렸다. 그러고 나서 다시 한 번 초인종을 눌렀다.

역시 아무도 나오지 않는다. 구미코는 정원에서 꽃을 손질하던 잡역부를 떠올렸다. 그녀는 현관을 떠나 정원으로 통하는 울타리 쪽으로 조심스럽게 걸어갔다. 울타리가 낮았기 때문에 거기에서 정원의 일부가 보였다. 화단도 나무도 보였다. 하지만 이틀 동안 계속해서 구미코의 눈에 비치던 나이 든 잡역부의 모습은 눈에 띄지 않았다.

구미코는 포기하고 다시 한 번 현관으로 돌아갔다.

이번에는 꽤 오래 초인종을 눌렀다. 그래도 안쪽에서 사람이 나오는 기척은 없었다. 어떻게 된 일일까, 집에 없는 것일까. 아니, 아니, 그럴 리는 없다. 사사지마 화백은 물론 구미코가 오기를 기다리고 있을 터였다. 집을 비웠을 리는 없다.

구미코는 포기하지 못하고 다시 한 번 초인종을 눌렀다. 이때 깨달았지만 이 집의 덧문이 아직도 그대로 닫혀 있었다.

그럼 당사자는 아직 자고 있나. 밤늦게까지 일을 해서, 그 피로로 일어나지 못하고 있는 걸까. 초인종 소리가 꽤 클 텐데 그래도 일어나지 않는 걸 보면 상당히 피곤한 상태로 잠든 것인지도 모른다.

구미코는 망설였다.

여기에 서서 조금 더 기다리는 게 좋을까, 이대로 집에 갔다가 다시 찾아오는 게 좋을까.

그러나 구미코에게는 더 이상 초인종을 울릴 용기가 없었다. 어쩔 줄 몰라 하다가, 결국 되돌아가는 것 말고는 방법이 없었다—.

사사지마 교조의 시체가 발견된 것은 그다음 날이었다.

그날 아침에 출근한 가정부가 집 안에 들어갔다가 알게 되었다.

사사지마는 늘 침실로 사용하는 두 평 반 정도의 방 침대 위에서 이불을 덮고 누운 채 숨이 끊겨 있었다. 머리맡의 사이드테이블에는 수면제 병이 텅 빈 채 발견되었다. 그 옆에는 물을 마신 듯한 컵이 하나 놓여 있었다.

경찰의 검시에 의해 사사지마 화백의 사망 추정 일시는 전전날 밤중으로 인정되었다.

화백이 남긴 유서는 없었다. 빈 수면제 병에 의해 당사자가 대량의 수면제를 먹고 사망한 것으로 추정되었는데, 나중에 해부로도 사인이 확인되었다.

유서가 없어서 경찰 측에서도 자살인지, 아니면 수면제 과다 복용에 의한 과실사인지 고민했다.

화백은 독신이라 가족이 없다. 혼자 살던 터라 사정을 알 수가 없었다. 출퇴근하는 가정부가 매일 아침에 와서 저녁때 돌아가기로 되어 있을 뿐이다. 따라서 화백이 사망한 것으로 생각되는 시각인 밤중에는, 글자 그대로 혼자 있었던 셈이었다.

경찰은 당장 가정부를 조사했다. 화백이 자살했으리라고 생각될 만한 원인은 눈에 띄지 않았다. 가정부는 화백이 자기 전에 수면제를 상용하고 있었다고 증언했다. 그래서 과다 복용에 의한 과실사라는 추정이 유력해졌다.

그때 현장을 조사하던 수사팀 경위가 화백의 책상 위에 놓여 있는 스케치북을 별 생각 없이 펼쳤다. 거기에는 젊은 여자의 얼굴 데생이 중간까지 그려져 있었다.

누구를 그린 것일까 하고 경위는 고개를 갸웃거리며 그림을 들여다보았다. 처음에 그의 머리에 떠오른 것은 젊은 여성 모델과 사사지마 화백의 죽음이 뭔가 관련이 있을 것 같다는 생각이었다.

9

사사지마 화백의 장례식은 이튿날 저녁에 치러졌다.

화백은 독신이었기 때문에 동료 화가들이 모여 모든 장례식 준비를 해 주었다. 자살했다는 기사를 보고 꽤 많은 수의 참석자가 모였다.

생전 그의 인품을 사랑하는 사람들이 의외로 많았던 것이다. 그와 교류가 없었던 팬들도 참석했다.

사사지마 화백의 자살 현장에 입회한 경찰관은 스즈키라는 경위였다. 경위는 화백의 집에 와서 참석자들을 몰래 지켜보고 있었다.

그중에서 경위는 스물한두 살 정도의 젊은 여성을 발견했다. 그 얼굴을 보고 경위는 말없이 혼자서 고개를 끄덕였다. 스케치북에 그려져 있던 소녀의 얼굴을 꼭 닮았다.

"아가씨."

스즈키 경위는 그 젊은 여성에게 다가가 슬쩍 말을 걸었다.

"저는 이런 사람입니다."

그는 명함을 꺼내 상대방에게 보여 주었다.

"사사지마 선생님에 관해서 좀 여쭙고 싶습니다. 죄송하지만 이쪽으로 와 주실 수 있을까요."

그 여성은 명함을 보자 말없이 다른 방으로 따라왔다.

넓은 아틀리에가 고별식장으로 사용되고 있었는데 혼잡한 고별식장과 달리 그 방에는 아무도 없었다. 경위는 새삼 그 여성과 마주했는데, 그녀는 조금도 주눅이 들지 않고 차분한 태도를 보였다.

"사사지마 선생님과는 이전부터 아는 사이셨습니까?"

경위는 이 여성에게 호감을 느꼈다.

"아뇨. 그렇지는 않아요. 최근에 알았어요."

아가씨는 눈이 살짝 빨개져 있었다. 운 흔적이다.

"이름을 여쭤 봐도 되겠습니까?"

"노가미 구미코라고 합니다."

그녀는 주소와 자신의 근무지를 말했다.

"아아, 그래요?"

"네, 오늘은 선생님의 장례식이라서 조퇴하고 왔어요."

"최근에 가까워지셨다면, 뭔가 선생님의 일과 관련되셨겠군요?"

"네. 선생님은 제 얼굴을 데생하고 계셨어요."

스즈키 경위는 대답을 예상하고 있었기 때문에 미소를 보였다.

"두 분은 어떤 관계셨나요?"

"사사지마 선생님의 지인분한테서 제 어머니를 통해 얘기가 있었어요. 그래서 닷새쯤 전부터 선생님 댁으로 찾아뵙곤 했지요. 모델이라고 할 정도는 아니지만요."

구미코는 대답했다.

"그럼 아가씨는, 그 전에는 사사지마 선생님을 전혀 몰랐던 거로군요?"

"네, 그때 뵌 게 처음이에요."

"사사지마 선생님이 갑자기 이렇게 되어서 아가씨도 깜짝 놀라셨지요?"

"네."

구미코는 고개를 숙였다. 경위는 그 표정을 보고 있었다.

"사사지마 화백의 자살 원인은."

경위가 온화하게 말을 꺼냈다.

"유서가 없어서 짐작이 가지 않습니다. 아시다시피 화백은 독신이고, 가족은 아무도 없기 때문에 사정을 알기가 매우 어려워요. 출퇴근하는 가정부가 있지만 그 사람은 아무것도 모릅니다. 아가씨가 모델로 다니고 있었다면 화백의 자살 원인에 대해서 뭔가 짐작 가는 것은 없습니까?"

"아뇨, 전혀요."

그 대답을, 경위는 진실일 거라고 여겼다.

"그럼 사사지마 선생님이 아가씨를 모델로 삼고 싶다고 하신 건 어째서입니까?"

"저는 잘 몰라요. 다만 뭔가 대작을 그리시는데 그 일부인 인물의 습작을 위해 절 고르셨다고 들었어요."

"그렇군요. 그래서 데생은 순조롭게 진행되고 있었습니까?"

"네, 매일 몇 장씩 그리셨어요."

"몇 장씩? 그럼 전부 해서 상당히 많은 수가 되었겠네요."

"네."

"대충 몇 장 정도, 화백이 아가씨를 스케치했습니까?"

"잘 기억나지 않지만, 적어도 여덟 장은 되었던 것 같아요."

"여덟 장이요?"

경위는 생각에 잠겼다.

"그 그림은 곧장 남한테 준다거나 팔 생각은 아니었겠지요?"

"그건 아니에요. 어디까지나 대작을 위한 데생이라고 들었어요."

"실은 말이지요."

경위는 곤란한 듯한 얼굴을 했다.

"사사지마 선생님 집에는 아가씨의 데생이 남아 있지 않습니다. 그리다 만 것이 한 장 있을 뿐이지요. 아가씨는 선생님이 분명히 여덟 장은 그렸다고 했지요. 하지만 나머지는 아무리 뒤져 봐도 발견되지 않았습니다. 설마 화백이 찢어 버렸다거나 태운 건 아닐 테니 어딘가로 갔을 텐데요."

구미코에게는 처음 듣는 이야기였다. 그렇게 열심히 그린 데생이고, 화백에게 썩 나쁜 결과물이 아니었다는 것은 구미코에게 보여 준 조금 의기양양한 듯한 표정으로도 알 수 있다.

여덟 장의 그림은 어디로 간 것일까. 만일 이 경위가 의심하는 것처럼 누군가의 손에 넘어갔다면 불쾌한 일이었다. 화백이 그리기로 약속했던 것은 그 작품 속에 넣을 한 인물을 위한 소묘였다. 다른 사람에게 넘겨주기로 한 것이 아니었다.

하지만 그 여덟 장의 그림이 없어졌다면 경위가 의심하는 것 같은 경우를 생각할 수 있다. 게다가 데생이 사라진 시점은 화백의 자살 직전이어야 한다. 죽은 후에 멋대로 가져갈 사람은 없기 때문이다.

"이건 가정부에게 물어봐도 알 수 없었습니다."

경위는 말했다.

"가정부는 아침 여덟시쯤에 와서 저녁에는 집에 가 버리거든요. 벌써 사오 년이나 그렇게 해 왔기 때문에 화백의 신상에 대해서는 전부 알고 있지만요. 그 사람이 당신의 소묘에 대해서는 전부 모른다고 하는 겁니다. 하기야."

경위는 일단 말을 끊었다.

"당신이 모델로 다니던 사흘 동안, 사사지마 화백은 어찌 된 셈인지 출퇴근하는 가정부를 오지 못하게 했더군요."

그제야 생각났다. 구미코가 처음 화백의 집을 찾아왔을 때, 화백이 직접 문을 열어 주기는 했지만 나중에 쉰 살 정도의 가정부가 차를 가져다주었다. 그때 구미코는 작업 사정상 한동안 가정부에게 오지 말라고 했다고 화백에게서 들었다.

"즉 가정부가 오지 않은 동안에 당신이 모델로 다녔던 셈인데요, 그때 뭔가 이상한 일은 없었습니까?"

경위는 구미코의 얼굴을 바라보며 물었다.

구미코는 생각했다.

사사지마 화백을 안 것은 인사하러 간 첫날을 빼면 이틀 동안 뿐이었다. 사흘로 약속되어 있었지만 마지막 날에 와 보니 문이 닫혀 있었다. 어쩔 수 없이 그대로 집으로 돌아갔는데, 그때 이미 화백은 목숨을 잃었던 것이다. 전날 헤어질 때도 화백의 태도는 밝았다. 자살을 예상하게 하는 부분은 조금도 없었다. 그림도 즐거운 듯이 그렸고, 헤어질 때 보여 준 태도도 전전날과 다름이 없었다. 독신이었지만 어두운 그늘은 없고 오히려 즐거워 보였다.

구미코가 그 사실을 경위에게 이야기하자 경관은 고개를 끄덕였다.

"그럼 화백이 아가씨를 그리는 동안은 쭉 단둘이 있었던 거군요?"

"네."

식사도, 홍차도 전부 화백이 직접 서비스해 주었다. 분명히 실내에는 두 사람뿐이었다.

하지만 바깥에는 한 사람이 더 있었다. 화단 사이로 얼핏얼핏 움직이던 잡역부 같은 남자가 있었다. 화백이 그림을 그리고 있을 때, 햇빛에 빛나던 카키색 셔츠를 기억하고 있다.

그것을 이야기하자 경위는 몹시 흥미를 보였다.

"어떤 사람이었습니까? 나이를 짐작할 수 있겠습니까?"

"잘 모르겠지만 꽤 나이가 많은 분이었던 것 같아요."

"그렇군요, 얼굴은 어떻습니까?"

"글쎄요."

그렇게 물으니 똑똑히 생각나지 않는다. 아니, 생각나지 않는 것이 아니라 그가 구미코에게 계속 등을 돌리고 있었기 때문임을 깨달았다.

나이가 많다는 것은 그 느릿한 동작이나 몸집으로 짐작했다.

그러고 보니 그 사람은 화백의 것인 듯한 낡은 등산모자를 쓰고 있었다. 밝은 햇빛 속이라 긴 차양이 햇빛을 가려서 얼굴에는 어두운 그림자가 져 있었다.

"그래서 인상을 알 수 없었군요?"

경위는 이야기를 듣더니 물었다.

"네, 잘 모르겠어요."

"그 잡역부와 사사지마 화백은 이야기를 나누던가요?"

"아뇨, 제가 있는 동안에 대화는 없었어요. 그 사람은 늘 화단을 손질하고 있었던 것 같거든요."

"그럼 당신과 화백이 앉아 있는 장소와, 그 남자와는 떨어져 있었군요. 화백에게는 오지 않았나 보네요."

"네, 한 번도 오지 않았던 것 같아요."

경위는 구미코에게, 잠깐 기다려 주십시오, 하고 양해를 구하더니 나갔다. 돌아오기까지 이십 분 정도는 족히 걸렸다.

"지금 가정부에게 물어보았는데요."

경위는 실례했다고 사과하고 나서 말했다.

"그런 인물은 이 집에 없었다고 합니다. 당신이 그 남자를 본 건 모델로 이 집에 처음 왔을 때부터였죠?"

"맞아요. 제가 찾아뵈었을 때, 그 사람은 이미 있었어요."

"그래요? 그럼 사사지마 화백은 가정부에게 오지 말라고 했던 기간에 그 잡역부를 고용한 셈인데."

구미코에게 한 말이 아니라 혼잣말처럼 중얼거린다.

구미코는 왜 경위가 이런 것을 꼬치꼬치 묻는지 의아했다. 사사지마 화백의 자살에 수상함을 느낀 걸까.

"좀 여쭤 봐도 될까요?"

구미코가 물었다.

"그러시죠."

경위는 시선을 다시 그녀에게 돌렸다.

"사사지마 선생님이 돌아가신 원인에 뭔가 명료하지 못한 데가 있나요?"

그때 경위는 망설이는 듯한 표정을 보였다. 하지만 결국 이야기하는 게 좋겠다고 생각했는지 구미코의 물음에 대답했다.

"사사지마 화백은 수면제를 다량으로 복용했고 그것 때문에 돌아가셨습니다. 시체를 해부해 본 소견으로도 분명하지요. 실제로 돌아가셨을 때 머리맡에는 큰 수면제 병이 텅 빈 채 떨어져 있었습니다. 그러니 수면제를 먹고 자살했다는 점은 앞뒤가 맞습니다."

경위는 말했다.

"수면제는 스스로 먹은 겁니다. 머리맡에 물을 마신 빈 컵이 놓여 있었는데 거기에는 분명히 사사지마 화백의 지문만이 남아 있었습니다. 또 수면제가 들어 있던 커다란 빈 병에도 화백의 지문이 묻어 있었어요. 우리는 꼼꼼하게 살펴봤지만, 제삼자의 지문은 묻어 있지 않았습니다. 만약 다른 사람이 억지로 먹인 거라면, 속아서 먹은 경우 외에는 생각할 수 없어요. 그런 경우는 대개 맥주에 섞는다거나, 주스 등의 음료에 섞어서 먹이거나 하는데, 화백의 위에 그런 검출물은 없었습니다. 분명히 수면제와 함께 마셨을 것으로 생각되는 소량의 물밖에 나오지 않았어요. 역시 화백이 자신의 의지로 수면제를 먹은 것이 됩니다."

"그럼 선생님은 수면제를 실수로 다량 복용하신 걸까요?"

"그런 경우는 흔히 있습니다. 평소부터 수면제를 먹는 습관이 있는 사람은 아무래도 점점 양이 많아지거든요. 가정부에게 조사해보니 화백은 대개 여덟아홉 알 정도 먹곤 했던 모양입니다. 하지만."

경위는 표정을 다잡으며 말했다.

"해부한 의사의 소견에 따르면 화백이 먹은 양은 도저히 열 알이나 열대여섯 알 정도가 아니에요. 백 알 이상이나 먹었을 정도의 양이었다고 합니다. 여덟아홉 알을 먹는 사람이 실수로 열네다섯 알 정도 먹는다는 건 생각할 수도 있는 일이지만, 백 알이나 먹는다는 건 절대로 생각할 수 없지요. 그러니 의문이 있는 겁니다."

구미코는 그런 말을 들어도 뭔가 대꾸하기가 곤란했다. 사사지마 화백과의 교류는 겨우 사흘 동안에 지나지 않는다. 구미코의 바로 맞은편에 앉아, 가끔 눈을 가늘게 뜨면서 먼 곳을 보는 것 같은 시선으로 그녀의 얼굴을 바라보고, 연필을 움직이는 화백의 모습밖에 아는 것이 없었다. 경위도 그것을 알아차렸는지 화제를 바꾸었다.

"그럼 아가씨는 그 잡역부 같은 남자에 대해서는 얼굴도 전혀 기억나지 않으시는 거군요."

화제를 바꾸었다기보다 다짐을 받았다는 쪽에 가깝다.

"네, 잘 기억나지 않아요."

구미코는 단호하게 대답했다.

"이상하군요. 가정부도 지금까지 그런 사람을 고용한 것을 본 적도 없다고 했습니다. 결국 화백이 왜 사흘 동안만 가정부를 오지 못하게 하고 그 잡역부를 고용했는지 그 이유를 모르겠네요."

경위는 그녀의 얼굴을 응시하며 말했다.

구미코가 집으로 돌아왔을 때는 이미 거리에 가로등이 켜지고 나서였다.

현관 격자문을 열자 어머니가 안에서 허둥지둥 나왔다.

"다녀왔어요."

어머니가 손으로 제지했다.

"아직 들어오지 마. 현관 밖으로 다시 나가렴."

시키는 대로 하자 어머니는 손에 쥔 소금을 구미코의 어깨에 가볍게 뿌렸다. 어머니에게는 그런 고풍스러운 데가 있었다.

"수고 많았다. 자, 들어와."

그러고는 구미코에게 말했다.

"세쓰코가 와 있어."

"그래요?"

구미코가 안방으로 들어가자 세쓰코가 정원을 향해 툇마루 가까이에 방석을 깔고 앉아 있었다. 오늘은 기모노가 아니라 양장 차림이다.

"잘 오셨어요."

"안녕."

세쓰코는 구미코에게 웃음을 지었다.

"힘들었지?"

"네."

어머니도 세쓰코와 나란히 앉았다.

"세쓰코가 있잖니."

어머니가 구미코에게 말을 전했다.

"신문을 보고 깜짝 놀라서 달려왔대."

세쓰코는 구미코가 사사지마 화백의 집에 모델로 다니고 있다는 이야기를 어머니에게 들었다. 그래서 사사지마 화백이 자살했다는 말을 듣고 당장 찾아온 것이다.

셋이 만나면 언제나 웃는 얼굴뿐이지만 오늘은 모두 딱딱한 얼굴이 되어 있었다.

"어땠니?"

어머니가 구미코에게 물었다.

"네, 장례식은 사람이 굉장히 많았어요."

구미코는 짧게 대답했다.

"그래, 그건 다행이다만."

어머니는 어깨를 늘어뜨리며 한숨을 쉬었다.

"그렇게 친구분들이 모였는데도 사사지마 선생님의 자살 원인은 모른다니?"

"네, 거기에 대해서는 모두 아무 말씀도 하지 않으셨어요. 다만 경찰이 절 부르더군요."

"경찰이?"

이때는 어머니도 세쓰코도 일제히 구미코의 얼굴을 바라보았다.

"제가 사사지마 선생님의 모델이 된 걸 알고, 선생님의 자살에 대해서 짐작 가는 건 없느냐고 물었어요."

구미코는 짧게 스즈키 경위와의 문답을 이야기했다. 어머니도 세쓰코도 숨을 죽이고 듣고 있었다.

"그래, 그럼 경찰에서는 사사지마 선생님의 자살에 납득이 가지 않는 점이 있다고 생각하는 걸까?"

어머니는 말하면서 구미코에게서 세쓰코에게로 시선을 옮겼다. 기분 탓인지 세쓰코는 안색이 나빠 보였다.

"그건 잘 모르겠어요. 하지만 자살치고는 부자연스러운 데가 있는 것 같다는 말투였어요. 아, 그리고 선생님 댁에 제 데생이 그리다 만 것 한 장밖에 없었고, 그 외에는 전혀 남아 있지 않았대요. 경찰이 선생님이 몇 장을 그렸느냐고 거듭 물어서 여덟 장일 거라고 했더니, 그 여덟 장이 어디로 갔는지 모르겠다면서 신경 쓰는 것 같았어요."

"어떻게 된 걸까?"

어머니도 얼굴을 흐렸다.

"그 행방을 아무리 해도 모르겠대요. 선생님이 다른 분한테 드린 거라면 저는 왠지 신경이 쓰여요. 제 얼굴인걸요. 모르는 사람한테가 있다고 생각하면 기분이 좋지 않아요. 게다가 그건 선생님의 마지막 작품이라고 할 수 있잖아요. 그러니까 더욱 기분이 좋지 않아요."

"누구한테 가 있는 걸까?"

어머니는 구미코보다도 세쓰코 쪽을 향해 상의하듯이 말했다.

세쓰코의 안색은 아까보다도 더욱 나빠 보인다.

"잡역부라는 사람, 얼굴은 잘 모르겠니?"

어머니는 구미코의 이야기를 듣고 그것도 물었다.

"네, 경찰이 몇 번이나 물었지만 기억나지 않아요. 등산모자 같은, 긴 차양이 달린 모자를 쓰고 늘 화단 그늘에 웅크리고 있었는 걸요. 알 수가 없죠."

"그 사람은 가정부가 오지 않는 동안에만 왔던 거지?"

세쓰코가 처음으로 끼어들었다.

"응, 경찰이 그렇게 말했어요. 가정부는 한 번도 본 적이 없다고 했대요."

어머니와 세쓰코가 얼굴을 마주 보았다.

세쓰코는 잠자코 있었지만 어머니는 눈썹을 찌푸리고 있다.

"어떻게 된 걸까?"

혼잣말처럼 중얼거렸다.

"외숙모."

세쓰코는 구미코의 어머니를 향해 말했다.

"구미코를 모델로 쓰고 싶다는 사사지마 선생님의 이야기 말이에요, 다키 씨의 소개라고 하셨죠."

"응, 맞아."

어머니는 눈을 들었다.

"그럼 사사지마 선생님의 자살에 대해서 곧장 다키 씨한테 전화해 보셨나요?"

"응, 당장 댁으로 전화를 했지. 그랬더니 다키 씨는 집에 없더라."

"그 후로 전화해 보지 않으셨어요?"

"아니야. 다키 씨는 어제 아침부터 여행을 떠나셨대. 그래서 어쩔 수 없었어."

"어제 아침이라면 사사지마 선생님의 시체가 발견되었을 무렵이네요?"

"그래."

어머니는 그렇게 말하는 세쓰코를 살피듯이 보고 있었다.

"그렇다면 다키 씨는 사사지마 선생님의 자살 소식을 모르시는 거죠?"

"그렇게 되겠지."

사사지마 화백의 자살이 실린 것은 어젯밤 석간이었다. 따라서 다키 료세이가 여행을 떠났을 때, 특별한 연락이 없었던 한 아무것도 몰랐다는 뜻이 된다. 하기야 그라면 여행을 간 곳에서도 신문을 보고 있을 테니 지금은 알고 있을지도 모른다. 화백의 사망 기사는 틀림없이 지방신문에도 실렸을 것이다.

"어디로 여행을 가셨는지, 가신 곳은 모르세요?"

세쓰코는 말했다.

"전화를 사모님이 받으셔서 나도 물어봤는데, 행선지를 확실히 말씀하시지 않더라."

"그래요? 그건 이상하네요. 사모님도 모르시는 걸까요?"

"아니, 이건 내 느낌인데 왠지 말씀하시고 싶지 않은 것 같았어.

이쪽에서도 조심스러워서 더 이상은 묻지 않았지만."

"개인적인 여행일까요? 아니면 세계문화교류연맹의 일 때문에 출장을 가신 걸까요? 만일 일로 출장을 가신 거라면 연맹 사무소에 물어보면 알 수 있겠네요."

"세쓰코."

구미코의 어머니는 말했다.

"너, 왜 다키 씨의 행선지가 그렇게 마음에 걸리는 거니?"

"그야."

세쓰코는 외숙모를 마주 보았다.

"구미코를 사사지마 선생님한테 소개한 분은 다키 씨잖아요. 그러니까 사사지마 선생님의 자살을 여행 간 곳에서 신문을 읽고 알았다면 전보나 장거리 전화로 뭔가 연락이 왔을 거예요. 구미코를 소개한 책임이 있으니까요."

세쓰코의 말은 일리가 있었다.

"그렇구나, 다키 씨는 아직 사사지마 선생님의 소식을 모르시는 걸까?"

어머니는 세쓰코의 말에 진 듯이 중얼거렸다.

구미코는 어머니와 세쓰코의 대화를 말없이 듣고 있는데, 세쓰코가 왠지 필요 이상으로 다키가 집을 비웠다는 사실에 신경 쓰는 듯해 귀에 거슬렸다.

구미코는 사촌 누이의 얼굴을 슬쩍 보았다. 깜짝 놀란 까닭은 세쓰코의 얼굴이 창백해진 것처럼 보였기 때문이다.

세쓰코가 신경 쓰던 다키에게서는 그로부터 나흘째인 10월 30일에야 겨우 연락이 왔다.

구미코가 직장에 출근하고 나서 얼마 지나서였다. 열시가 넘었을 것이다. 어머니에게서 전화가 왔다.

"다키 씨한테서 말이지."

어머니의 목소리는 조금 허둥거리고 있었다.

"지금 편지가 왔어. 구미코 네가 집에 들어올 때까지 그대로 놔둘까 했지만, 왠지 빨리 알리고 싶어서 전화했단다."

"그래요. 뭐래요?"

구미코도 가슴이 술렁거렸다.

"그럼 지금 읽어 줄게."

어머니는 전화로 편지에 씌어 있는 문장을 읽어 주었다.

"그 후로 격조했습니다. 여행을 왔다가 신문을 보고 사사지마 군의 자살을 알았습니다. 생각지도 못한 일입니다. 구미코 씨를 사사지마 군에게 모델로 소개한 저로서는, 이번 사건으로 구미코 씨에게 상당히 충격을 준 것은 아닐지 걱정이 됩니다. 하지만 물론 사사지마 군의 자살은 달리 연유가 되는 원인이 있었으리라 짐작되니, 이 사건에 대해서는 염두에 두시지 말기를 간절히 바랍니다."

어머니는 거기까지 읽고 덧붙였다.

"이런 내용이야. 그리고 보낸 곳은 신슈 아사마 온천에서, 라고만 되어 있구나."

"신슈 아사마 온천?"

구미코는 앵무새처럼 되풀이해서 물었다.

"응, 그냥 그것뿐이야. 여관 이름도 아무것도 안 씌어 있어."

"그래요?"

다키의 속달 우편을 어머니가 읽어 주어도, 구미코가 당장 어떤 대답을 할 수는 없었다.

"알았어요."

"오늘은 일찍 들어올 거지?"

어머니는 그렇게 물었다.

"네. 되도록 빨리 갈게요. 잠깐 다른 데 들를지도 모르지만."

구미코가 그렇게 덧붙인 까닭은 문득 소에다를 만나 보고 싶었기 때문이다. 그러나 소에다를 만날 거라는 말은 하지 않았다.

"되도록 일찍 들어와."

어머니는 그렇게 말하고는 전화를 끊었다.

구미코는 그 후 잠시 동안 일이 손에 잡히지 않았다. 다키의 편지 문구가 머리에서 떠나지 않는다. 그것과, 요전에 세쓰코가 왔을 때 했던 말이 겹쳐졌다.

진정이 되지 않았다. 이 기분 그대로 퇴근 시간까지 일을 하기가 힘들었다. 구미코는 큰맘 먹고 신문사에 전화를 했다. 소에다는 자리에 있었다.

"전에는 고마웠어요."

소에다는 구미코의 집에 놀러갔을 때에 대한 인사를 했다. 그 후로 벌써 이 주 이상 지났다. 그 후로 소에다와는 만나지 않았기 때문에 구미코가 사사지마 화백의 모델이 되었던 일은 이야기하지 않았다.

"잠깐 뵐 수 있을까요. 괜찮으시면, 우리는 열두시부터 한시까지 점심시간인데요, 이 근처에서 뵙고 싶어요."

"알겠습니다."

소에다는 대답했다.

"마침 저도 그쪽 방면에 볼일이 있어요. 삼십 분 정도라면 이야기를 할 수 있을 것 같군요. 근처 찻집에서라도 기다릴까요?"

"그렇게 해 주세요."

찻집의 이름을 말하고 구미코는 전화를 끊었다. 소에다와 만나는 것을 저녁때까지 미루지 않기를 잘했다고 생각했다.

열두시가 지나서 구미코는 근처의 찻집으로 갔다. 가게 앞에 신문사의 자동차가 서 있었다.

소에다는 입구 바로 앞에 있는 박스석에서 주스를 마시고 있었다.

"무슨 일이에요? 갑자기 불러내다니."

구미코의 얼굴이 달라 보였기 때문에 소에다는 눈에서 웃음을 지웠다.

"소에다 씨도 25일 석간에 실린 사사지마 씨라는 화가가 자살했다는 기사를 보셨죠?"

구미코는 말했다.

"네, 듣고 보니 본 것 같네요."

"실은 그 일 때문이에요. 소에다 씨한테는 말씀드릴 시간이 없었지만, 사실은 저, 사사지마 선생님께서 절 그려 주신다고 해서 이틀 정도 그 집에 다녔어요. 딱 선생님이 돌아가시기 전날, 아니, 사실은 당일에도 찾아뵈었어요."

"네, 뭐라고요?"

소에다는 입에서 빨대를 떼며 눈을 부릅떴다.

그 후의 소에다는 열의 넘치는 표정이 되었다. 구미코가 이야기한 것을 다시 한 번 되묻고 틈틈히 질문을 했다.

마지막에 구미코가 다키의 편지에 대해서 말하자 그때도 소에다는 진지한 표정을 보였다.

"사사지마 씨가 그린 구미코 씨의 그림은 여덟 장 정도인데 그리다 만 한 장밖에 남아 있지 않았다는 거로군요?"

그는 머리를 긁적이며 물었다.

"네, 맞아요. 경찰도 그걸 끈질기게 물었어요."

"그림이 마음에 들지 않아서 사사지마 씨가 찢거나 태운 건 아니었을 거라고는 저도 생각합니다. 역시 누군가의 손에 넘어간 게 틀림없어요. 이건 조사해 볼 필요가 있군요."

"조사한다고요?"

구미코는 깜짝 놀랐다.

"제가 모르는 사람에게 제 그림이 가 있는 게 좀 기분 나쁠 뿐이에요. 조사해 주시지 않아도 괜찮아요."

"구미코 씨는 그럴지도 모르지요. 하지만 조사해 보는 게 좋을 것 같아요."

"하지만."

"아니, 구미코 씨와 상관없이 제가 해 보고 싶은 겁니다."

소에다는 구미코의 말을 가로막았다.

"그 그림은 구미코 씨를 많이 닮았겠지요?"

사사지마 화백의 그림은 구상화 쪽이었다. 철저하게 사실풍의 그림을 그렸고 그 길을 오랫동안 걸어온 사람이다. 구미코를 모델로 해서 그렸다면 그 그림은 당연히 구미코를 많이 닮아야 한다.

"네."

구미코는 고개를 끄덕였다.

"제가 봐도 그 데생은 제 특징과 많이 비슷해서 부끄러울 정도였어요."

"그렇겠지요. 저도 그 그림을 한 장 보고 싶네요."

구미코와 헤어진 소에다는 그대로 차를 타고 곧장 세계문화회관으로 향했다.

회관은 고지대의 한적한 곳에 있다. 세계 각국에서 일본을 찾아온 손님을 맞이하는 일이 많기 때문이지 건물은 근대적이고 훌륭했다. 부근에는 외국 공사관 등이 있다.

소에다는 차를 현관에 댔다.

무거운 회전문을 밀고 안으로 들어가자마자 넓은 로비가 있고, 접수하는 곳이 한쪽 구석에 보였다. 마치 호텔의 프런트처럼 긴 카운터로 구분이 되어 있었다.

소에다는 그 앞으로 다가갔다. 하얀 옷을 입은 보이가 두 명 서 있었고, 그들과는 별도로 나비넥타이를 맨 나이 지긋한 남자가 사무용 책상에 몸을 굽히고 있었다.

소에다는 명함을 내밀었다.

"다키 씨에 관한 일로 찾아왔습니다."

보이보다 사무를 보고 있던 남자 쪽이 목소리를 듣고 먼저 일어섰다.

안경을 쓰고 머리카락을 짧게 자른 사십대 초반의 남자였는데, 그가 명함과 소에다의 얼굴을 번갈아 바라보았다.

"다키 씨는 여행중이시라면서요."

소에다가 말하자 남자는 놀란 듯한 얼굴을 했다.

"그렇습니다."

"다키 씨의 여행에 대해서 여쭈러 왔습니다."

그러자 나비넥타이를 맨 남자는 "꽤 빠르군요" 하고 말했다.

그 말을 듣고 이번에는 소에다 쪽이 놀랐다. 이건 뭔가 있다고, 신문기자답게 직감했다. 기자의 습성으로 그 감정이 안색에 드러나지 않도록 순간적으로 숨겼다.

"이야기를 좀 들을 수 있을까요?"

남자는 소에다의 명함을 보았다. 일류 신문사임을 확인한 그는 곤란한 얼굴을 했다.

"바쁘신데 죄송하지만 꼭 좀 이야기를 듣고 싶은데요."

나비넥타이를 맨 남자가 당장 대답을 하지 않았기 때문에 소에다는 덧붙였다.

"다키 씨가 아사마 온천에 가 계시다는 것은 알고 있습니다. 다키 씨 본인의 이야기를 들으려면 시간이 좀 걸리겠지요. 그 전에 꼭, 이쪽의 이야기를 듣고 싶어서 그럽니다."

허세라고도 여길 수 있는 말이 효과가 있었다.

"여기서는 곤란하니 이쪽으로 오시죠."

나비넥타이를 맨 남자는 체념한 듯이 직접 카운터 안에서 나왔다. 소에다는 가슴이 두근거렸다.

남자가 소에다를 안내한 곳은 순일본식의 넓은 정원이 보이는 포치였다. 샘물에 햇빛이 비치고 있다. 부근에는 외국인 가족 한 무리가 테이블을 둘러싸고 앉아 있을 뿐이다. 나무가 우거져 있어서 사람의 얼굴이 푸르게 보일 정도였다.

"앉으시지요."

남자는 소에다를 의자에 앉혔다.

"꽤 소식이 빠르시군요."

또 감탄하며 말한다.

소식이 빠르다—그 의미를 소에다는 순식간에 분석했다. 뭔가 있었던 것이다. 게다가 그것은 다키 료세이의 신분상에 일어난 변화다.

"다키 씨는 왜 그만두신 겁니까?"

소에다는 또 요행을 노려 보았다. 그러나 자신이 있었다.

과연 상대방은 그 말에 걸려들었다.

"저희도 잘 모릅니다."

그는 당혹스러운 듯이 자백했다.

"어쨌거나 다키 씨는 여행 가신 곳에서 사표를 보내 오셨으니까요."

"아하."

대꾸는 했지만 소에다 쪽이 오히려 당황했다.

"그, 그건 이유가 뭡니까?"

소에다는 저도 모르게 말을 더듬었다.

"이유는, 건강이 안 좋아져서 이쯤에서 휴가가 필요하다는 것이었습니다. 그것도 편지로 써 보내신 거라 되물을 수도 없었습니다."

"실례지만."

소에다는 퍼뜩 정신을 차리고 물었다.

"당신은 이곳의?"

"서무 일을 맡고 있습니다. 주임입니다."

"그러시군요. 수고가 많으십니다. 그런데 다키 씨가 보낸 사표를 보시고, 곧 그쪽에 전보를 보내거나 장거리 전화를 걸어서 진의를 확인해 보시지 않았습니까?"

"그게, 아무리 해도 연락이 안 됩니다."

서무주임은 더욱더 곤혹스러운 표정을 보였다.

"편지에는 그냥, 신슈 아사마 온천에서, 라고만 되어 있을 뿐입니다. 그러니 어느 여관에 묵고 있는지 전혀 짐작이 가지 않습니다. 이래서는 전보도 칠 수가 없지요."

그 말을 듣고 소에다는 다키가 사의를 표명한 편지를, 구미코의 집에 보낸 편지와 같은 방법으로 보냈음을 알았다. 양쪽 다 체류하고 있는 여관 이름을 쓰지 않았다.

"다키 씨에게 전부터 사직을 하려는 눈치가 있었습니까?"

"아뇨, 솔직히 지금까지 그런 기미는 없었습니다. 그러다 보니 너무 갑작스러워서 더욱 당황하고 있는 상태입니다."

"건강은요?"

"글쎄요, 다키 씨는 그래 봬도 튼튼한 분이라 지금까지 한 번도 병으로 쉬신 적이 없습니다. 그러니 사표에 적혀 있는 이유는 좀 납득이 가지 않습니다."

"그럼 병은 표면적인 이유라 치고, 다키 씨가 그만두실 만한 원인으로 짐작 가는 것은 없습니까?"

"전혀 없습니다. 오히려 다키 씨가 이곳에 오시고 나서 연맹 일의 실적이 올랐습니다. 저희도 꼭 오래 계셔 주셨으면 하는 분인데, 이번 일은 정말 마른하늘의 날벼락이라 어떻게 해야 할지 모르겠습니다."

이만큼 들었으면 충분하다. 소에다는 인사하고 일어섰다.

"소에다 씨라고 하셨지요?"

서무주임은 뒤에서 말했다.

"이 일은 아직 표면화하고 싶지 않습니다. 다키 씨의 처우가 결정될 때까지, 지금 단계에서는 신문에 발표되면 곤란합니다. 모쪼록 당분간 덮어 둬 주실 수 없을까요."

"알겠습니다. 안심하십시오. 지금 당장 발표하지는 않을 테니까요."

소에다는 미소로 상대방을 안심시켰다.

소에다의 눈앞에는 자신을 싫어하는 다키 료세이의 얼굴이 떠올랐다.

10

소에다 쇼이치는 회사로 돌아갔다.

다키 료세이가 세계문화교류연맹의 이사를 그만둔다고 해서 뉴스가 되지는 않는다. 연맹은 말하자면 문화 단체이니 사회적으로 비중이 크지는 않다. 다만 다키 료세이는 이 신문사의 전 간부였기 때문에 회사와는 다소 연관이 있다. 하지만 설령 이 이야기가 뉴스로서 다소의 가치가 있더라도 소에다는 누구에게도 이야기하지 않을 작정이었다.

소에다는 다키가 아사마 온천의 어디에 묵고 있는지 알아내고 싶었다. 설마 봉투에 쓴 온천의 이름까지 거짓일 것 같지는 않다.

소에다는 통신부에 가서 마쓰모토 지국을 호출해 달라고 했다. 십 분쯤 지나자 곧 전화가 걸렸다.

전화를 받은 이는 소에다가 모르는 사람인데, 아직 젊은 목소리였다. 구로다라고 합니다, 하고 상대방은 이름을 밝혔다.

"좀 귀찮은 일을 부탁하려고 하는데요."

소에다는 미리 양해를 구했다.

"네. 어떤 일인가요?"

"아사마 온천에 묵고 있는 어떤 사람을 찾아내고 싶습니다."

"알겠습니다. 아사마 온천이라면 여기에서 가깝고 늘 연락하곤 하니까 어렵지 않지요. 어느 숙소에 묵고 있는 사람입니까?"

지국원은 물었다.

"여관 이름을 모릅니다. 그걸 알면 좋겠지만, 이쪽에 단서가 없어요. 아사마 온천에는 여관이 얼마나 있습니까?"

"글쎄요, 이삼십 개는 있을 것 같은데요."

"그렇게 많습니까?"

"하지만 일류 여관이라면 수는 한정되어 있지요. 그 사람은 좋은 숙소에 묵고 있을까요?"

보통 같으면 그렇다. 그러나 도쿄에서 도망치듯이 아사마 온천으로 간 다키 료세이니 일부러 이류나 삼류 숙소에 투숙하고 있을 가능성도 생각할 수 있다.

"그 점은 확실히 모르겠습니다."

"그래요? 이름은?"

다키 료세이, 라는 말이 입까지 나올 뻔했지만 소에다는 그것을 삼켰다. 이 사람의 이름이라면 젊은 지국원도 회사의 전 간부로서 알고 있을 것이 틀림없다. 그 이름을 여기서 꺼내는 것은 좋지 못하다. 게다가 어차피 다키가 본명으로 투숙했을 성싶지는 않았다.

"이름은 바꿔서 묵고 있을 겁니다. 어떤 이름으로 했을지 짐작이

가지 않지만, 대충 인상으로 짐작해서 찾아주실 수는 없을까요?"

상대방 쪽에서는 조금 곤란하다는 듯이 목소리가 끊겼다.

"여보세요, 바쁘시겠지만 어떻게 좀 도와 주실 수 없을까요."

"예에, 그건 좋지만 아무래도 여관 이름도, 본인의 이름도 모르고서는 시간이 걸릴지도 모르겠는데요."

구로다라는 지국원은 조금 지친 듯한 목소리로 말했다.

"예, 그 점은 미안합니다."

소에다는 사과했다.

"하지만 꼭 찾아 주셨으면 합니다. 지금부터 인상을 말씀드릴 테니까 그걸로 여관 쪽에 문의해 주시겠습니까?"

"글쎄요. 뭐, 말씀해 보십시오. 가능한 손을 써 보겠습니다."

"꼭 좀 부탁드립니다."

소에다는 다키 료세이의 나이를 말하고, 눈앞에 그 얼굴을 떠올리면서 머리 모양, 전체적인 느낌, 눈썹, 눈, 코, 입, 각각을 묘사해 가며 설명했다. 상대방은 소에다의 말을 메모하고 있는지 대꾸하는 목소리가 멀게 들렸다.

"알겠습니다."

지국원의 목소리가 다시 또렷해졌다.

"알아내게 되면 당장 그쪽으로 보고할까요? 아니면 여기에서 뭔가 손을 쓸 일이 있을까요?"

"아니, 알게 되면 가만히 내버려둬 주셨으면 좋겠습니다. 그리고 중요한 건, 여관에 문의하실 때도 본인에게 알려지지 않도록 해 주셨으면 한다는 겁니다."

"알겠습니다. 당장 지금부터 전화로 문의해 보지요. 결과를 알게 되면 곧 다시 연락드리겠습니다."

지국원은 한 번 더 소에다의 이름을 확인하고는 전화를 끊었다.

소에다는 자신의 책상으로 돌아갔다. 마쓰모토 지국에서 전화가 걸려 오는 것은 두세 시간 후가 될지도 모른다. 그동안 가슴이 진정될 것 같지 않았다.

정치부장은 찾아온 손님과 자신의 자리에서 이야기하고 있다. 부장은 다키가 옛날에 마음에 들어 하던 부하였다. 이번 일을 부장이 들으면 곤란하다. 일부러 통신부에 가서 지국으로 전화를 건 것도 빨리 연결된다는 이유가 있었지만, 부장에게 이 이야기를 들려주고 싶지 않았기 때문이다.

요전에 부장은 소에다가 전시외교의 비화를 취재하고 있다는 말을 듣고 그만두는 편이 좋을 거라고 했다. 소에다에게는 그것이 부장의 단순한 의견이라고는 생각되지 않았다. 다키 료세이를 만나고 난 직후였고, 그가 소에다의 취재를 불쾌하게 여기고 있었던 만큼, 다키 쪽에서 부장에게 손을 썼기 때문이라는 느낌이 든다.

부장이 갑자기 큰 소리로 웃기 시작했다. 손님이 일어서려고 하고 있었다. 그때, 소에다 뒤로 통신부의 젊은 직원이 서둘러 다가왔다.

"마쓰모토 지국에서 찾고 있습니다."

소에다가 통신부로 걸어가려는데, 부장의 얼굴이 문득 이쪽을 향했다. 부장이 이쪽을 날카롭게 쳐다본 것 같은 기분이 들었지만, 그가 이 일에 대해서 알 리는 없었다.

소에다가 통신부의 전화기를 들자 상대방 쪽에서는 곧 이야기하기 시작했다. 아까 그 목소리였다.

"비슷한 사람이 묵고 있는 숙소를 알아냈습니다."

"그래요? 고맙습니다."

소에다는 가슴이 두근거렸다.

"본인인지 아닌지 확실히는 모르겠지만, 대강의 인상을 말했더니 그런 분이 혼자서 엿새 전부터 체류하고 계시다는 겁니다."

혼자서 묵고 있다는 말을 듣고 소에다는 그가 틀림없을 거라고 생각했다.

"여관 이름이 뭡니까?"

"스기노유라고 합니다. 아사마 온천에서도 특별히 뛰어나다고 할 정도는 아니지만, 그래도 일류에 가까울 겁니다."

"그렇군요. 숙박장에는 이름이 뭐라고 씌어 있었습니까?"

"야마시로 세이이치라는 사람으로, 나이는 쉰다섯 살로 되어 있습니다. 직업은 회사원이라고 하고 주소는 요코하마 시 쓰루미 구 ××거리라고 합니다."

마쓰모토에는 오후 12시 30분에 도착했다.

소에다는 지국에 들르지 않고 역에서 곧장 택시를 타고 아사마 온천으로 향했다.

가을 하늘은 맑게 개어 있었다. 호타카, 야리로 이어지는 북알프스의 산들이 갓 내린 눈을 뒤집어쓴 채 빛나고 있다. 논에는 벼의 그루터기만 남은 상태다. 오는 도중에 기차 창문으로 보니, 드넓게 펼쳐진 사과밭에는 붉은 열매가 가지가 휠 정도로 달려 있었다.

아사마 온천은 완만한 경사 위에 있다. 마을은 그 언덕길을 따라 가늘고 길게 이어진다. 여기에는 이쓰쓰노유나 우메노유, 다마노유 같은 특수한 이름이 붙어 있다. 스기노유는 이 온천 마을에서도 가장 후미진 곳에 있었다. 조금만 더 들어가면 산의 경사면이었다.

소에다는 여관 앞에서 내렸다.

현관으로 들어가자 종업원들이 맞이해 주었는데, 소에다는 곧 계산하는 사람을 불러 달라고 했다.

"이곳에 야마시로 세이이치 씨라는 분이 묵고 계시지 않습니까?"

나온 것은 서른 정도 되어 보이는 지배인이었다.

"아아, 야마시로 님이요? 그분이라면 오늘 아침 일찍 떠나셨습니다."

소에다는 당했다고 생각했다. 어제 전화로 다키 료세이가 엿새 동안 체류하고 있다고 들었기 때문에 혹시나 하기는 했지만, 역시 그랬다. 이럴 줄 알았다면 지국의 젊은 사람한테 부탁해서 경계를 서 달라고 할 걸 그랬다고 후회했다.

"여기서 곧장 도쿄 쪽으로 돌아가셨습니까?"

소에다는 실망해서 물었다.

"글쎄요, 어디로 가신다는 말씀도 하지 않으셨는데요."

"몇 시쯤이었습니까, 출발하신 게?"

"글쎄요, 일곱시 반 정도가 아니었을까 싶습니다."

"그렇게 일찍이요?"

소에다는 계산대 뒤에 붙어 있는 시각표를 발견했다. 마쓰모토에서 8시 13분에 출발하는 신주쿠행 보통열차가 있는데, 다키 료세이가 이것을 탔을지도 모른다고 생각했다.

"저는, 실은 이런 사람입니다."

소에다는 명함을 꺼냈다. 지배인은 그 명함을 쳐다보며 물었다.

"무슨 문제라도 있습니까?"

신문기자라는 것을 알게 된 지배인의 얼굴에 갑자기 흥미가 떠올랐다.

"아니, 그런 건 아니지만 실은 제 쪽에서 그 사람을 찾고 있습니다. 그런데 그 사람이 이 여관에 도착하고 나서 어디론가 편지를 보낸 적은 없습니까?"

"예, 있었습니다. 담당 종업원이 우표를 가지러 왔기 때문에 그걸 건네준 기억이 있습니다."

틀림없었다. 역시 야마시로 세이이치라는 이름을 쓰는 인물은 다키였다. 편지는 세계문화교류연맹의 사무국 앞으로 보낸 사표가 틀림없다.

소에다는 그때 비로소 다키 료세이의 사진을 내놓았다.

"이런 사람인데요. 꽤 옛날 사진이라서 느낌이 젊기는 하지만, 자세히 봐 주십시오."

지배인은 사진을 받아들고 들여다보았다.

"이 사람입니다. 틀림없습니다. 만약을 위해서 방을 담당했던 여종업원을 불러 오지요."

곧 종업원이 왔다. 스물일고여덟 정도의 키가 작고 땅딸막한, 걸

걸한 목소리의 여자였다.

"아아, 그 손님 맞네요. 하지만 꽤 젊으신데요."

그녀는 사진을 뚫어져라 바라보며 말했다.

"그 손님은."

소에다는 종업원에게 말을 걸었다.

"이 여관에 온 후로 분위기가 어땠습니까?"

"무슨 말씀이신지?"

종업원은 소에다에게 졸린 듯한 눈을 향했다.

"아니, 그러니까 뭐랄까요, 특별히 이상한 기색은 없었느냐는 겁니다."

"글쎄요, 그런 점은 보이지 않았어요. 조용한 분이셨고, 매일 온천욕을 하시고는 책을 읽거나 근처를 산책하시기도 했지요. 품위있고 조용한 분이었어요."

"그래요? 그런데 이곳 여관에 있는 동안 어딘가에 전화를 건 적은 없었습니까?"

"아뇨, 그런 적은 없었어요. 전화는 아무 데도 걸지 않았고, 어디에서도 걸려 오지 않았어요."

"물론 사람도 방문하지 않았겠지요."

"다른 곳에서 오신 손님이요?"

이때, 소에다가 예상하지 않았던 표정이 종업원의 얼굴에 나타났다.

"있었어요."

"엇, 누군가 왔었나요?"

"네, 어젯밤에. 남자 두 분이 만나러 오셨지요."

소에다는 깜짝 놀랐다.

"좀 더 자세히 들려주십시오."

이야기가 복잡해지겠다고 생각했는지 지배인 쪽에서 신경을 써 주었다.

"자, 들어오세요, 이쪽으로 오십시오."

권한 곳은 현관 옆의 응접실 같은 곳이었다. 손님을 잠시 기다리게 하기 위한 곳으로, TV 같은 것이 놓여 있다. 벽에는 관광 사진이 장식되어 있었다.

"폐를 끼쳐서 미안합니다."

손님도 아니기 때문에, 소에다는 미안해하며 묻기 시작했다. 종업원은 맞은편 의자에 불편한 듯이 앉았다.

"그게 어젯밤 여덟시쯤이었을까요."

종업원은 말했다.

"마침 제가 현관에서 나막신을 정돈하고 있는데, 남자 손님들이 오셨어요. 두 분 다 서른이 지난 듯 보였고 체격이 엄청나게 좋았지요. 기자님처럼 인상 같은 걸 말하면서 그 손님이 여기에 묵고 있지 않느냐고 묻더군요."

"네? 인상을 물었다고요? 그렇다면 손님의 이름은 말하지 않았겠군요."

"네, 맞아요. 자기 친구인데 이름을 숨기고 묵고 있을지도 모른다며 물으셔서, 저는 짐작 가는 데가 있었지만 일단 여쭤 보고 오겠다고 말하고 묵으시는 손님의 방으로 갔지요."

"그렇군요."

"그랬더니 손님이 깜짝 놀란 얼굴을 하시면서 잠시 생각에 잠기
셨어요. 그러고 나서 결심한 듯이, 그럼 내가 현관에 가서 직접 만
나겠다고 하셨어요. 직접 나오셔서는, 현관 앞에 서 있는 그 두 분
을 만나셨지요."

"그때 양쪽 다 아는 사이인 것 같던가요?"

"아뇨. 우리 여관에 묵으신 손님 쪽은 모르는 사람인 듯한 얼굴
이었지만, 상대방은 알고 있는 것 같았어요. 그때는 두 분 쪽에서
정중하게 인사를 하고, 잠깐 이야기를 하고 싶으니 들여보내 달라
고 하는 것 같았어요. 묵고 계시던 손님은 들어오시지요, 하고는
방으로 안내하셨어요."

"그렇군요. 그러고 나서 어떻게 되었습니까?"

"제가 차 석 잔을 가져갔는데 복도에서는 조금 격렬한 목소리가
들렸어요."

"격렬한 목소리라니요?"

"네, 이런 말을 해도 될지 어떨지 모르겠지만 뭔가 말다툼 같았
어요. 저도 민망해서 어떻게 할까 망설이다가 결국 큰맘 먹고 장지
문을 열었더니 안에서 들리던 목소리는 뚝 끊기더군요. 제가 차를
내는 동안 세 분 다 몹시 거북한 듯한 얼굴로 제가 나가기를 기다
리는 것 같았어요."

"잠깐만요. 복도에서 들으셨다는 말다툼은 어떤 내용이었나요?"

"찾아온 손님들 쪽에서 주로 이야기하시는 것 같았는데, 저도 잠

깐 들었을 뿐이라서 무슨 말이었는지는 잘 기억나지 않아요. 뭐라더라, 멋대로 이런 곳으로 도망치듯이 오는 건 좋지 않다, 라는 것 같던데요……."

소에다는 이것이 중대한 내용이라고 생각했다. 다키를 찾아온 남자들의 정체는 알 수 없지만, 그들이 다키가 이곳에 와 있는 것을 도망쳤다고 해석하고 다그친 이유는 대체 무엇일까. 다키와 어지간히 특수한 관계가 아니면 그런 말은 할 수 없을 것이다. 게다가 종업원의 말에 따르면 현관에서 만났을 때, 다키는 두 사람의 얼굴을 모르는 것 같았다고 한다.

"그러고 나서 어떻게 되었습니까?"

소에다는 다음 이야기를 재촉했다.

"아뇨, 그것뿐이에요. 저도 너무 오래 그 방에 있으면 곤란하겠다 싶어 도망치듯이 아래층으로 내려갔거든요. 그 후에 어떤 이야기가 오갔는지는 전혀 몰라요."

"그래요? 그럼 그 손님들은 오랫동안 손님의 방에 머물렀습니까?"

"아뇨, 삼십 분 정도나 계셨을까요. 얼마 지나지 않아서 두 사람은 계단을 내려와 현관으로 나갔어요."

"그때 방에 묵고 있던 손님도 같이 있던가요?"

"네, 배웅을 하려고 현관까지 따라오셨어요."

"그때의 분위기는요?"

"별로 이상한 것도 없었고 그냥 손님을 전송하는 태도였어요. 하지만 세 분 다 말은 하지 않으셨어요. 두 분이 돌아가실 때 서로 눈으로 인사를 하셨을 뿐인 것 같아요. 그중 한 분은 실례가 많았습니다, 라고 말했는데 왠지 그 목소리는 우리 앞이라서 꾸미는 것처럼 들리기도 하더군요."

담당 종업원은 당시 분위기를 떠올리며 쉰 목소리로 말했다. 그때 문득 깨달은 듯이 덧붙였다.

"아, 맞다, 그때 우리 여관에 묵으시던 손님은 몹시 이상한 얼굴을 하고 계셨어요."

"이상한 얼굴이라니요?"

"안색이 파랬어요. 그리고 기분이 나쁜 듯 곧장 방으로 돌아가셨어요."

"당신은 그 후 방에 있는 손님과 만나지 않았습니까?"

"아뇨, 만나기는 했어요. 뒷정리나 이부자리 준비 같은 걸 하려고 방으로 찾아뵈었거든요."

"그때 손님은 어떻던가요?"

"방 창가에 툇마루가 있는데 거기에 등나무 의자가 놓여 있거든요. 손님은 그 등나무 의자에 앉아서 멍하니 바깥을 바라보고 계셨어요. 제가 방을 치우거나 이부자리를 깔고 나서 물러날 때까지, 뭔가 곰곰이 생각하시는 듯 한 마디도 하지 않으셨어요."

그 이야기에서 상상해 보면 다키 료세이는 두 사람의 방문에 상당히 충격을 받은 것 같다. 대체 두 사람은 누구일까. 물론 다키가 야마시로 세이이치라는 가명으로 묵고 있다는 것을 몰랐던 남자들이다. 하지만 다키가 아사마 온천에 와 있다는 사실은 알고 있었다. 그 점은 소에다와 똑같은 조건이었다.

"그러고 나서 곧, 계산대 쪽으로 전화를 하셔서 내일 아침 일찍 숙소를 떠나고 싶다고 하셨어요."

"그때까지는, 그 손님은 떠날 예정이 없었나요?"

"네, 그런 이야기는 듣지 못했어요. 이삼일은 더 머무실 줄 알았거든요. 어쨌거나 처음 오셨을 때는 한동안 이곳에서 느긋하게 지내고 싶다고 하셨으니까요. 그리고 오늘 아침 일찍, 식사를 가져다드렸을 때도 뭔가 생각하시는 것 같은 얼굴로 묵묵히, 아침밥을 절반 정도 드셨어요."

"그런 기분 나빠 보이는 태도는, 이곳에 묵으시면서 줄곧 그랬나요?"

"아뇨, 이곳에 오셨을 때는 그 정도는 아니었어요. 하기야 자주 혼자서 책 같은 것을 읽곤 하셨지만, 가끔은 제가 찾아뵈면 이 지방에 관한 것이나 여관의 분위기 등에 대해서 비교적 기분 좋게 이야기하셨어요. 그래서 손님이 떠나실 때 갑자기 기분이 바뀐 게 이상했지요."

"그 손님은 이곳을 떠날 때 시각표 같은 것을 가져다 달라고 해서 조사하지 않았습니까?"

"아뇨, 그러지는 않았어요. 아마 시각표 같은 것은 갖고 계셨던 게 아닐까요."

"그럴지도 모르겠군요. 그런데 일곱시 반에 여기서 출발한다면 마쓰모토에서 출발하는 열차가 8시 13분에 있는데, 그때쯤 도쿄로 돌아가는 사람은 그 기차를 이용하겠지요?"

"아뇨. 그건 완행이라서 도쿄까지 가시는 손님은 별로 이용하시지 않아요. 그다음인 9시 30분 열차가 마쓰모토에서 출발하는 급행이니까 대개 그걸 타고 가시지요."

소에다는 그 종업원에게 고맙다는 인사를 하고 밖으로 나왔다.

거기에서 보니 호타카가 바로 정면이었다. 파란 가을 하늘에 산 정상이 하얗게 도려낸 것처럼 튀어나와 있었다.

소에다는 마쓰모토 역으로 돌아갔다.

다키 료세이가 이 역에 나타난 시각은 여덟시쯤일 것이다. 소에다는 개찰구의 직원에게 다키의 인상을 말하고 어느 기차를 탔는지, 표의 행선지는 어디였는지 물어볼까도 생각했다. 그러나 이 역은 의외로 바빠 보여서, 직원에게 물어봐도 소용없으리라는 것을 깨달았다.

역의 열차 발착표를 올려다보니 상행 외에 하행인 10시 5분발 나가노행이 있다. 지금까지 다키가 도쿄 방면으로 갈 거라고만 생각했는데, 하행 열차를 탔다고도 생각할 수 있었다. 숙소를 일곱시 반에 나왔다면 열시 기차를 타기에는 지나치게 이르니, 다키가 이른 아침에 숙소를 출발한 이유는 어쩌면 어젯밤에 찾아온 두 남자를 피하려는 의미도 있었는지 모른다.

나가노행 기차는 어차피 호쿠리쿠 방면으로 연결될 테고, 다키가 다시 열차를 갈아타고 다른 방향으로 향했을지도 모른다. 도쿄를 도망치듯이 떠난 다키이니, 그 경우도 충분히 상정할 수 있다.

다키는 자신의 행선지를 여러 가지로 고민했을 것이 틀림없다. 그럴 때 안내서 같은 것을 보면서 혼자서 생각하는 경우도 있겠지만, 다른 사람에게 상의할 수도 있을 것이다.

소에다의 눈은 역 바로 옆에 있는 여행안내소로 향했다. 여행안내소에는 직원 두 명이 있었다. 산 포스터가 붙어 있는 벽을 등지고 앉아 직원은 소에다와 마주했다.

"오늘 아침 여덟시나 여덟시 반쯤일 것 같은데요, 쉰대여섯 살 정도의 이런 사람이 이곳에 오지 않았나요?"

소에다는 수첩에 끼워 놓은 다키의 사진을 꺼내 보여 주었다.

직원은 사진을 집어 들고 들여다보더니, "아아, 오셨습니다. 이분이었어요" 하고 분명하게 대답해 주었다.

소에다의 생각은 들어맞았다.

"행선지를 상담하던가요?"

소에다는 두근거리는 가슴으로 물었다.

"네. 어딘가 소박한 온천이 없느냐는 상담을 받았지요."

직원은 대답했다. 그 말을 듣고 소에다는 있을 법한 일이라고 생각했다.

"역시 신슈에서 말인가요?"

"네. 지도를 보여 드리고 후보지를 여러 군데 가르쳐 드렸는데 꽤 고민하시더군요."

"결국 결정하셨나요?"

"결정하셨어요. 오쿠타테시나가 좋겠다고 결론을 내렸지요."

"오쿠타테시나?"

소에다는 가을 고원의 산 속 온천을 떠올렸다.

"그래서 그곳 여관을 정하고 가셨습니까?"

"아뇨, 여관에 대해서는 아무 말씀도 하시지 않았어요. 어쨌거나 거기는 여관이 네 군데 정도밖에 없어서 그렇게 고민할 것도 없거든요."

소에다는 안내소에서 나왔다.

다키는 역시 8시 30분의 상행 열차를 탄 것이다. 그러면 이 열차는 지노*汇에 10시 15분쯤 도착한다. 아마 지금쯤 다키는 한적한 여관 한 군데에서 쉬고 있을 것이 틀림없었다.

소에다는 개찰구로 가서 망설임 없이 지노행 표를 샀다.

그는 곧 출발하는 1시 40분 기차를 탔다.

짧은 가을 해가 마쓰모토 분지의 사과밭 위에 엷은 붉은빛을 던지고 있었다.

어젯밤, 다키를 찾아온 체격 좋은 남자 둘은 대체 누구일까―.

소에다의 생각은 기차를 타고 나서도 거기에 미쳤다.

말다툼을 했다고 하는데 그것은 무슨 내용이었을까.

숙소의 종업원 이야기에 따르면, 찾아온 두 사람은 다키가 숙소에서 쓰던 가명을 몰랐다. 소에다와 똑같이 인상만 말하며 물었다고 한다. 아마 여러 여관을, 다키의 인상에만 의지해 물어보고 다녔을 것이다.

다키는 상대방인 두 남자를 몰랐다. 처음 만난 것 같다고 종업원이 이야기했다. 그렇다면 두 남자는 다키를 찾아, 쫓아왔다고 할수 있다. 그들 사이에서 격론이 벌어진 이유는 알 수 없지만, 다키의 입장에서는 별로 환영할 수 없는 손님이었던 것은 아닐까. 종업원이 손님이 왔다고 전했을 때도 싫은 얼굴을 했다고 한다.

다키가 갑자기 도쿄에서 도망쳐 아사마 온천 부근에 숨어 있었던 것과 두 사람의 방문과는 관련이 있을 것 같다. 그것은 두 남자가 쳐들어온 날 밤, 다키가 숙소를 떠날 결심을 했다는 데서 짐작할 수 있다. 나아가 다키는 도쿄로는 돌아가지 않고 아사마 온천보다도 더 한적한 오쿠타테시나에 숨어야겠다는 마음이 들었을 것이다.

다키는 무언가 위험을 감지했다. 도쿄에서 도망친 것도 그 때문이다.

그 두려움은 다키가 사사지마 화백에게 노가미 구미코를 모델로 소개한 것에 원인이 있을 것 같았다. 즉 사사지마 화백의 자살도 다키 료세이의 갑작스러운 도피도, 구미코와 관련된 일이 원인이었을 것 같은 기분이 든다. 물론 그것은 구미코 자신이 아니라 구미코의 아버지가 노가미 겐이치로였다는 데에 있을 것이다.

'다키 료세이는 누군가에게 협박당하고 있어!'

소에다는 시선을 들었다.

기차는 어느새 가미스와 역에 도착한 참이었다. 여기에서도 온천을 마치고 돌아가는 손님이 꽤 많이 탔다. 지노까지는 앞으로 십 분 정도 걸린다.

기차는 역을 떠나 가파른 경사를 향해 올라가기 시작했다.

11

소에다는 지노 역에서 내렸다.

역 앞에 버스가 네다섯 대 서 있었지만 모두 가미스와행이었다. 다테시나행을 물으니 요즘은 횟수가 적어졌다는 대답이 돌아왔다. 여름철에는 자주 다니지만 가을 말이 되면 확 줄어든다고 한다.

다음 다테시나행이 출발하려면 한 시간이나 기다려야 했다. 소에다는 버스를 포기하고 승용차 전세를 부탁했다.

차는 지노초茅野町를 지나 산 쪽으로 향했다. 이 마을에는 오래된 집이 많다. 한천 제조 간판이 곳곳에 보였다. 한천은 이곳의 명물이다. 이 부근 일대는 겨울철이 되면 추위가 심하다.

길은 끝없이 오르막이 계속되었다. 도중에 몇 개나 되는 부락을 지나갔는데, 도로는 이 시골에서 보기 드물게 훌륭했다. 여름철이 되면 피서를 위해 도회지에서 사람들이 모이기 때문이다.

열차 창문으로 눈에 익은 야쓰가타케 산이 보였다. 여기에서는 측면이 보여서 산의 모습이 달라 보였다. 한 시간 남짓 달리자 길은 해발 천이백 미터를 넘었다. 이 부근까지 오니 자작나무나 낙엽송 등의 숲에는 잎이 떨어지고 가지만 남아 있었다. 산의 색깔은 시들어 있다.

오른쪽에서 호수가 빛났다. 이 부근에서부터 완만하고 넓은 경사면이 되고, 산등성이에는 붉은색이나 푸른색의 지붕이 숲 속으로 보이기 시작했다. 분지는 멀리 아래쪽으로 작게 보인다.

소에다는 다키 료세이가 어느 숙소에서 묵고 있을지 예상할 수가 없었다. 이 부근에서 안쪽으로 들어가면 시부노유나 메이지유 등이 있지만 교통은 불편하다. 우선 첫 번째로 누구나 갈 것 같은 다키노유를 생각하고, 기사에게도 거기로 가 달라고 했다. 다키가 거기에 묵고 있지 않으면 오늘 하룻밤을 이곳에서 묵더라도 다른 온천을 찾으러 갈 생각이었다. 모처럼 여기까지 왔는데 수확 없이 돌아갈 수는 없다.

다키노유에는 여관이 하나밖에 없었다. 개인의 별장이나 회사 기숙사는 이 숙소보다 더 위쪽에 있다.

숙소 앞에서 차를 내리자 바로 아래에서 폭포가 더운 김을 피워 올리고 있었다.

숙소는 삼층 건물로 비교적 크다. 소에다는 품에서 다키 료세이의 사진을 꺼냈다. 어차피 본명으로는 묵고 있지 않을 테니 이편이 빠를 듯했다.

"이분이라면 여기 묵고 계십니다."

종업원은 사진을 보고 대답했지만, 소에다를 경찰이 아닌가 생각했는지 불안한 표정이었다.

"저는 신문사 사람입니다. 이분을 꼭 뵙고 싶으니 말씀 좀 전해 주시면 안 될까요."

소에다가 명함을 꺼내려고 하자 종업원은 곧 말했다.

"손님은 지금 방에 계시지 않아요. 아까 산책을 하러 나가셨어요."

소에다는 바깥으로 시선을 주었다.

늦가을의 다테시나 고원은 푸른 하늘 아래에서 벌써 초겨울의 색깔을 띠고 있다. 움직이는 사람 그림자도 별로 눈에 띄지 않았다.

"어디쯤으로 가셨습니까?"

"아마 별장이 있는 위쪽이 아닐까 싶은데요. 여기에서부터 길이 쭉 이어져 있으니까요."

종업원은 손가락을 들어 방향을 가르쳐 주었다.

"그럼 저도 산책 겸 다녀오지요. 도중에 만나면 그 손님과 함께 돌아오겠습니다."

소에다는 슈트케이스를 여관에 맡기고 현관을 나섰다.

하얀 김을 피워 올리고 있는 강 위에 걸린 다리를 건너자, 길은 지금까지 온 방향과 갈라졌다. 그곳은 가파른 언덕이었다.

풀은 노랗게 시들고, 하얀 참억새 이삭이 일대에서 바람에 빛났다. 이 부근에서부터 붉은 흙이 많은 자갈길이다.

이내 넓은 곳이 나왔다.

그곳에는 음식점 네다섯 곳과 경기장 같은 것이 모여 있었는데 거의 문이 닫혀 있었다. 여름철에만 장사를 하는 것이다. 입구의 아치형 문에는 '다테시나 긴자'라고 되어 있었다.

사람은 적었다. 아직 남아 있는 듯한 별장 주민이나 등에 배낭을 멘 하이커 몇 명을 만났을 뿐이다.

소에다는 언덕길을 걸으면서 다키 료세이의 모습을 찾았지만 넓은 전망이 펼쳐져 있는 쪽에는 비슷한 모습도 보이지 않았다.

꽤 올라간 곳에 찻집이 있었다. 길은 여기에서 두 갈래로 갈라진다.

소에다는 찻집에 들렀다. 찻집은 과자 같은 것과 그 외에 짚신과 지팡이를 팔고 있었다. 손님은 한 명도 없었다.

"이 길을 곧장 가면 뭐가 나옵니까?"

소에다는 오른쪽 길을 가리켰다.

"그쪽으로 쭉 가시면 다테시나야마 산을 넘어서 고야초가 나와요."

찻집 아주머니는 설명했다.

"고야초?"

"네에, 거기에서 고모로로 가는 기차가 다니지요."

"거기로 가려면 길이 멉니까?"

"그야 멀지요. 아침 일찍 출발하지 않으면 갈 수 없을 거예요. 게다가 산을 넘어야 하니까요."

다키가 그 길로 가지 않았다는 것을 알고 소에다는 다른 길을 선택했다.

길은 별장 지대로 들어간다. 어느 집이나 거의 문이 닫혀 있었다. 낙엽송 안쪽에 지붕이 있는가 하면 경사면 저 아래쪽의 덤불 속에 문이 보이기도 했다. 자작나무 껍질이 가을의 약한 햇빛을 받고 있었다.

소에다가 걷고 있는 길 앞을 다람쥐가 서둘러 가로질렀다. 사람은 없다. 한산하다.

다키는 어느 길로 갔을까. 소에다는 끝없이 두리번거렸다. 길은 다시 여러 개의 오솔길로 갈라져 있다. 골짜기 맞은편에는 기리가미네 고개의 산등성이가 완만한 곡선을 그리며 아래로 떨어지고 있었다. 지노초인 듯한 마을이 멀리 함몰되어 있다.

공기가 약간 쌀쌀하다. 길 양쪽에는 낙엽이 퇴적되어 있다. 소에다의 신발 밑에서 나무 열매가 소리를 냈다. 소에다는 폐 깊이까지 유리 같은 공기를 들이마셨다.

소리 하나 없고 사람의 목소리도 들리지 않았다. 어느 별장이나 문이 닫혀 있다. 개인의 집뿐만 아니라 회사나 은행의 기숙사 입구에는 못이 박혀 있었다. 다테시나코 호수가 아래쪽에 작고 하얀 고리 모양으로 보였다. 겨울이 가까워진 다테시나의 산은 다갈색과 노란색이 기조를 이루고 있다.

작은 고개를 넘자 아래쪽 길에서 남자가 올라왔다. 이 지방 사람인지 작업복 바지를 입고 지게를 지고 있었다.

"안녕하세요."

남자는 소에다를 별장 사람으로 여겼는지 인사를 하고는 지나가려고 했다. 소에다는 걸음을 멈추었다.

다키의 특징을 말하고 그런 사람을 보지 못했느냐고 묻자 남자가 말했다.

"예에, 그런 사람이라면 저쪽 앞을 걷고 있던데요."

소에다는 고맙다는 인사를 하고 걸음을 재촉했다.

짐작대로 다키 료세이는 이 길을 걷고 있는 것이다.

또 하나의 작은 언덕을 넘었다.

여기에서부터는 다시 그 찻집 근처로 내려가게 되는데, 이때 도중에 갈라지는 오솔길 위에서 다키 료세이의 모습이 불쑥 나타났다. 소에다가 가까이 갈 때까지 상대방 쪽에서는 알아차리지 못했지만, 소에다의 얼굴을 보자 다키 료세이는 깜짝 놀란 듯이 멈추어 서서 이쪽을 응시했다.

소에다는 목례를 하고 다키의 옆으로 다가갔다.

다키 료세이는 믿을 수 없다는 듯한 표정을 하고 있었다. 설마 이런 곳에서 소에다를 만날 거라고는 생각도 해 보지 않았을 것이다. 그는 멍한 표정으로 소에다가 다가오는 것을 보았다.

"다키 씨, 안녕하세요."

소에다는 옆으로 가서 인사를 했다.

"……."

다키는 당장은 아무 말도 하지 못했다. 어지간히 놀랐는지 눈을 휘둥그렇게 뜨고 있었다.

"한참 찾았습니다."

소에다는 말했다.

이 말에 다키는 비로소 입을 열었다.

"당신은 이런 곳까지 나를 쫓아온 거요?"

처음에는 소에다와 만난 것이 반쯤은 우연인가 의심하는 듯했던 다키도, 소에다의 그 말을 듣고 새삼 놀란 모양이다.

"실은 다키 씨가 아사마 온천에 머물고 계시는 줄 알고 갔다가 곧장 여기로 왔습니다."

다키는 말없이 걷기 시작했다. 안색이 조금 창백해진 것 같았다.

둘은 오솔길을 내려가 붉은 흙이 많은 널찍한 길을 천천히 걸었다.

"무슨 용무지요?"

다키는 평탄한 표정으로 물었다. 이제 도쿄에서 보았을 때의 표정과 다름이 없었다. 먼 곳까지 일부러 찾아온 소에다의 노력은 처음부터 다키의 안중에 없는 듯했다.

"세계문화교류연맹 쪽은 그만두셨다지요?"

소에다는 이번에야말로 다키가 도망칠 곳이 없음을 알고, 처음부터 치고 들어갔다. 도쿄였다면 실례, 하고 말하며 자리를 뜰 위험이 있지만 여기에서는 그 점을 신경 쓸 필요가 없다. 다키가 뛰지 않는 한 그는 다키를 붙들어 둘 수 있다.

"음."

다키는 어쩔 수 없이 고개를 끄덕였다.

"꽤 갑작스러운 일인 듯한데 이유가 뭔가요?"

"당신."

다키는 갑자기 큰 소리로 말했다.

"그런 게 뉴스가 되나? 아니, 나 같은 게 연맹 일에서 손을 뗀 게 당신을 여기까지 쫓아오게 할 정도로 가치가 있소?"

다키는 순식간에 반격으로 나왔다. 다키의 옆얼굴에는 언젠가 소에다가 보았던 비아냥거림이 노골적으로 나타나 있었다.

"있습니다."

소에다는 그런 질문이 나올 경우를 생각하고 준비한 대답을 말했다.

"흠. 말해 보시지."

"연맹은, 다키 씨가 처음부터 정열을 담아 그 정도로 키워내신 겁니다. 그런 다키 씨가 사전에 아무런 이야기도 없이, 또 다른 이사분들에게도 상의하시지 않고 갑자기 여행지에서 사표를 내신 게 뉴스거리지요. 무엇보다 저를 여기까지 보내 준 걸 보면 회사 간부들도 그렇게 생각했을 겁니다."

사실 소에다는 휴가를 받아서 왔다. 그러나 나중에 탄로 난다고 해도 지금은 이렇게 말할 수밖에 없었다.

다키는 다시 말없이 걸었다. 소에다의 신발 끝에 닿은 자갈이 언덕을 굴러 내려갔다. 소에다는 그것을 보고 있었다. 두 사람 다 얼굴을 들지 않고 고개를 숙인 채 걸었다.

"별로 깊은 이유는 없소."

다키는 낮게 말했다.

"지친 거지. 이쯤에서 좀 쉬고 싶다고 생각했소. 그뿐이오."

"하지만 다키 씨."

소에다는 서둘러 말했다.

"그 말이 사실이라면 미리 연맹 임원분들께 상의를 하셨을 겁니다. 다키 씨의 성격으로 보아 멋대로 혼자서 그러시지는 않을 거라

고 생각됩니다. 우리는 다키 씨가 연맹에 사표를 내던졌다고 받아
들이고 있습니다."

이 말에 대해서는 반응이 있었다. 다키의 얼굴이 약간 동요했다.

"사실이오? 정말로 모두 그렇게 생각하고 있단 말이오?"

"일부이지만, 실제로 그렇게 받아들이는 경향도 있습니다. 만일
그렇지 않다면, 이참에 다키 씨가 사직하신 심경을 들려주시기 바
랍니다."

두 사람이 걷고 있는 옆의 숲 속에서 때까치가 낙엽을 쓰레기처
럼 떨어뜨리며 날아올랐다.

"지쳤다고밖에는 말할 수가 없는데."

다키는 완강했다.

"사표를 낸 방식을 두고 이런저런 말을 하는데, 일하기가 싫어지
면 나중에 양해를 구하는 방법도 있지. 전례도 있소."

"그럼 다키 씨는 갑자기 지쳐서 사표를 내신 거로군요?"

"그렇다고 말하고 있잖소."

"다른 이유는?"

"아무것도 없는데."

길은 잠시 숲 속으로 들어갔다가 다시 밝게 트인 곳으로 나왔다.
전망의 위치가 바뀌어 이번에는 야쓰가타케 산의 측면이 눈앞에
나타났다. 산자락에 빽빽하게 자란 삼나무가 짙은 갈색 반점을 이
루고 있다.

"알겠습니다. 그럼 내부적인 분쟁 같은 건 없는 거로군요?"

"절대로 없소. 그런 게 있을 리 없지."

다키는 힘주어 말했다.

"그럼 기사에는 그렇게 쓰겠습니다."

"부탁하오."

다키가 말했다. 이 사람이 처음으로 그런 말을 한 것이다. 소에다는 의외로운 기분이 들었다. 소에다는 자신이 다키에게 호감을 받지 못한다는 사실을 자각하고 있었다. 그런데 다키의 표정도 말도 의외로 약하다는 것을 알아차렸다. 도쿄에서와 달리 이런 산속을 단둘이 걷고 있다는 친근감에서 나온 것일까.

"다키 씨."

소에다는 말했다.

"여기까지 제가 다키 씨를 쫓아온 이유는 그것뿐입니다. 용건은 끝났습니다. 하지만 한 가지 더, 다른 것을 여쭈어도 될까요?"

"어떤 거요?"

"다키 씨는 사사지마 화백을 아시지요?"

소에다는 옆을 걸으면서 슬쩍 다키의 얼굴을 살폈다. 기분 탓인지 그의 표정이 긴장하고 있는 것처럼 보였다.

"알고 있소. 친구지."

다키는 억누른 목소리로 말했다.

"회사 선배님도 그렇게 말씀하시더군요. 그런데 사사지마 씨가 돌아가신 것을 아시는지요? 아마 다키 씨가 여행을 떠나신 후였을 겁니다."

길은 구부러지고 있었다. 두 사람은 나란히 그 언덕을 따라 내려 갔다.

맞은편에서 웬 남자가 안장을 얹지 않은 말을 끌고 올라왔다.

"알고 있소. 아사마 온천의 여관에서 신문을 읽었지."

다키는 낮은 목소리로 한 마디씩 끊듯이 말했다.

안장을 얹지 않은 말의 발굽 소리가 건조한 길 뒤로 멀어졌다.

"그래요? 많이 놀라셨겠습니다."

"당연하지. 친구니까."

"사사지마 씨의 급사는 과실이 아니라 자살이라는 설도 있습니다. 만일 그렇다면, 사사지마 씨는 왜 자살하신 걸까요. 제가 이곳에 오기 전까지는 수사당국도 짐작을 하지 못하고 있었습니다. 다키 씨가 사사지마 씨와 친하셨다면 뭔가 짐작 가는 건 없습니까?"

다키는 갑자기 주머니를 뒤졌는데, 담배를 꺼내기 위해서였다. 그가 라이터를 켰지만 불이 쉽게 붙지 않았다. 강한 바람이 불지 않는 좋은 날씨인데도.

"모르겠는데."

목구멍 깊은 곳에서 연기를 내뿜으며 다키는 대답했다.

"사사지마와도 오랫동안 만나지 않았소. 내가 그걸 알 리 없잖소."

아래쪽에서 젊은 남녀 하이커가 올라왔다. 흥분한 이야기 소리가 지나쳐 갔다.

공기는 맑았다. 먼 산의 절벽이 세부까지 자세히 보였다.

다키 료세이는 아까보다 딱딱한 표정이 되어 있었다. 소에다가 한 말 때문에 분명히 충격을 받은 것이다.

"사사지마 씨의 경우에는 아주 묘한 일이 있습니다."

소에다는 말을 꺼냈다.

"묘한 일? 그게 뭐요?"

다키가 처음으로 되물었다. 진심이었다.

"사사지마 씨는."

소에다는 전방의 구름 아래로 이어져 있는 푸른 산등성이에 시선을 주면서 말했다.

"대작을 예정하고 있었습니다. 그걸 위해서 어느 젊은 아가씨에게 모델로 사흘 동안 아틀리에에 와 달라고 부탁하셨지요. 그런데 그동안 사사지마 씨는 매일 다니던 가정부를 오지 못하게 했습니다. 묘한 일이지요. 모델을 불렀으면 더더욱 가정부의 손길이 필요할 텐데 왜 가정부를 오지 못하게 했을까요?"

찻집 앞으로 나왔다. 길은 여기서부터 여관 쪽으로 향한다. 다테시나코 호수가 훨씬 커지고 호반의 식물이 보였다.

다키 료세이는 씁쓸한 얼굴을 한 채 듣고 있었다.

"또 한 가지, 더 이상한 일이 있습니다. 사사지마 씨는 그 아가씨의 데생을 여덟 장 그렸다고 합니다. 본인도 매우 적극적이어서 아주 열심히 스케치했다고 하던데요. 그런데 사사지마 씨가 돌아가시고 나서 보니 데생이 분실된 겁니다. 그리다 만 한 장만 남기고 나머지가 전부, 어디로 갔는지 알 수 없는 상태입니다. 물론 사사지마 씨가 찢어 버렸을 수 있지만 그 파편조차 발견되지 않습니다. 방금도 말씀드렸다시피 화백은 모델 아가씨가 아주 마음에 들어서 스케치에도 열심이었으니 완성도 좋았을 겁니다. 그러니까 화백이 데생을 찢어 버렸을 경우는 우선 생각할 수 없습니다. 그러면 누군가가 그걸 훔쳐 갔다는 뜻이 되지요. 이상한 일입니다. 왜 모델의 얼굴을 그린 데생이 도난당한 걸까요? 그 아가씨는 양갓집 규수입니다."

소에다는 노가미 구미코의 이름을 일부러 말하지 않았다. 하지만 다키가 먼저 말을 꺼냈다.

"그 모델은 내가 소개했소."

다키는 참다못한 듯이 먼저 말했다.

"그게 사실이오? 아니, 그 데생이 없어진 것 말이오."

"사실입니다. ……그렇습니까. 다키 씨가 소개하셨다고요?"

"아는 집 아가씨거든. 사사지마가 전화로 부탁해 와서 내가 소개를 맡았소."

다키의 안색이 하얘져 있었다.

잎이 없는 낙엽송 숲을 지났다. 고원의 넓은 경사면에서 구름 그림자가 천천히 이동하고 있다. 그 밑에서는 구름의 이동을 따라 색깔이 변화하고 있었다.

소에다는 처음 안 것처럼 말했다.

"몰랐습니다. 그렇군요. 그런 관계가 있었습니까."

소에다는 여기에서 한 발짝 나아갔다.

"그 아가씨는 일 관계로 아는 분입니까?"

"아니, 그렇지는 않소. 내 옛 친구의 딸이오."

"그럼 사사지마 씨도 그 친구분을 알고 계셨습니까?"

"사사지마와는 관계가 없소. ……그 친구는 죽었소."

"돌아가셨다고요?"

소에다는 의외라는 눈빛을 보였다.

"그랬습니까."

이때 다키 료세이가 날카로운 목소리로 말했다.

"그런 게 사사지마 군의 죽음과 무슨 관련이라도 있소?"

"아니, 그렇지는 않습니다. 확실하게는 알 수 없지만 저는 아무래도 데생이 도난당한 게 마음에 걸립니다. 그래서 여쭈어 본 거지요."

"그런 조사는 이제 그만 하는 게 좋겠소."

다키는 소에다에게 약간 화가 난 듯이 말했다.

"다른 사람의 내면에 너무 깊이 들어가지 않는 게 좋을 거요. 사사지마 군은 내 친구요. 그 친구가 당신들의 직업적인 흥미의 대상이 되는 건, 나로서는 견딜 수 없는 기분이 든단 말이오. 무엇보다 다른 사람의 죽음에 그런 조사는 불필요하고 무례하다고 생각하는데."

처음으로 다키의 입에서 항의 비슷한 말이 나왔다.

"그럴까요?"

소에다는 온화하게 대꾸했다.

"신문은 끊임없이 진상을 추구합니다. 물론 무례해서는 안 되지만, 무언가를 애매하게 놔둘 수 없는 게 우리 직업입니다. 아니, 선배님께 저 같은 게 건방진 말을 하는 것 같지만, 이해해 주실 거라고 생각했습니다."

"그야, 당신."

다키는 서둘러 말하려고 했지만 갑자기 말을 끊었다.

스스로도 무심코 흥분할 뻔한 것을 억누른 것이다.

"그야 이해하지만."

그는 온화하게 말했다.

"사람의 생활의 내면에는 여러 가지 사정이 있소. 다른 사람에게 알리고 싶지 않은 것은 누구에게나 있겠지. 살아 있는 인간에게는 변명할 권리가 있지만, 죽고 나면 그걸 잃는 거요."

"무슨 뜻인지요?"

젊은 기자는 추궁했다.

"소에다 군."

다키는 그때까지 소에다를 보지 않았지만 이번에는 그를 향해 얼굴을 돌렸다.

"세상에는 여러 가지 어려운 일이 있소. 남에게 말하지 못한 채 죽어야 하는 일도 있지. ……내게도 그런 일이 없다고는 하지 않겠소. 지금은 아무것도 이야기할 수 없소."

"그럼 언젠가는……."

"언젠가는, 이라."

기분 탓인지, 다키의 목소리에 굵은 한숨이 섞였다.

"그렇군, 내가 죽을 때가 되면 이야기할 수 있을지도 모르지."

"죽을 때라고요?"

소에다는 저도 모르게 다키의 얼굴을 바라보았다. 거기에서는 복잡한 미소가 물처럼 배어 나왔다.

"당분간 나는 죽을 것 같지 않으니 괜찮소. 저기를 보시오."

다키는 손가락을 들었다.

"나는 지금 이런 아름다운 곳을 걷고 있지. 살아 있는 게 얼마나 감사한 일인지 절절하게 느끼고 있소. 소에다 군. 나는 당분간 죽지 않을 생각이오. 모처럼 물어봐 주었는데 미안하지만 그 이야기는 가망이 없다고 생각하고 잊어 주시오."

지금까지의 다키 료세이가 아니었다. 가을의 기척처럼, 다키의 고요한 애정이 젊은 후배에게 전해졌다.

소에다는 다키와 나란히 여관 현관으로 들어섰다.

이제 다키에게 물을 것은 아무것도 없었다. 다키도 더 이상은 이야기하지 않을 것이다. 소에다는 이곳에 묵을 생각으로 맡겼던 슈트케이스를 카운터에서 받아들었다.

"여러 가지로 폐를 끼쳤습니다."

소에다는 선 채로 다키에게 인사했다.

"이대로 도쿄로 돌아갈 거요?"

다키는 다소 아쉬운 듯한 얼굴을 했다.

"예, 곧장 돌아가려고요."

"내가 별로 도움이 되지 않았지요."

다키 료세이는 기분 탓인지 쓸쓸해 보이는 미소를 입가에 띠었다.

"천만에요. 오히려 제가 여러 가지로 무례한 말씀을 드렸습니다. 한동안 계속 여기 계실 겁니까?"

대답을 듣기까지는 시간이 걸렸다.

"당분간 그럴 것 같군."

"계속 이 숙소에서?"

"글쎄."

다키는 먼 곳을 보고 있었다.

"다른 온천지로 마음이 내키면 옮길지도 모르지. 지금으로서는 예정이 없소."

소에다는 다키가 숙소를 옮긴다면 더 산속 깊은 곳에 있는 적적한 장소일 거라고 생각했다.

"뭔가 가족분들께 용건이라도 있으시다면, 저는 오늘 중에 도쿄로 돌아갈 테니 전해 드릴까요?"

소에다는 저도 모르게 말했다.

"아니."

다키는 이 말에 곧 고개를 저었다.

"그럴 필요는 없소. 고맙소."

헤어질 때가 왔다. 소에다가 현관을 나서자 다키는 입구까지 배웅했다.

"실례가 많았습니다."

여관에서 버스가 있는 곳까지 가려면 일단 오르막길을 올라가야 했다.

소에다는 김을 피워 올리며 떨어지고 있는 폭포 옆을 지나 정류소 쪽으로 가는 길을 걸어갔다. 한참 가서 돌아보니 여관이 작아지고 그 앞에는 다키의 그림자가 아직도 서 있었다.

언덕길은 자작나무 사이를 지난다.

버스 정류소에는 손님 셋이 기다리고 있었다. 한 사람은 엽총을 젊어진 중년 남자고 나머지는 배낭을 멘 젊은 남녀였다.

잠시 기다리자 버스가 아래쪽에서 헐떡이며 올라왔다.

내린 승객은 다섯 명이었다. 이 지역 주민들뿐인데 아랫마을에서 산 물건 꾸러미를 들고 있는 사람이 많았다. 버스가 출발할 때까지 기사는 벼랑 가에 쪼그리고 앉아 푸른 담배 연기를 내뿜고 있었다.

버스가 떠날 때쯤 되어 다른 남자 하이커 일행이 달려왔다. 그들은 손에 으름 열매가 달린 잔가지를 들고 있었다. 으름은 잘 익어서 갈라진 틈으로 검은 씨가 보였다. 그러고 보니 앞에 있는 남녀의 배낭 입구 사이에는 용담꽃이 꽂혀 있었다.

버스는 천천히 내려가기 시작했다. 낙엽송의 커다란 나무 옆으로 내리막길이 나 있다. 다테시나코 호수 옆을 지났다.

소에다는 다키 료세이가 사사지마 화백의 죽음의 원인을 짐작하고 있는 것 같다는 기분이 들었다. 그 이야기가 나왔을 때 다키의 안색은, 분명히 놀라기는 했지만 어딘가 예상하고 있었던 것 같은 느낌이었다. 다키는 무언가를 알고 있다.

소에다가 다키에게 묻지 못한 것이 하나 있었다. 그것은 다키가 왜 아사마 온천에서 허둥지둥 이 다테시나 깊은 곳으로 옮겨 왔는가 하는 것이다. 이곳에 오기 전날 밤, 아사마 온천에서 다키는 두 남자의 방문을 받았다. 결코 유쾌한 손님이 아니었던 것은 여관 사람의 이야기로도 짐작할 수 있다. 다키가 이곳으로 옮긴 까닭과 그 방문객의 등장은 무관하지 않을 것 같다.

소에다는 두 사람이 누구인지 알고 싶었고, 그 질문이 목구멍까지 나오려고 했다. 하지만 결국 삼켰다. 아무래도 그 말을 하는 것이 다키에게 잔혹한 일 같았다. 지금까지 보지 못했던 다키의 약한 표정을 보고 소에다는 품고 있던 인상을 바꾸어야 했다.

작은 버스에 손님들은 드문드문 좌석을 잡고 앉아 있었다. 한 쌍의 남녀는 바싹 기대다시피 앉은 채 이야기를 했고, 남자 손님 일행은 피곤한 얼굴로 눈을 감고 있었다. 엽총을 든 남자는 수첩을 꺼내 끊임없이 무언가를 적어 넣고 있다. 버스 창의 풍경만이 계속해서 하강하고 있었다.

풍경은 평범한 모습으로 바뀌었다. 그루터기가 남아 있는 논밭과 마른 뽕나무밭으로 변했다. 커다란 느티나무 밑에 여행자의 수호신이 보인다. 그 앞에 누군가가 바친 귤도 이미 노랗게 물들어 있었다.

부락으로 들어가자 오래된 작은 초등학교가 나왔다. 작은 기가 장식되어 있고 운동회를 하고 있다. 구경꾼들이 많다. 흰색과 붉은색의 머리띠를 한 아이들이 열심히 달리고 있었다.

그 풍경이 지나가고 얼마 안 되어서였다. 앞쪽에서 대형 승용차가 올라왔다.

길은 좁다. 이 버스도 상당히 커서 지나가기 위해 서로가 서행했다.

소에다는 창문으로 보는 둥 마는 둥 지나가는 승용차를 바라보았다. 위에서 내려다보는 것이라 승용차의 창문은 절반 정도밖에 보이지 않는다. 그래도 거기에 기사를 제외하고 남자 손님 세 명이 타고 있는 것이 보였다. 양옆의 두 사람은 검은 양복을 입고 있고,

가운데 앉은 사람은 갈색 양복을 입고 있다. 이 길을 지나가는 걸 보니 다테시나로 가는 손님인 모양이다.

벌써 다섯시가 넘었다.

승용차가 지나가고 나서 버스는 다시 속도를 냈다.

소에다는 문득 조금 전에 지나간 승용차가 마음에 걸렸다. 저도 모르게 다키를 생각했기 때문이다. 아사마 온천으로 찾아온 남자는 두 명이었지만 지금 그 승용차의 손님은 분명히 세 명이었다. 그들을 다키와 연결 짓는 것은 지나친 생각일지도 모른다. 하지만 한 번 떠오른 생각은 쉽게 마음에서 사라지지 않았다.

소에다는 가벼운 불안을 느꼈다. 세 남자들이 다키를 찾아가는 것 같은 기분이 들어서 견딜 수가 없다. 소에다는 돌아보았다. 이미 승용차는 뽕나무밭 사이로 하얀 먼지를 피워 올리고 있었다. 다시 되돌아가 볼까? 그러나 만일 그게 아니라면? 아무것도 아닌데 다키와 다시 얼굴을 마주하게 됐을 때의 거북함을 생각했다.

버스는 지노초 외곽에 접어들고 있었다.

'내가 죽을 때가 아니면 이야기할 수 없소.'

소에다는 다키가 중얼거린 말을 떠올렸다.

12

이튿날, 소에다 쇼이치는 출근하자마자 사사지마 교조의 죽음을 경시청이 어떻게 결론 내렸는지 담당 부서에 물어보러 갔다.

"그거?"

담당 기자는 선뜻 말했다.

"그 화가는 과실사로 결론이 났지."

"과실사? 그럼 약의 과다 복용인가?"

소에다는 되물었다.

"맞아."

"하지만 그건 이상하군."

소에다는 이의를 제기했다.

"수면제의 치사량은 적어도 백 알 이상이 아니면 효과가 없어. 사사지마 화백의 머리맡에 있던 빈 병에는 가정부의 증언으로도 서른 알밖에 남아 있지 않았을 텐데. 그걸 전부 다 먹었다고 해도 화백이 죽는 건 이상하잖아."

"그런 설이 있었지."

기자는 반박하지 않고 설명했다.

"분명히 해부의 소견으로는 적어도 백 알 정도의 대량의 수면제가 검출되었어. 지금 자네가 말한 문제에 대해서는 경시청에서도 고민한 모양이야. 하지만 가령 누군가가 강제로 수면제를 먹였다는 근거가 없는 한, 그렇게 생각할 수는 없어."

소에다는 담당 기자와 헤어졌다.

옆자리에 늦게 출근한 동료가 걸터앉았다.

"여어, 어제는 하루 종일 어디에 갔었나?"

동료는 소에다에게 웃으며 물었다.

"피곤해서 그냥 신슈 쪽에 훌쩍 다녀왔지."

소에다는 생각에 잠겨 있던 눈을 들어 별 생각 없이 동료를 바라보았다.

"그래? 그 부근은 가을에 참 좋지."

"응, 오랜만에 좋은 공기를 마셨어. 후지미 부근 노선 옆은 온갖 가을 풀로 가득하더군."

"그래? 역시 다르군."

동료는 그때 갑자기 생각났다는 듯이 말했다.

"맞다, 어제 전화가 몇 번 걸려 왔던데."

"누가 건 거였지?"

"나는 두 번인가 받았는데, 처음에는 젊은 여자의 목소리였어. 그다음은 좀 나이가 있는 여자의 목소리였고. 자네가 없느냐고 묻기에 오늘은 휴가를 받았다고 했더니 굉장히 실망하던데."

"농담하지 말고 이름이나 빨리 말해 줘."

"아니, 진짜야. 자네가 돌아오면 곧 전화해 달라는 전언이었어. 두 사람 다 성은 같던데. 노가미 씨라고 했어."

그 말을 듣고 소에다는 자리에서 일어섰다.

다키를 찾아갈 때 소에다는 구미코에게 출발을 알리려고 했지만 다시 생각해 보고 알리지 않았다. 그래서 구미코도, 그녀의 어머니도 소에다가 휴가를 받은 사실을 몰랐다. 소에다는 자신이 자리를 비운 동안 노가미 가에 무슨 일이 일어났음을 예감했다.

그는 동료가 있는 자리의 전화를 쓰지 않고 일부러 일층으로 내려가 현관 바로 옆에 설치되어 있는 공중전화를 사용했다. 여기에서는 자유롭게 물어볼 수 있다.

소에다는 우선 구미코의 직장으로 전화를 했다.

"노가미 씨는 어제부터 사흘 동안 휴가를 냈어요."

구미코와 같은 과의 여자 직원이 가르쳐 주었다.

"사흘 동안 휴가라고요? 어디 여행이라도 간다던가요?"

"아뇨, 뭔가 집에 급한 일이 있다던데요."

소에다는 전화를 끊었다. 가슴이 술렁거렸다.

곧 노가미 가로 전화를 했다.

"소에다인데요."

전화를 받은 목소리는 구미코의 어머니 다카코였다.

"아아, 소에다 씨."

다카코는 수화기 속에서 흥분한 목소리로 말했다.

"실례했습니다. 어제는 제가 좀 볼일이 있어서 신슈에 가 있었어요. 그동안 전화를 하셨다더군요."

"네, 어제 제가 한 번, 구미코가 한 번, 회사로 전화했어요. 집이 아니라 어디 다른 데 가신 것 같다는 말을 듣고 연락을 할 수 없어서 유감이었어요. 구미코가 출발하기 전에 꼭 소에다 씨를 뵙고 이야기하고 싶은 게 있었거든요."

"출발이라니요? 구미코 씨가 어디 갔나요?"

"교토에 갔어요. 어제 오후에 도쿄를 떠났지요."

"대체 어떻게 된 겁니까?"

"그 일로, 저도 소에다 씨한테 상의하고 싶었어요. 어쨌든 돌아오셨다는 걸 아니까 안심이 되네요."

"어머님."

소에다는 조급하게 물었다.

"무슨 일이 있었습니까?"

"전화로는 좀 말씀드리기 어려워요. 괜찮으시면 일을 마치고 나서라도 들러 주시겠어요?"

"아니, 당장, 지금 찾아뵙겠습니다."

소에다는 전화를 끊었다. 퇴근 때까지 기다릴 수 없었다. 구미코가 갑자기 교토에 갔다니. 무슨 일인가가 일어났음이 틀림없었다. 그 사정을 한시라도 빨리 듣고 싶다. 때가 때이니만큼 불안이 소에다의 가슴을 덮쳤다.

소에다는 다시 삼층의 편집국으로 올라가, 잠깐 볼일이 있다고 양해를 구하고 회사를 나왔다. 엘리베이터에서 내릴 때 아는 사람을 만났지만, 상대방이 말을 거는 것을 뿌리치고 현관으로 뛰어나 갔다. 그는 택시를 잡아타고 스기나미에 있는 구미코의 집으로 서 둘렀다.

유라쿠초에서 목적지까지 약 사십 분 동안 차 안에서 보내는 시간은 괴로웠다. 갖가지 상상으로 머리가 복잡해졌다. 구미코가 갑자기 교토에 간 이유를 알 수가 없다. 그것을 모른다는 사실이 그를 초조하게 만들었다. 소에다는 회사를 쉰 것을 후회했다.

소에다가 초인종을 울리자 현관문은 곧 안쪽에서 열렸다. 고개를 내민 구미코의 어머니와 얼굴이 마주쳤다.

"안녕하세요."

"들어오세요."

다카코는 기다리고 있었다는 듯이 소에다를 곧 안에 들였다.

"구미코 씨가 교토에 갔다고요?"

소에다는 인사를 마치고 곧장 요점으로 들어갔다.

"맞아요. 갑작스러운 일로……."

"무슨 일입니까?"

"그걸 실은 소에다 씨한테 상의하고 싶었어요."

"어제 일을 말씀드려 두었으면 좋았을 텐데 저도 모르게 아무 말 없이 가 버려서 죄송합니다."

"아뇨, 그건 괜찮아요. 다만 상의할 수 없었던 게 안타깝네요. 어쩔 수 없이 우리들끼리 판단해서 구미코를 보내기로 했어요."

"대체 어떻게 된 겁니까?"

"실은 구미코한테 이런 편지가 왔어요."

다카코는 미리 준비해 두었는지 품에서 봉투를 꺼내어 소에다 앞에 놓았다.

"자, 읽어 보세요."

소에다는 봉투의 겉을 보았다. 구미코 앞으로 온 편지였다. 뒷면에는 야마모토 지요코라고 되어 있다. 펜으로 쓴 글씨였는데 비교적 잘 썼다. 봉투는 흔해 빠진 하얀 이중 봉투였다.

소에다는 내용물을 꺼냈다. 얇은 종이가 두 겹으로 접혀 있었는데 타이프라이터로 친 편지였다.

노가미 구미코 님께

갑자기 편지를 드리게 되었습니다.

저는 사사지마 화백이 그리신 당신의 데생을 몇 장 가지고 있습니다. 어떤 이유로 손에 넣었는데, 그 이유는 사정이 있어서 말씀드릴 수가 없습니다. 하지만 결코 부정한 수단으로 손에 넣은 게 아니라는 것만은 확실하게 말씀드릴 수 있습니다.

저는 꼭 당신을 뵙고 그 데생을 돌려 드리고 싶습니다. 사사지마 화백이 돌아가신 현재, 이 데생은 당연히 당신이 가져야 한다고 믿거든요.

이렇게 쓰면 자못 여러 가지로 수상함을 느끼실 테지만, 부디 저를 믿고 교토로 와 주시기 바랍니다. 데생은 우편으로 보내 드려도 되지만 저는 이 기회에 당신을 뵙고 싶어요. 먼 곳으로 오시라고 해서 죄송하지만 저는 어떻게 해서라도 오늘 밤 안에 교토로 떠나야 하기 때문에 도쿄에서 건네 드리는 게 불가능하답니다. 차비를 동봉해 두었으니 받아 주시기 바랍니다.

저는 결코 당신에게 해를 끼치려는 사람이 아님을 말씀드립니다. 당신을 뵙고 싶은 이유는 뵙고 나서 자세히 설명해 드리겠지만, 당신에 대한 제 호의에서 나온 제의라고 생각해 주세요.

사사지마 화백의 데생을 제가 소장하고 있는 이유도 당신에 대한 호의 때문이라는 점을 덧붙여 말씀드립니다.

만일 이해해 주신다면 아래와 같이 지정 장소로 혼자서 와 주시기 바랍니다. 만약 한 시간을 기다려도 오시지 않을 때에는, 당신에게도 사정이 있어서 제 희망이 이루어지지 않았다고 생각하고 포기하겠습니다.

11월 1일(수) 정오
(오전 열한시부터 오후 한시까지 기다리고 있겠습니다.)
교토 시 사쿄 구 난젠지南禪寺 산문 부근.

추신. 교토에 오실 때는 다른 분과 동행하셔도 전혀 상관없지만, 난젠지의 지정 장소에는 반드시 혼자서만 와 주시기 바랍니다. 또 이 편지에 수상함을 느끼고, 혹 경찰서 같은 곳에 상담하시는 일만은 절대로 하지 말아 주시길. 여러 번 말씀드렸다시피 저는 당신에게 호의를 가지고 있으며 절대로 그 이외의 다른 뜻은 없습니다.

야마모토 지요코

소에다는 편지에서 시선을 들었다. 얼굴은 흥분으로 빨갛게 상기되어 있었다.

"이상한 편지지요?"

다카코는 소에다의 표정을 지켜보며 말했다. 다카코는 소에다의 흥분을 진정시키려는 듯이 미소를 띠고 있었다.

"우리들 중 아무도 이분의 이름을 몰라요. 전혀 짐작 가는 데가 없어요. 소에다 씨는 이 편지를 보낸 사람을 어떻게 생각하시나요?"

소에다는 질문하는 다카코의 얼굴을 바라보았다. 하지만 그 표정에서는 확실한 의사를 읽을 수 없었다.

소에다는 망설였다. 그가 남몰래 갖고 있는 생각은 있었다. 하지만 다카코에게 말하기는 망설여졌다. 그는 어쩌면 다카코가 자신과 같은 생각을 갖고 있는 것은 아닐까 싶어 주의 깊게 살폈다. 하지만 자신 있는 결과는 얻을 수 없었다.

"글쎄요, 저는 잘 모르겠지만."

소에다는 우선 타당한 대답을 했다.

"어머님은 어떤 의견이신지요?"

"사사지마 선생님의 데생을 이분이 갖고 계시다는 말은 사실일 것 같아요."

그녀는 비교적 냉정하게 말했다. 그 대답에는 소에다도 동감이었기 때문에 고개를 끄덕였다.

"저는 이분이, 이 편지에 씌어 있는 것처럼 구미코의 데생을 돌려주고 싶은 마음에서 편지를 쓰셨다고 생각해요. 다만 구미코에게 직접 건네주고 싶으신 거겠지요. 그래서 우송이라는 방법을 택하지 않으신 거예요. 교토에서, 라는 건 이 편지에 나와 있는 대로 도쿄를 떠나 교토로 가야 했던 사정이 있었기 때문일 것 같아요."

"그렇다면 어머님, 이 사람은 어째서 자신에 대해서 편지의 수취인에게 소개하지 않는 걸까요?"

"뭔가 사정이 있었던 게 아닐까요?"

"사정이라면?"

소에다는 다카코의 얼굴을 응시했다. 소에다는 그 시선에 스스로도 어떤 잔혹함을 느끼고 있었다.

"잘 모르겠지만."

다카코는 눈을 내리깔며 대답했다.

"사사지마 선생님이 돌아가신 사정과, 이분이 뭔가 관계가 있었던 게 아닐까요. 어떤 관계가 있었느냐고 물으셔도 대답하기는 곤란하지만, 어쨌든 그게 이분이 이런 방법을 택할 수밖에 없었던 이유일 것 같아요."

"물론 이 야마모토 지요코 씨라는 이름을 여기 계시는 분들이 아무도 모른다는 건 본인도 알고 있을 겁니다. 게다가 이 편지는 전부 타이프라이터로 친 거잖아요. 여기가 외국이거나, 사무상의 편지라면 모르겠지만 이런 개인적인 편지를 타이프라이터로 치는 것도 이상하지 않습니까."

"이상하죠. 하지만 그건 역시 이분의 특수한 사정이라는 조건 속에서 생각하고 싶어요. 저는 구미코가 이분을 만나면 구미코에게 뭔가 좋은 일이 있을 것 같은 기분이 들었어요."

소에다는 깜짝 놀라서 다시 다카코의 얼굴을 보았다. 하지만 역시 그녀의 표정에는 특별한 변화가 나타나 있지 않았다.

"구미코 씨에게 좋은 일이라면, 어떤 일일까요?"

소에다는 슬쩍 침을 삼켰다.

"모르겠어요. 그냥 어렴풋이 그렇게 생각했을 뿐이에요. 인간은 그런 덧없는 데에 희망을 거는 법이지요."

소에다는 다카코의 눈을 보았다. 그녀의 눈도 소에다를 마주 보고 있었다.

소에다는 숨을 죽였다. 그러나 시선을 먼저 뗀 쪽은 다카코였다.

"그래서 어머님은."

소에다는 목소리를 낮추어 물었다.

"구미코 씨를 혼자서 교토로 보내신 겁니까?"

다카코는 복잡한 표정을 했다.

"역시 이건 경시청 쪽에 상의하는 게 좋을 것 같아서 이 편지에 대해 경찰에게 이야기했어요. 그 경찰도 이걸 읽고, 자기도 같이 가겠다더군요."

"네? 경찰이? 그럼 경찰이 구미코 씨와 같이 있습니까?"

"네."

다카코는 고개를 숙였다.

"실은 경찰 쪽에는 신고하고 싶지 않았지만, 조카 세쓰코가 남편한테 이 편지에 대해 말한 모양이에요. 그랬더니 조카사위가, 아시다시피 그 사람은 어느 대학의 조교수로 있는데 매우 걱정하면서 역시 경찰에 말하는 편이 구미코를 위해서 좋다고 주장해서 그렇게 된 거예요."

"그건 실수 같은데요."

소에다는 저도 모르게 소리쳤다.

"구미코 씨에게 경찰관을 붙인 건 실수입니다."

"저도 그렇게 하고 싶지 않았지만 조카사위가 아무리 해도 말을 듣지 않았어요. 만일 구미코에게 무슨 일이 생기면 어떻게 할 거냐면서요."

"하지만 어머님. 이 편지를 보낸 사람은 구미코 씨에게 아무런 위험도 끼치지 않을 것 같은데요."

"저도 그렇게 생각해요. 하지만 지금 말씀드린 사정 때문에 결과적으로 이렇게 되었죠."

"그 경찰관은 이름이 뭔가요?"

"스즈키 경위라고 해요. 이분은 사사지마 선생님의 사인에 아직 의혹을 갖고 있는 모양이에요."

"사사지마 화백의 죽음은 과실사로 결정된 게 아니었습니까?"

"스즈키 씨만은 혼자서 완고하게 다른 생각을 갖고 있더군요. 구미코가 사사지마 선생님 사건으로 스즈키 씨를 알고 있었기 때문에 편지도 보여 드린 거예요. 그랬더니 스즈키 씨가 구미코를 따라가 주겠다는 말을 먼저 꺼내더군요. 거절할 수가 없었어요."

다카코는 얼굴을 숙였다.

"게다가 스즈키 씨도 우리의 마음을 잘 헤아려서, 그냥 교토까지 따라갈 뿐이고 현장에는 절대로 함께 가지 않겠다고 약속했어요. 이 편지에도 현장에 따라오지만 않으면 상관없다고 되어 있었기 때문에 얼결에 받아들인 거예요."

다카코가 믿는 것처럼 과연 스즈키 경위는 구미코와 난젠지에 함께 가지 않을까? 아니. 그는 반드시 구미코가 만나는 상대를 확인하러 갈 것이다. 그럴 생각으로 교토까지 동행하겠다고 나선 것이다.

물론 스즈키 경위는 누구의 눈으로 보아도 알 수 있도록 구미코와 함께 현장에 가지는 않으리라. 그러나 상대가 그 미행을 알아차리지 못할까?

소에다는 어제 도쿄에 없었던 것에 새삼 후회가 들었다. 구미코가 그 상대를 만나는 날이 오늘이다. 소에다는 시계를 보았다. 한 시였다. 그렇다. 이 시간이 편지가 지정한 만남의 최종 시간이다.

소에다는 회사로 돌아갔지만 일에 집중할 수가 없었다. 두세 개의 짧은 기사를 썼을 뿐이다. 생각은 걸핏하면 교토에 가 있는 구미코를 향했다.

"소에다 군."

부장이 불렀다.

"자네, 하네다로 좀 가주지 않겠나, 지금 두시 반인데."

"예, 무슨 일인지요?"

소에다는 부장이 손이 비어 있는 자신을 발견하고 심부름을 시키는 거라고 생각했다.

"네시 전에 국제선 SAS기가 도착할 걸세. 그 비행기로 국제회의에 참석했던 야마구치 대표가 돌아오지. 뭐, 별로 기삿거리도 없겠지만 일단 이야기를 좀 듣고 와 주게."

"예, 알겠습니다. 사진기자를 데려갈까요?"

부장은 생각에 잠겼다가 "아아, 아무나 좋으니 데려가게" 하고 가볍게 말했다.

부장도 그다지 중요하게는 여기지 않는 것이다. 이런 일을 할당받은 소에다는 침울해졌다.

그는 곧 젊은 사진기자와 함께 차를 타고 하네다로 향했다.

공항에 도착하자 SAS기의 도착 예정이 한 시간 늦어진다는 것을 알 수 있었다.

"어쩔 수 없지. 차라도 마실까."

소에다는 젊은 카메라맨을 데리고 국제선 로비의 매점으로 들어갔다.

"공항도 국제선에 오면 좀 호방해지네요."

카메라맨이 말했다. 주위에는 외국인이 많다. 넓은 대합실은 사치스럽고 국제적인 여행의 분위기가 떠돌고 있었다.

소에다는 젊은 카메라맨이 뭔가 말을 걸려고 해도 대꾸하지 않고 혼자 생각에 잠겨 있었다.

—구미코는 과연 편지를 보낸 수수께끼의 여성을 만났을까.

카메라맨은 지루해했다.

"아직도 한 시간이나 남았어요."

"어쩔 수 없지. 비행기 연착이라면 방법이 없어."

소에다가 앉아 있는 곳에서 유리가 쳐진 문 너머로 로비의 일부가 보였다. 이때, 소에다는 한 무리의 신사들 사이에서 낯익은 얼굴을 발견했다.

외무성 유럽아시아국의 ××과장, 무라오 요시오였다.

무라오는 외무성의 다른 공무원들과 함께 담소하고 있었다. 옆얼굴은 외국인처럼 불그스레하고 하얀 백발이 구석구석까지 손질되어 있다. 외무성의 공무원들도 국제회의에서 돌아오는 대표를 마중 나와 있는 것 같았다. 소에다는 무라오와 만났을 때의 기억을 그 단정한 얼굴에 겹쳐 보았다.

안내방송은 SAS기의 도착이 더욱 늦어진다고 알렸다.

겨우, 늦어진 SAS기가 도착했다. 북유럽의 도시에서 열린 국제회의에 출석했던 일본 대표가 트랩에서 손을 흔들며 내려왔다.

뚱뚱한 백발 남자다. 전직 대사를 지냈지만 그 후 왠지 모르게 불우한 길을 걸은 사람으로, 그 관록 때문에 그다지 눈에 띄지 않는 국제회의에 자주 대표로 보내진다.

외무성의 공무원들이 그 선배를 맞이하며 인사한다. 무라오 요시오 과장도 대표 앞에서 인사하고 있다.

그렇게 중요하지 않은 국제회의였기 때문인지 마중하러 나온 국장들도 그냥 의례적인 표정이다.

소에다는 대표에게서 인터뷰를 딴 후에 무라오 씨를 만나 봐야겠다는 마음이 들었다. 전에 외무성에 찾아갔을 때는 냉담한 대접을 받았지만, 여기에서 한번 말을 걸어 보고 그에게서 반응을 끌어내 봐야겠다고 생각했다. 무라오 과장은 노가미 겐이치로의 죽음의 진상을 알고 있는 사람 중 한 명이다.

노가미의 죽음에 대한 소에다 나름의 생각이 꽤 굳어지기 시작했다. 소에다는 무라오에게 물어볼 말을 머릿속에서 정리하고 있었다. 물론 상대방이 정직하게 이야기할 리는 없다.

그렇게 되면 이쪽이 하는 말에 무라오 과장이 어떻게 반응을 보이느냐가 중요하다. 말하자면 상대의 심리를 시험해 보는 것과 같다. 말을 하나 꺼내고, 상대에게서 연상되는 말이나 반대되는 말을 끌어낸다. 상대방은 이쪽이 알고 싶은 것과는 반대되는 말을 할 것이 틀림없으니 이것을 되풀이해 나가고, 거기다 상대가 대답을 할 때의 표정 변화를 주의 깊게 본다. 이렇게 하면 대충 정직한 대답을 얻을 수 있을 듯한 기분이 든다.

외무성 사람들이 대표와 담소하는 모습을 바라보면서 소에다는 질문을 가다듬었다.

인사는 끝났다.

중요하지 않은 대표를 맞이하는 신문사 측도 냉담했다. 신문사는 소에다의 회사 외에는 네다섯 군데 정도밖에 오지 않았다. 하지만 어쨌든 공동 기자회견을 하게 되었다. 장소는 공항 로비에 있는 특별실이다.

소에다는 대표의 이야기 따위는 듣고 싶지 않았다. 그것보다도 무라오를 빨리 만나고 싶었다. 국장 일행은 대표와 신문기자단의 회견이 끝날 때까지 대합실 소파에 모여서 기다리고 있다.

대표의 이야기는 기사로 쓰지 않아도 될 것 같은 의미 없는 것이었다. 본인은 기분이 좋아져서 회의의 경과 따위를 늘어놓고 있다. 하지만 그것은 국제 정세에 아무런 영향도 없는 말들뿐이었다.

소에다는 적당히 흘려들으면서 메모를 했다. 어차피 길게 써도 신문에 나갈 때는 대여섯 줄로 정리될 것이 틀림없다.

그러나 대표 쪽은 열심이었다. 출석한 각국 대표들의 세평까지 했다. 회견은 십 분으로 정해져 있었는데 그 시간을 넘긴 쪽은 대표였다. 스스로는 자신을 국제적인 화려한 무대에 서 있는 '잘나가는 인사'로 여기는 모양이다. 한때는 그런 적도 있었으니 이해 못할 바는 아니다.

다른 회사의 기자가 질문까지 했다.

소에다는 도중부터 자리를 빠져나가 무라오 과장이 있는 곳으로 가 보고 싶어졌다. 하지만 대표가 이 방에서 나갈 때까지 무라오 과장도 다른 국장들과 함께 로비에서 기다리고 있을 터였다. 게다가 혼자 빠져나가서 무라오 과장에게 가면 다른 국장들 앞이기도 하니 눈에 띌 테고, 상대방이 경계할 것이 틀림없다. 소에다는 지루한 대표의 담화를 견뎠다.

겨우 이야기가 끝났다. 일동은 특별실을 나왔다.

대표는 국장들이 기다리고 있는 곳으로 돌아갔다. 신문기자들은 볼일이 끝났기 때문에 각자 아래층 현관 쪽으로 내려갔다.

소에다는 카메라맨에게 볼일이 좀 남아 있다고 말하고 먼저 돌려보냈다.

"회사 차는 자네가 써도 돼. 나는 택시라도 타고 갈 테니까."

대표는 마중 나온 무리에게 에워싸여 시끌벅적한 분위기를 만들며 넓은 계단을 내려가고 있었다.

소에다의 눈은 무라오 과장의 모습을 좇았다.

하지만 그의 모습이 보이지 않았다.

일행은 열두세 명 정도다. 국장 외에도 국장을 수행해서 온 듯한 사무관도 함께 있다. 그중에 특징 있는 무라오의 얼굴이 보이지 않는다.

무슨 볼일이 있어서 무라오 과장만 어딘가에 남아 있다가 일행의 뒤를 쫓아가는 것일까 하고 주의 깊게 보았지만 그렇지도 않았다. 일행은 이미 현관으로 완전히 내려가 대기하고 있던 차가 다가오기를 기다리고 있다.

소에다는 사무관 중 한 명에게 물었다.

"무라오 과장님은 안 계십니까?"

젊은 사무관은 소에다가 신문기자임을 알고 찾아봐 주었다.

"이상하네. 안 계시네요."

"아까는 계셨던 것 같은데요."

"맞습니다. 어디로 가신 거지?"

그 사무관은 다른 사무관에게도 물어봐 주었다. 그러나 질문을 받은 사무관도 모르는 것 같았다.

"이상하네요."

사무관도 의아하게 여겼다.

"분명히 아까까지 계셨는데요."

사무관이 동료 두세 명에게 물어봐 주었지만 아무도 몰랐다.

그러다가 일행은 몇 대의 차에 우르르 올라탔다.

그때 일행 가운데 한 명으로부터 겨우 답을 들을 수 있었다.

"무라오 과장님은 개인적인 볼일 때문에 먼저 돌아가셨습니다."

소에다는 당했다고 생각했다. 대표의 시시한 이야기를 듣는 것을 조금 더 일찍 마무리했어야 했다. 마침 좋은 기회였는데 아까운 짓을 했다.

무라오 과장은 개인적인 볼일이 있다고 했다지만 그냥 도중에 빠져나가서 집에 간 것 같다.

그러나 소에다가 국제선 로비에서 아래층에 있는 국내선 대합실로 내려갔을 때 생각을 바꿨다. 마침 오사카행 여객기가 출발하려는지 장내에서 안내방송을 하고 있었다.

기다리던 탑승객들이 일어서서 게이트 쪽으로 모이고 있다. 개찰이 시작되자 번호순으로 들어간다.

소에다가 있는 곳과 탑승객들 사이에는 상당한 거리가 있었다. 소에다가 혹시나 하고 생각한 것은, 그 사람들을 보고 나서 든 직감이었다.

소에다는 그쪽으로 다가갔다.

선두에 선 손님들은 이미 비행기가 서 있는 쪽으로 차례차례 걸어가고 있었다. 하기야 필드로 나가려면 구부러진 복도를 지나야 한다. 소에다는 자신의 직감이 지나치게 잘 들어맞아서 깜짝 놀랐다. 탑승객 사이에 무라오 과장의 모습이 있었기 때문이다.

무라오 과장은 혼자 비행기 쪽으로 향하고 있었다.

소에다가 보고 있는 동안 그 모습은 멀어지고 필드를 비춘 조명등 불빛 속에서 분간을 할 수 없게 되었다.

개인적인 볼일이 있어서 중간에 자리를 뜬 줄 알았던 무라오 과장이 실은 오사카행 비행기를 탄 것이다. 그냥 가벼운 볼일로 먼저 돌아간 줄 알았는데 좀 의외였다. 하기야 도쿄에서 오사카까지 비행기로 가도 그렇게 대단한 일은 아닐지도 모른다. 하지만 함께 있던 사무관들도 무라오 과장의 이후 행동을 몰랐던 것을 생각해 보면, 소에다에게는 무라오 과장의 오사카행이 상당히 기묘한 행동으로 비쳤다.

13

구미코가 묵은 숙소는 기온교토의 야사카 신사 부근을 일컫는 말. 교토의 정서를 대표하는 유흥가이다의 뒷골목에 있었다. 이곳에는 비슷비슷한 여관이 여러 개 늘어서 있다. 바로 옆이 고다이지萬台寺라는 절이었다.

교토 집들의 특징대로 입구는 좁지만 내부는 길었다. 기둥이 철단으로 칠해져 있는 것도 이 지역의 특징이다.

구미코는 아침에 종소리를 듣고 일어났다. 묵고 있는 방이 안쪽이라, 절의 본당과 바로 맞은편이었다.

절의 지붕 위로 산 끝자락이 살짝 보인다. 아침 여덟시가 넘어서까지 서리가 앉아 있다.

편지에는 정오라고 지정되어 있었지만 오전 열한시부터 오후 한시까지 기다리겠다는 단서가 붙어 있었다.

구미코는 열한시 정각에는 갈 생각이었다.

"난젠지는 차로 가시면 십 분 정도 걸려요."

담당 종업원이 가르쳐 주었다.

—그나저나 묘한 편지였다. 편지를 보낸 사람은 사사지마 화백이 그린 구미코의 데생을 갖고 있다고 했다. 죽은 화백에게서 그것을 어떻게 입수했는지는 밝히지 않았다. 그러나 부정한 방법은 아니라고, 그 글은 단언했다.

데생을 직접 구미코에게 건네주겠다고 한다. 편지를 보낸 야마모토 지요코라는 이름은 물론 들어본 적이 없다.

처음에 구미코는 이 여성과 사사지마 화백이 특별한 관계였고, 데생도 그런 이유로 갖고 있을 거라고 생각했다. 화백이 죽었기 때문에 대작을 위해 그렸던 데생이 필요 없어져서, 그것을 당사자에게 돌려주려는 것이라고 생각했다.

하지만 그렇게 단순하게 생각하기에는 앞뒤가 맞지 않는 점이 많다. 편지를 보낸 사람은 도쿄 사람인지 교토에는 여행 가는 거라고 씌어 있다. 그러나 굳이 구미코를 여행 가는 곳까지 불러낼 필요는 없을 것이다. 무엇보다도 이상한 점은 사사지마 화백은 수면제 과다 복용으로 갑자기 사망했으니 화백이 그 사람에게 데생을 건넬 시간이 없었으리라는 것이다.

전시회에 내놓기 위한 작품이 완성되기 전이니 화백이 생전에 데생을 다른 사람에게 줄 이유도 없다. 그 소묘는 화백 본인이 마음에 들어 했던 것이다. 아니, 그뿐만 아니라 화백은 계속해서 그리고 싶어 했다. 만일 필요하지 않았다면 구미코가 아틀리에에 다니는 것을 거절했을 것이다.

더 기묘한 점은 데생이 어떤 이유로 입수됐는지는 별도로 하더라도 만일 구미코에게 돌려줄 호의가 있었다면 우편으로 보내면 되는데 그러지 않았다는 것이다. 편지에서는 구미코에 대한 호의를 강조했지만 어느 모로 보나 부자연스러웠다.

편지를 직접 쓰지 않고 타이프라이터로 쳤다는 점도 이상하다. 관청이나 회사에서 사무용으로 보내는 편지가 아니다. 개인이 개인에게 보내는 편지다. 그것을 일부러 타이핑한 것도 평범하다고는 할 수 없다. 상대는 개인적인 편지에도 늘 타이프라이터를 사용하는 것일까.

여러 가지 수상한 점에도 불구하고 구미코가 스스로 교토에 온 까닭은, 자신이 그려진 데생을 되찾고 싶기도 했지만 왜 그것이 화백이 죽기 직전에 사라졌는지를 알고 싶었기 때문이다.

화백이 데생을 다른 사람에게 넘겨줄 리가 없다면 데생은 화백이 죽고 나서 그 사람이 손에 넣었다는 뜻이 된다. 평범한 수단으로 손에 넣은 것은 아닐 듯하다.

왜냐하면 화백은 그 집에 혼자였기 때문이다.

이렇게 생각하면 사라진 여덟 장의 소묘는 그 사람이 멋대로 가져갔다고 할 수 있다. 그래서 편지를 보낸 야마모토 지요코와 화백이 특별한 관계가 아니었을까 하고 짐작한 것이다. 구미코가 모델이 되어 그 집에 다니는 동안에, 화백은 고용한 가정부조차도 오지 못하게 했다. 구미코가 없는 동안 야마모토 지요코라는 여자가 혼자서 화백의 집에 갔어도 다른 사람은 알 수 없는 것이다.

그 사람이 왜 자신의 데생을 화백에게서 가져갔는지 알고 싶다.

구미코는 사사지만 화백이 급사했다는 사실을 아직 납득할 수가 없었다. 물론 그 시체는 해부되었고 수면제 과다 복용이 사인임은 분명하다.

하지만 아무래도 그녀는 화백의 급사가 자연스럽지 못한 것 같은 기분이 든다.

어머니는 구미코가 교토에 가는 것을 반대하지 않았다. 사촌언니 아시무라 세쓰코도 어머니의 의견에 찬성했다.

그러나 교토에는 구미코 혼자서 온 것이 아니었다. 편지에는 교토까지는 누군가 함께 와도 좋지만 난젠지의 산문 부근에는 혼자서 와 달라고 적혀 있었다. 이것도 상식적으로 생각하면 납득이 가지 않는 일방적인 지시다.

상대방은 구미코와 단둘이 만나고 싶어 한다. 여기에 불안을 느낀 이는 세쓰코의 남편 아시무라 료이치였다. 그는 경시청의 스즈키 경위에게 이야기하는 편이 좋겠다고 주장했다. 남편의 의견에 세쓰코가 우선 따르고, 어머니가 납득했다. 본의는 아니었지만 스즈키 경위가 구미코와 교토의 숙소까지 함께 온 것도 그런 과정을 거쳤기 때문이다.

스즈키 경위와는 같은 숙소에 투숙했다.

경위는 구미코를 배려해서 가능한 그녀와 만나지 않도록 하고 있다. 하지만 같은 숙소에서 경시청의 경관이 자신을 감시하고 있다고 생각하면 유쾌하지 않았다. 경위는 자신을 위험으로부터 지키는 역할이지만, 이쪽의 입장에서 생각하면 자유를 속박당하고 있는 셈이다. 스즈키 경위는 사사지마 화백이 사망했을 때 입회했던 사람으로, 구미코는 그에게 사정에 대한 질문을 받은 적이 있다. 그때 구미코가 받은 경위의 인상은 나쁘지 않았다. 열심히 일하는 사람이라고 감탄했을 정도다. 사사지마 화백이 과실사임을 알고서도 매우 꼼꼼하게 조사했다.

하지만 친지들의 권유나 경위 본인의 호의가 있다고 해도 이 '호위'는 고마운 한편으로 귀찮았다. 물론 경위도 편지의 내용을 전부 알고 있다. 수첩에 옮겨 적었으니까.

실제로 경위는 오늘 아침부터 두 번인가 종업원을 불러 구미코가 몇 시에 숙소를 나가는지 물었다.

"저는 결코 아가씨에게 폐가 되는 일은 하지 않을 겁니다. 이 편지에서 지시한 대로, 여기에서 난젠지에서 돌아오시기를 기다리겠습니다. 절대로 현장까지는 가지 않을 테니 안심하세요."

구미코는 편지대로 행동하고 싶었다. 그래서 경위에게는 숙소에 남아 있어 달라고 간절하게 부탁했다. 경위도 쾌히 승낙해 주었다.

열시 반이 되자 구미코는 택시를 숙소로 불러 달라고 부탁했다. 스즈키 경위에게도 그렇게 하겠다고 말해 두었다. 편지에는 정오라고 되어 있지만 상대는 열한 시부터 한시까지 두 시간이나 그녀를 기다려 주는 것이다.

게다가 조금이라도 빨리 야마모토 지요코라는 사람을 만나서 사정을 물어보고 싶었다. 일부러 여기까지 불렀으니 상대방이 냉담할 리는 없다. 편지에도 나와 있는 것처럼 그녀에게 호의를 갖고 있다면 더더욱 그랬다.

그 사람을 만나서 들을 이야기에 구미코는 기대를 걸고 있었다.

"차가 왔어요."

여종업원이 알려 주었다.

안쪽에서부터 이어지는 긴 복도를 걷고 있자니 스즈키 경위가 뒤에서 말을 걸었다.

"지금 나가십니까?"

스즈키 경위의 방은 아래층이었다. 그 앞을 지나칠 때였다. 경위는 아직 숙소의 단젠을 입고 있었다.

"다녀올게요."

구미코는 가볍게 머리를 숙였다. 자기가 부탁한 것은 아니지만 역시 경위의 고생에 감사하는 마음이었다. 구미코는 그가 아직 숙소의 단젠을 입고 있어서 안심이 되었다.

"다녀오세요."

경위는 침착하게 미소를 짓고 있었다.

구미코는 종업원의 전송을 받으며 차에 올라탔다.

차는 마루야마 공원 옆을 지나 아와타구치에서 게아게 쪽으로 나갔다. 길은 조용하고 커다란 사원들만이 이어져 있다.

게아게에서부터 넓은 길이 내리막길이 되고 수로가 그 길을 따라 나 있었다. 사람도 차도 적은 길이다. 히가시야마 산의 산자락이었다.

작은 다리를 건너면 거기에서부터가 난젠지의 경내였다. 역시 숙소에서 십 분 정도 걸렸다.

갑자기 나무가 많아졌다. 숲 사이로 낸 것 같은 길을 조금 올라가서, 차는 멈추었다.

"여기가 산문입니다."

구미코는 거기에서 차를 돌려보냈다.

길의 막다른 곳이 방장인지, 양쪽에서 튀어나온 나무 덤불 사이로 하얀 벽이 보였다. 왼쪽의 소나무 숲 속에 오래된 산문이 있다. 오른쪽은 하얀 벽이 정면까지 길게 이어져 있는 것이, 이 난젠지의 별원別院인 듯했다.

편지의 지정 장소는 산문 부근이었다. 구미코가 둘러본 바로는 아무도 없었다. 단 한 사람, 청년이 커다란 개와 놀고 있다.

시계를 보니 아직 열한시였다. 구미코는 오솔길에서 산문 쪽으로 걸어갔다. 소나무 숲으로 되어 있고 대부분이 적송이다. 아래에는 키 작은 식물이 무리 지어 있었다.

정오에 가까운 시간이었지만 빛은 약했다. 가을이기 때문이다. 태양 빛은 소나무 숲 사이로 새어 들어와 풀과 하얀 땅 위에 명암의 반점을 만들고 있었다.

여기에서 보면 산문의 지붕도 처마도 덮쳐들 듯이 크다. 빛의 가감 때문에 역광이 되어, 어두운 부분에 복잡한 공포栱包가 높이 달려 있었다. 건물은 낡아서 거무튀튀하다. 그 때문인지 가까이 가니 지저분해 보인다. 나무 표면도 거칠게 갈라져 있다. 가부키에 나오는 이시카와 고에몬전국시대 제일의 도둑. 분로쿠 3년(1594)에 사로잡혀 외아들과 함께 팽형에 처해졌다. 가부키 〈산몬고산노키리〉에서, 난젠지에 은신한 이시카와 고에몬이 산문을 바라보며 "절경이로다, 절경이로다" 감탄하는 구절이 유명하다 무대의 주칠을 한 장치에서 상상해 보았을 때, 일치하는 것은 건축물의 크기뿐이었다.

구미코는 산문이 올라가 있는 돌 기단에 서 있었다. 역시 아무도 오지 않는다. 반대쪽 소나무 숲 맞은편에서 이야기 소리가 나고 있었지만 스님의 목소리였다. 조용했다.

돌계단을 올라갔다 내려갔다 했다. 소나무 숲 속에도 들어가 보았다. 상대방이 장소를 산문 부근이라고 지정했으니 이곳에서 멀리 가지 않으면 양쪽 다 알아볼 수 있을 것이다.

산문에서 안쪽을 보니 정면이 법당이었다. 구미코는 심심해져서 그 앞으로 갔다. 짧은 돌계단을 올라가면 바로 법당 입구다. 들여다보니 어두운 정면에 금동불 세 개가 희미한 빛을 받으며 빛나고 있다. 양쪽에 굵은 기둥이 있고 선종의 문구가 대칭을 이루며 걸려 있었다. 바닥의 포석 위에 높은 스님이 앉는 듯한 곡록옛날 의자의 일종. 법회 때 승려가 사용하며 등받이가 둥글고 다리는 X자로 교차된다이 보인다. 옆에 다다미가 있고 그 위에도 스님의 의자가 있었다. 밝은 바깥에서 들여다보아서인지 모르겠지만 으스스한 장엄함이 느껴진다.

이때 훨씬 뒤쪽에서 시끌벅적한 목소리가 났다.

구미코가 돌아보니 남자 열네다섯 정도가 산문 쪽으로 다가가는 중이었다. 여자는 한 명도 없다.

구미코는 법당을 떠나 북쪽으로 돌아갔다. 거기에도 차로 왔을 때와 비슷한 길이 있다. 역시 똑같은 하얀 담이 이어지고 여러 개의 지붕이 엿보였다. 삼층탑까지 있었다.

많은 관광객은 산문을 올려다보기도 하고 기둥을 손으로 두드려 보기도 하다가 이윽고 한 사람이 일행을 한 줄로 세우고 카메라로 기념촬영을 했다.

그런 광경을 걸음을 늦추면서 멍하니 보고 있는데 소나무 숲 맞은편에서 여자의 모습이 나타났다. 구미코는 흠칫 놀랐다. 시계를 보니 열두시가 되기 오 분 전이다.

구미코는 그쪽을 응시했다. 젊은 여자였다. 하지만 혼자는 아니었다. 남자가 서둘러 다가와 여자와 나란히 섰다.

야마모토 지요코에 대해서는 나이는 물론 아는 바가 전혀 없다. 다만 그녀가 혼자 올 거라고 믿고 있던 구미코는, 그렇구나, 다른 일행이 있을 수도 있겠다고 생각을 고쳤다.

구미코는 자신의 모습을 상대방이 쉽게 알아볼 수 있도록 산문 쪽으로 다가갔다. 단체손님들은 촬영을 마치고 법당 쪽으로 가고 있다.

여자는 남자와 함께 높은 산문을 올려다보고 있었다. 거기에 서 있는 구미코가 눈에 들어올 텐데 전혀 주의를 기울이지 않는 듯했다. 남녀가 방장 쪽으로 멋대로 걸어간다.

아니었다.

구미코는 가볍게 실망했다.

붉은 소나무 줄기에 닿는 빛이 변하기 시작했다. 빛의 가감도 약간 강해진 것 같다. 벌써 열두시가 지났다.

푸른 숲 부분을 제외하면 지면에는 전부 하얀 모래가 깔려 있고 모래는 강해진 햇빛을 받아 눈이 부실 정도다. 그 하얀 지면 위에 산문 지붕의 그림자가 크게 드리워지고 있다.

구미코는 점점 지루해지기 시작했다. 그러나 심장은 숨 막히게 두근거리는 묘한 상태였다. 구미코는 차에서 내린 곳으로 다시 돌아갔다. 거기에서 본 산문은 소나무 가지가 얽혀 있어서 아름답다. 오래된 등롱 하나가 나무 그늘에 가라앉아 있다.

길 한쪽의 하얀 담 안은 비구니절처럼 우아한 생김새였다. 문을 들여다보니 '쇼인안正因庵'이라는 편액이 있었다. 담을 따라 좁은 고랑이 있고 물이 희미한 소리를 내며 빠르게 흐르고 있다.

이때 아래쪽에서 자동차가 올라왔다. 택시가 아니라 훌륭한 외제차다. 한 대가 아니라 세 대가 계속해서 오고 있다.

구미코가 바라보고 있자니 옆을 지나갈 때 차창 너머로 보인 사람은 외국인뿐이었다. 다음 차도, 그다음도, 세 대 모두 외국인이었다. 여자의 불타는 듯한 붉은 머리카락이 차창 속으로 보였다.

교토에 온 외국인 관광객이 난젠지를 구경하러 온 모양이다. 세 대의 차는 곧장 나아가 여기에서는 하얀 벽밖에 보이지 않는 방장 앞에 멈추었다.

구미코는 다시 원래 온 길을 돌아보았지만 걸어오는 이의 모습은 보이지 않았다. 하얀 길이 내리막길을 이루고 양쪽에 튀어나와 있는 우거진 잎만이 푸르다.

시계를 보니 열두시 사십분이다. 편지에서 지정한 정오가 지났다. 그렇긴 해도 편지에서 단서를 둔 오후 한시까진 이십 분이 남았다.

사람을 기다리는 것이 아니라면 꽤 즐거운 구경이었다. 오래된 절이고, 유서도 깊다. 적송 숲도 가을 햇빛 아래에서 차분한 풍경을 만들고 있다. 조용하기 짝이 없다.

편지가 장난일 거라고는 생각되지 않는다. 야마구치 지요코는 반드시 올 것이다. 하지만 상대방 쪽이 혹시 먼저 와 있을지도 모른다고 믿고 있던 구미코는 한없이 기다리는 것에 그제야 불안이치밀었다.

문득 보니 아까 그 외국인 관광객들이 방장 쪽에서 산문 쪽으로 걸어가고 있었다. 남자와 여자였는데 외국 부인이 입고 있는 원색의 화려함이 이 수수한 단색 속에 갑자기 밝고 강한 악센트를 주었다. 외국인은 열 명 정도 있었다. 통역이 붙어 있고 뭔가 가리키면서 설명하고 있다. 부인들의 갈색이나 황갈색 머리카락이 푸른 소나무 숲 속에 물감 방울을 떨어뜨린 것 같았다.

관광객은 없지만 스님만은 절 주위를 돌아다니고 있다.

여전히 오가는 사람이 없다. 구미코는 한 곳에만 서 있는 것이 이상하게 여겨질 듯해 다시 산문 쪽으로 움직였다. 외국인 관광객이 산문을 지탱하고 있는 굵은 기둥에 흥미가 생긴 모양이다. 기둥은 오랫동안 비바람을 맞은 끝에 나뭇결만을 철사처럼 내밀고 있었다.

가이드가 영어와 프랑스어로 설명했다.

외국인 관광객들은 대개 나이가 좀 있는 사람이 많았다. 그중에는 머리가 하얀 사람도 섞여 있다. 부인들은 모두 부부 동반인 모양이다. 이쪽도 젊은 사람들은 아니다. 나이를 먹고 나서 재미로 세상을 보러 다니는 사람들인 것 같았다. 그러고 보니 다들 조용하다. 가이드의 설명을 들으며 자신의 눈으로 확인하듯이 오랫동안 산문을 바라보거나 기둥을 어루만지곤 했다.

혼자 있는 구미코가 외국인들의 눈길을 끌었는지 그들은 그녀를 보며 수군거렸다. 구미코는 얼굴이 빨개져서 일행으로부터 멀어졌다. 자연히 다른 쪽의 긴 담장 쪽으로 걸음을 옮겼다. 길이가 긴 건물이었는데 스님들이 많이 있는 것을 보면 아무래도 승당인 모양이다.

이곳으로 위치를 옮겨도 시야에 변함없이 산문이 들어왔다. 야마모토 지요코라는 부인이 오더라도 놓치는 일은 없을 것이다. 외국인들도 산문을 떠났다. 방장 쪽으로 돌아간 모양이다. 차는 아직 그 자리에 세워져 있다.

주위는 다시 사람이 없는 원래의 풍경으로 돌아갔다.

하얀 모래 위에 드리워진 커다란 지붕의 그림자가 길어졌다.

사람이 왔다. 하지만 남자였다. 그것도 고등학생으로 카메라를 메고 있다.

구미코가 보고 있는 앞에서 학생은 산문 정면에서 사진을 찍기도 하고 옆으로 돌아가서 대각선으로 찍기도 했다. 구도 때문에 고심하고 있는지 끊임없이 돌아다녔다. 학생도 거기에 있는 구미코를 무시했다.

학생이 떠나고 나서 그 후로 이곳에 온 사람은 아이를 데려온 가족뿐이었다.

시간은 오후 한시를 지났다.

이제 오지 않을 것이다―.

상대는 정오라고 시간을 정해 두고 앞뒤로 한 시간씩 폭을 둘 정도로 신중했다. 구미코를 이곳에 부르는 데 신경을 썼음도 알 수 있다. 일방적인 약속이니 두 시간이라는 여유를 만들어 준 것이다. 그것만 보아도 그 편지가 엉터리가 아님을 알 수 있다.

그런데 오지 않았다.

구미코는 상대가 반드시 올 거라고 생각하고 있었다. 자신이 말해 둔 시간 내에 오지 않은 것을 보면 그 사람에게 늦을 만한 사정이 생긴 것일까, 하고 오히려 이쪽에서 쓸데없이 신경을 쓰고 싶을 정도다.

구미코는 한시 반이 되어도 그곳에서 떠나지 못했다. 자신이 돌아간 후에 금세 상대가 올 것만 같아서, 상대가 약속을 여겼다고 하여 당장 돌아갈 마음은 들지 않았다. 일부러 도쿄에서 여기까지 오기도 했고 사사지마 화백에게서 데생을 빼앗은 경위를 꼭 듣고 싶었다.

하지만 아무리 그래도 구미코의 눈은 변화 없는 풍경에 질렸다. 그녀는 방장 앞으로 발길을 옮겼다. 여기에서도 산문이 보였다. 차는 아직 세워져 있다. 구미코는 난젠지의 정원이 일본에서 손꼽히는 훌륭한 정원임을 떠올렸다.

구미코는 이제 야마모토 지요코가 오지 않을 것이라고 포기하고 있었다.

모처럼 여기까지 왔으니 구미코는 접수처에 관람료를 지불하고 안으로 들어갔다.

그녀는 어둑어둑한 긴 복도를 걸었다. 길이 화살표로 표시되어 있다. 순서대로 걸어가니 양옆으로 삼나무 문이 이어져 있는 곳을 지나게 되었다. 방장의 안뜰로 나오자 갑자기 밝아졌다. 그 정원이 이 절의 명물이었다.

쓰이지 담을 등지고 자연석이 배치되어 있다. 료안지龍安寺의 정원에는 돌밖에 없었지만 이곳에는 나무와 풀도 있었다. 직사각형 모양의 정원을 길게 반으로 갈라 한쪽은 하얀 모래가 채워져 있다. 비질 자국이 마침 모래 위에 파도 무늬를 만들었다.

관광객은 아까 그 외국인 단체였다. 이들은 넓은 툇마루에 서서 정원을 보고 있다. 카메라를 향하고 있는 사람도 있었다. 서로 작게 속삭이고 있는 사람도 있다. 여기에서도 가이드가 영어와 불어로 설명하고 있었다.

구미코는 조심스럽게 외국인 무리에게서 떨어져 서 있었다. 정원석은 바다에 튀어나와 있는 것처럼 뚜렷해 보였다.

해가 단순하게 생긴 자연석 위에 섬세하게 주름진 그림자를 만들었다.

외국인들은 열심히 정원을 보고 있었다. 부부 한 쌍이 끝이 굽은 난간 바로 옆까지 와서 판자 위에 걸터앉아 있다. 조금도 움직이지 않는 부부의 모습에는 일본의 정원을 천천히 감상하려는 분위기가 나타났다.

여자의 노란색 머리카락은 색실이라도 묶어 둔 것처럼 아름답다. 마흔일고여덟 살 정도로 보이고 얼굴이 단정했다. 다른 부인들이 원색에 가까울 정도로 화려하게 치장한 데 비해 이 부인은 수수한 색을 입고 있었다.

남편인 듯한 남자는 머리가 새하얗다. 햇빛이 닿은 하얀 모래가 눈부신지 선글라스를 썼다. 그는 무릎을 모으고 서서 양손을 앞에 깍지 끼고 있었다. 외국인이라고 해도 모두 코가 높고 입체가 강한 얼굴은 아니었다. 동양적인 얼굴도 서넛 있었다. 선글라스를 쓰고 있는 그 외국인도 그랬다. 피부색도 그렇게 하얀 것 같지는 않다.

그들은 구미코가 오기 전부터 구경하고 있었는데, 여전히 이곳에 앉아 있을 정도로 열심히 정원을 감상하고 있었다. 이 기회에 동양의 미술을 배우려는 모양이다. 구미코는 발소리를 내지 않고 원래 온 쪽으로 되돌아갔다.

역시 편지 속의 말이 마음에 걸린다. 이러고 있는 동안에도 상대방이 와 있을 것 같은 기분이 들었다.

어두운 방장을 나서자 다시 밝은 바깥이 나왔다. 산문은 바로 정면이었기 때문에 사람이 있는지 없는지는 금방 알 수 있었다. 아무도 없었다.

구미코는 걸었다. 건물 끝에서 갑자기 사람이 나왔지만 일행인 남자 셋이었다. 구미코와 얼굴이 마주쳤지만 상대는 소나무 숲 쪽으로 지나쳐 갔다.

야마모토 지요코는 역시 오지 않았다. 시간은 두시 가까이 되어 있었다.

편지는 거짓이었던 걸까. 아니면 그녀 쪽에 생각지 못한 사고가 일어난 것일까. 더 이상 기다려도 소용없다는 것을 알았다. 그래도 아직 미련이 남아서, 금방 돌아가는 길을 서두를 수는 없었다.

문득 보니 방장 입구에 외국인 두 명이 서서 구미코 쪽을 바라보고 있었다. 아마 산문을 구경하고 있는 모양이다. 선글라스가 보였기 때문에, 구미코는 아까 정원을 열심히 응시하는 듯하던 부부임을 알 수 있었다.

구미코는 쇼인안 쪽으로 내려갔다. 이렇게 걷는 동안에도 편지를 보낸 여성이 맞은편에서 서둘러 올라올 것 같은 기분이 든다.

그때 맞은편에 사람 그림자가 보였다. 남자였다. 이 부근을 산책하는 듯한 모양새지만 구미코는 나무 사이로 보인 복장으로 그가 스즈키 경위라는 것을 알았다. 역시 경위는 이곳에 와 있었다. 그늘에서 몰래 구미코를 지켜보고 있었던 것이다. 아니, 경위는 구미코가 만날 상대를 잠복하며 기다리고 있었다.

경위는 구미코와의 약속을 어겼다. 구미코가 여관을 나올 때까지 숙소의 단젠을 입고서 구미코를 안심시킨 것은 그의 계산이었을까.

이때 구미코 옆을, 외국인들을 태운 차 세 대가 바람을 일으키며 지나갔다.

스즈키 경위는 걸어오는 구미코에게 웃음을 지었다.

웃는 모습도 그랬지만, 경위의 분위기 자체가 어딘가 거북해 보였다.

지금까지 경위가 숨어 있던 위치는 산문 앞의 적송과는 도로를 사이에 두고 반대쪽에 있는 숲 속이었다.

구미코는 경위의 모습을 본 순간부터 화가 났다. 이곳에는 편지에서 지정한 대로 그녀 혼자서 오기로 했다.

"스즈키 씨는⋯⋯."

구미코는 스즈키 경위에게 말했다.

"아까부터 여기에 와 계셨죠?"

구미코의 비난의 눈빛을 정면에서 받고 경위는 머리를 긁적이며 말했다.

"이야, 이거 참. 실은 저도 그 후 여기에 와 보고 싶어져서요. 역시 좋은 곳이네요."

"제가 걱정되어서였나요?"

"그것도 있지만."

경위는 수동적인 자세로 서서 작게 말했다.

"모처럼 교토에 왔으니까요. 역시 뭐랄까요. 여기도 그냥 구경해 보고 싶어졌어요."

"약속이 달라요."

구미코는 정면에서 따졌다.

"스즈키 씨는 숙소에 남아 있어 주시기로 하셨잖아요. 그렇게 약속하셨을 텐데요. 아까 전부터 여기에 계셨던 거죠?"

"아니, 방금 왔습니다."

거짓말, 하고 구미코는 마음속으로 소리쳤다.

아마 구미코가 택시를 타고 여기에 온 직후에 그도 서둘러 뒤를 쫓았을 것이 틀림없다.

그녀가 야마모토 지요코를 기다리며 세 시간 가까이나 경내를 헤매는 동안 경위는 구미코의 눈이 닿지 않는 곳에 몸을 숨기고 있었던 것이다.

"미안합니다."

경위는 마침내 항복했다.

"약속을 어긴 건 제가 잘못했어요."

머리를 숙이는 그를 보니 구미코도 화낼 수가 없었다. 경위는 사촌 형부의 부탁을 받고 자신을 걱정해서 와 주었고 지금까지의 짧은 교류로도 그가 좋은 사람임은 알고 있었다.

하지만 경위의 선의와는 상관없는 실망이 그녀의 가슴에 커다란 구멍을 뚫어 놓았다.

편지를 보낸 야마모토 지요코는 이 경내에서 기다리는 사람이 구미코 혼자가 아니라는 것을 꿰뚫어본 게 아닐까. 편지에는 되풀이해서 혼자 와 달라고 씌어 있었다. 그런데 다른 인물, 그것도 경찰이 그녀 뒤에 있음을 알아차린 것이 아닐까.

그래서 야마모토 지요코는 끝내 구미코 앞에 나타나지 않은 것이리라. 구미코는 아직 본 적이 없는 상대가 도중에 발길을 돌려 떠나간 듯한 기분이 들었다. 상대는 자신의 모습을 나타내지 않음으로써 구미코가 약속을 지키지 않은 것을 비난하고 있는 듯한 생각이 든다.

난젠지의 경내에는 여전히 가을 해가 공기를 흐트러뜨리지 않고 온화하게 고여 있었다.

"상대방은 왔습니까?"

경위는 편지를 보낸 사람에 대해서 물었다. 그 질문도 구미코를 화나게 했다. 전부 다 알면서 시치미를 떼고 묻는 것으로밖에 여겨지지 않았다.

"뵙지 못했어요."

"어떻게 된 일일까요."

경위가 고개를 갸웃거린다.

전부 다 알면서 시치미를 떼고 있다.

그러나 아무래도 당신의 부주의 때문이라고는 말할 수 없었다. 어딘가 처량한 경위가 불쌍했기 때문이다.

"설마 그 편지가 엉터리였던 걸까요."

스즈키 경위는 아직도 변명하듯이 중얼거렸다. 상대방이 나타나지 않은 이유를 생각하고 있는 모양이다.

구미코는 출구 쪽을 향해 걸었다. 자연히 경위도 그녀 옆에 나란히 섰다. 수로에 걸려 있는 다리가 나올 때까지 경내로 들어오는 여성 둘과 마주쳤지만 각각 남편인 듯한 일행이 있었다. 스쳐 지나면서 그들은 구미코에게 눈길도 주지 않았다.

다리에는 소풍을 가는 듯한 초등학생 대여섯 명이 버스를 기다리고 있었다. 귀에 들어오는 아이들의 교토 사투리가 귀엽다.

"어떻게 할 겁니까?"

스즈키 경위는 구미코의 얼굴을 조심스럽게 살폈다.

바로 옆에 작은 가게가 있고 막과자나 삶은 달걀을 팔고 있다.

"집으로 돌아갈 거예요."

구미코는 망설임 없이 말했다. 그것이 경위의 참견에 대한 최소한의 분풀이였다.

"이대로요?"

경위가 아쉬운 듯이 걸어온 경내 쪽으로 눈길을 향했다. 모처럼 여기까지 왔는데, 라는 미련이 그 표정에 있었다. 그렇다. 모처럼 교토까지 왔다. 그런데 전혀 쓸모없는 결과로 끝났다. 그 편지로 시작될 전개에 기대를 걸고 왔는데—.

구미코는 뿌듯했던 마음이 멀어지면서 그제야 다리에도 피로를 느꼈다. 난젠지를 세 시간 가까이나 걸어 다녔다.

지나가는 택시에 먼저 손을 든 사람도 구미코였다.

왔을 때 본 길이 반대로 흐른다. 돌아가는 길은 재미가 없었다.

"다녀오셨어요?"

그들이 숙소에 도착하자 종업원이 맞이해 주었다.

"몇 시 기차를 타실 겁니까?"

경위는 현관으로 들어가 자신의 방으로 물러가기 전에 구미코에게 물었다.

"오늘 밤에요. 아침에는 도쿄에 도착하고 싶어요."

구미코는 경위의 무신경함이 약간 참을 수 없어졌다. 자신의 마음과는 상관없는 인물이 앞으로 도쿄까지의 동행을 멋대로 결정하는 것인가 하고 생각하니 견딜 수가 없었다.

"시각표를 보고 적당한 기차를 나중에 알려 드리겠습니다."

경위는 친절하게 말했다.

그 말에는 부탁드릴게요, 라고만 대답하고 구미코는 이층에 있는 자기 방으로 돌아갔다.

바깥쪽의 장지문을 열자 절의 지붕에 비둘기가 모여 있었다. 가까운 곳에 관광버스가 모이는 곳이 있는지, 확성기로 손님에게 행선지를 방송하는 소리가 들렸다.

구미코는 슈트케이스에서 편지지를 꺼내 만년필로 편지를 썼다.

스즈키 경위님께

여러 가지로 신세를 많이 졌네요. 지금부터는 저 혼자서 교토를 구경해 보고 싶어요. 모쪼록 걱정하지 마세요. 제멋대로 행동해서 죄송합니다. 여러 가지로 고마웠어요. 도쿄에는 내일 아침 기차로 올라갈게요.

구미코

구미코는 종업원을 불러, 나중에 봉투를 경위의 방에 전해 달라고 부탁했다.

숙박비도 경위에게는 알리지 말아 달라고 하고 몰래 지불했다.

"아이고, 혼자서 돌아가시게요?"

종업원은 깜짝 놀란 눈으로 구미코가 채비를 하는 모습을 보았다.

14

구미코는 숙소를 나섰다.

스즈키 경위에게는 안된 일이었지만 자신의 자유를 처음으로 되찾은 듯하다는 생각이 들었다. 지금부터는 완전히 혼자다. 도쿄로 돌아갈 때까지 마음껏 행동할 수 있는 것이다. 여행의 즐거움은 자유 없이는 맛볼 수 없다.

교토를 안내해 주는 사람은 없었지만 나름대로 즐거웠다. 어디로든 마음대로 갈 수 있다.

숙소 앞길을 곧장 걸어가자 어느 모로 보나 교토다운 격자 구조의 집이 이어졌다. '감주'라고 쓴 깃발이 세워져 있는 가게도 있다. 그것도 보통의 가게와는 달리 앞쪽에는 골동품 가게처럼 다기茶器가 장식되어 있고 옆쪽의 좁은 문을 통해 울타리 안으로 들어가게 되어 있다.

다니는 사람은 적었다. 지붕 사이로 야사카 신사의 탑이 보였다.

방향도 모른 채 걷는 것은 즐거웠다. 구미코는 모르고 왔지만 이 길은 기온 뒤쪽에 해당했다. 마루야마 공원으로 나가니 처음으로 관광객인 듯한 무리와 마주쳤다.

그러나 그곳을 지나 지온인知恩院 밑에서 쇼렌인靑蓮院으로 향하는 길은 다시 조용한 길이 된다. 높은 축벽 위로 절의 하얀 담이 길게 뻗어 있다. 담 위로 보이는 소나무 가지도 손질이 잘되어 안정감이 느껴진다.

스쳐 지나는 행인의 말도 부드러운 교토 사투리였다. 구미코는 기분이 좋아졌다.

난젠지에서 편지 상대를 기다리며 세 시간이나 허비했다는 허탈함도, 기분이 좋아지자 회복되었다.

구미코는 하룻밤 더 교토에 묵을 생각이었지만 어젯밤에 묵은 곳 주변에 숙소를 잡고 싶진 않았다. 경위가 자신을 찾고 있을지도 모른다. 그에게는 미안하지만 오늘 밤만은 혼자 하는 여행을 맛보고 싶었다.

완만한 경사 길을 내려가자 정면에 커다란 붉은 도리이가 보였다. 뒤에 있는 산 모양이 기억에 남아 있어서, 그 산 기슭이 오전에 갔던 난젠지 주변이라는 것을 알 수 있었다.

전철이 앞을 가로질러 달려갔다.

이 전철 길을 따라 자리 잡은 집들도 입구가 좁고, 지붕이 낮으며, 격자문에 철단을 칠했다. 구미코는 전철의 표식에 '오쓰행'이라고 쓴 글씨를 보았다. 길을 따라 언덕을 올라갔지만 어디로 향하는지 알 수 없었다. 하지만 모르는 길을 걷는 데에 행복을 느꼈다. 여기는 교토인 것이다.

그녀는 천천히 걸었다. 지나가는 사람들도 도쿄처럼 바빠 보이지 않는다. 자동차도 많지 않다. 모든 것이 조용하고 느긋해 보였다.

구미코는 길 한쪽이 고지대로 되어 있는 곳 위에 커다란 건물이 있는 것을 보았다. M호텔이었다.

구미코가 호텔 현관으로 걸어간 까닭은 스즈키 경위가 머릿속 어딘가에 남아 있었기 때문이다. 여기라면 어젯밤에 묵었던 숙소와 달리 일류 호텔이니 경위도 찾지 못할 거라고 생각했다.

게다가 보통의 숙소와 달리 호텔은 방문을 잠글 수 있으니 느긋하게 쉴 수 있다. 가져온 돈은 그렇게 많지 않았지만, 미지의 세계로 걸어 나온 이상 오늘 하룻밤만이라도 동화의 세계에 있어 보고 싶었다.

호텔 현관은 처음 오는 사람에게 위압적으로 보였다. 고급 자동차가 몇 대인가 주차되어 있었고, 마침 구미코가 들어갔을 때 회전문을 밀고 나온 사람도 외국인이었다.

그녀는 프런트 앞으로 걸어갔다.

"예약을 하셨습니까?"

직원이 정중하게 물었다.

"따로 예약하지는 않았어요."

"잠시만 기다려 주십시오."

직원은 장부를 넘겼다.

"마침 오늘 밤 묵기로 한 손님이 취소한 방이 있습니다. 혼자이신지요."

"네."

"공교롭게도 오늘 하룻밤밖에 비어 있지 않은데 괜찮으신지요?"

"괜찮아요."

"삼층인데 마침 앞쪽이라 전망은 좋을 겁니다."

"고마워요."

직원은 카운터 위에 비치되어 있는 펜을 집어 들어 구미코에게 내밀었다.

구미코는 잠시 생각하다가 카드에 자신의 실제 주소와 이름을 적었다.

"감사합니다."

직원은 보이에게 눈짓을 했다.

엘리베이터 안에 있는 사람들도 거의 외국인이었다.

보이는 붉은 융단이 깔려 있는 복도를 앞장서서 걷다가 어느 방문을 열쇠로 열었다.

침대는 더블이었지만 불평을 할 수는 없었다. 예약을 취소한 사람이 있어서 다행이다. 프런트에서 말했듯 창가에서는 히가시야마 산의 긴 기복이 보였다. 바로 아래에 아까 본 전철이 달리고 그 맞은편에 넓은 길이 완만한 경사를 이루며 내려가고 있다. 히가시야마 산의 기슭에서부터 왼쪽에 걸쳐 교토의 한적한 구역이 한눈에 내려다보였다. 숲 속에는 절인 듯한 커다란 지붕이 몇 개나 흩어져 있다.

구미코는 양팔을 벌리고 공기를 들이마셨다.

이곳에는 구미코밖에 없다. 그녀가 이 호텔에 묵고 있다는 것은 아무도 모른다.

멋진 일이다. 경위도 물론이지만 어머니도, 사촌 언니도 그녀의 신변에서 단절되어 있다. 자유로운 공기를 실컷 마시고 있는 느낌이었다.

그녀는 소에다를 떠올렸다. 지금쯤 신문사에서 바쁘게 연필을 움직이고 있을까. 아니면 밖에 나가서 뛰어다니고 있을까.

구미코는 탁상 위의 전화기를 집어 들고 도쿄의 신문사로 연결해 달라고 할까 고민하다가 그만두었다. 오늘과 내일만은 완전히 혼자가 되어 보고 싶다. 이야기는 전부 이 작은 여행이 끝난 후에 하자고 마음먹었다.

벽에는 교토의 명소가 그려진 약도가 걸려 있었다. 외국인 손님을 위해 이름이 전부 영어로 적혀 있다.

구미코가 오전에 갔던 난젠지도 적혀 있었다. 긴카쿠지銀閣寺도, 긴카쿠지金閣寺도, 헤이안 신궁도 있다.

그 약도를 보고 있노라니 오후를 어딘가에 있는 절의 조용한 경내에서 보내고 싶어졌다.

지도 북쪽에는 오하라나 야세 같은 지명이 적혀 있다. 구미코는 고등학교 교과서에서 보아서 친숙한 『헤이케 모노가타리』의 잣코인寂光院에 마음이 움직였다. 하지만 남쪽에도 가 보고 싶었다.

도쿄에는 내일 아침 기차로 돌아간다고 하면, 오늘 하루 내내 자유 시간이 있다. 그녀는 지도 아래쪽에 있는 'MOSS TEMPLE'이라는 글씨를 발견했다. 괄호 속에 KOKE-DERA라고 적혀 있다.

고케데라는 전부터 들어본 이름이다. 구미코는 곧 그곳으로 정했다.

"글쎄요. 차로 가시면 삼십 분이면 가실 수 있을 겁니다."

구미코가 보이를 불러 물어보니 그는 그렇게 대답했다.

"하지만 글쎄요?"

보이는 고개를 갸웃거렸다.

"요즘은 입장객을 제한하고 있다는데요."

"어머, 그래요?"

"네. 중학생이 단체로 들어와서 이끼를 뜯거나 껌 같은 걸 버리고 가서, 절에서는 이끼 보존을 위해 사람을 들이지 않게 되었다고 하더군요."

"그럼 미리 신청해야 하는 걸까요?"

"그렇지요. 슈가쿠인修學院 같은 곳은 그러니까, 고케데라도 그럴지 모르겠습니다. 지금 물어볼게요."

보이는 프런트에 전화를 걸어 보더니 "괜찮다는군요" 하고 대답했다.

차는 교토의 거리를 빠져나간 순간 도게쓰교渡月橋에 접어들었다.

가는 길에도 기사가 긴카쿠지金閣寺에 들러보지 않겠느냐고 권했지만, 구미코는 고케데라에서 느긋하게 시간을 보내고 싶었기 때문에 거절했다. 게다가 새로 지은 건축에는 별로 흥미가 없었다긴카쿠지는 1950년에 불타 없어졌다가 1955년에 재건되었다. 아라시야마 산의 풍경을 보기 위해 다리 기슭에 많은 사람들이 모여 있었지만 그녀는 거기에서도 내리지 않았다.

그곳을 지나 넓은 논밭이 보이는 길을 달린다. 도중에 배를 가득 실은 트럭을 추월했는데, 호즈가와 강을 내려가는 배를 상류로 옮기는 것이라고 기사가 가르쳐 주었다.

넓은 길에서 갈라져 산길로 들어가자 작은 음식점과 선물 가게 등이 모여 있는 좁은 길이 나왔다. 여기에도 단체 손님이 많았다. 차가 주차장에 다 들어가지 않을 정도였다. 기사는 근처에 차를 세워 두겠다고 말했다. 구미코는 사람들 뒤를 따라 절 쪽으로 향했다. 버스가 절 안을 구경하고 돌아오는 손님을 기다리고 있었고, 기사와 버스 안내양이 지루한 듯이 이야기를 나누고 있었다.

작고 얕은 강을 건너자 사이호지西芳寺 입구가 나왔다. 완만하게 굽은 외길 양쪽은 깊은 숲이었다.

외길이기도 했지만 사람들이 있어서 길을 잃을 일은 없었다. 막다른 곳에 절의 본당이 있어 이곳에서 관람료를 지불하도록 되어 있다. 오른쪽이 정원 입구였다.

구미코는 천천히 걸음을 옮겼다. 생각했던 것보다 관광객이 많고 대개는 일행이 있었다. 걸음이 느린 그녀를 다른 관광객들이 추월해 간다. 정원은 나무가 울창하게 우거져 있어서 어두컴컴했다. 구불구불한 좁은 길 양쪽에는 모두 울타리가 쳐져 있다. 그 바깥이 푸른 벨벳 같은 이끼의 밀집지대였다. 보고 있으면 아래에서 손바닥으로 퍼 올리고 싶어질 정도로 이끼가 부드럽고 두껍게 나무 밑동을 덮고 있었다. 돌도 둥글고 부드러운 것이 아니라 날카로운 모서리를 가진 것들이 많았다. 그 정원석에도 앙고라 코트 같은 이끼가 달라붙어 있었다.

오솔길은 정원을 구불구불하게 순회하고 있다. 내려가는가 싶으면 오르막길이 되고 다시 내려간다. 연못의 물이 끊임없이 눈과 귀를 떠나지 않는다는 것은 변함이 없었다. 나무가 얼마나 우거져 있느냐에 따라 해 질 녘처럼 어두운 곳을 지나기도 하고, 밝은 곳이 되기도 했다. 구름이 많은 하늘에서 햇빛이 비쳤다 숨었다 하는 것처럼. 여기에서 움직이는 것은 사람뿐이다.

절에서 이끼를 소중히 여길 만도 하다. 이끼는 뺨을 부비고 싶어질 정도로 아름답고 부드럽다. 색깔은 햇빛이 닿는 곳에서는 밝아지고, 그늘 부분은 가라앉은 깊은 색을 보이고 있었다. 장소에 따라 놀랄 만큼 두껍기도 했다.

가장 낮은 곳에는 대나무 덤불이 이웃하고 있다. 거기에도 작은 개울이 있고 다리가 걸려 있었다. 구경꾼이 들어가지 못하게 밧줄로 구분이 되어 있었다. 이 부근의 명물인 대나무 덤불은 보기만 해도 이끼 정원과 잘 어울린다.

구미코는 걸어가면서 자신을 감싸 주는 행복을 무겁게 받아들였다.

구미코는 대나무 덤불에 걸려 있는 다리 옆에 잠시 서서 아래쪽의 개울을 보았다. 물은 샘물처럼 맑았다.

구경하는 사람들은 조금 떨어진 길에서 경사면을 향해 올라가고 있었다. 그 사람들 사이에서 노란 머리카락의 외국 부인이 일본인 남자와 걷고 있다. 입고 있는 정장은 서양인치고는 수수한 편이었는데, 구미코에게는 그녀의 모습이 그 머리카락 색과 함께 기억에 남아 있었다. 야마모토 지요코를 기다리며 난젠지에 있을 때 분명히 한 무리의 관광객 사이에 섞여 있던 부인이다. 같이 있는 남자는 다르지만 부인은 아무래도 낯이 익었다. 난젠지의 안뜰을 바라보던 사람 같다.

구미코가 별 생각 없이 보고 있자니 상대방도 그녀를 알아차렸는지 얼굴을 이쪽으로 향했다. 선글라스를 쓰고 있어서 눈의 표정은 알 수 없었다. 그 안경만은 난젠지 때 못 보던 것이다.

하기야 난젠지에서 만난 일은 부인 쪽에서 기억하지 못할지도 모른다. 외국 부인은 그저 대나무 덤불을 등지고 서 있는 젊은 일본 아가씨에게 흥미가 있었는지도 몰랐다. 푸른색을 기조로 한 풍경 속에서, 부인의 밝은 레몬색 머리카락은 아름다웠다.

옆에 붙어 있는 일본인은 키가 작다. 손가락을 정원 쪽으로 향하면서 입을 움직이는 것을 보면 통역인 모양이다. 난젠지에서 부인의 동반자는 좀 더 키가 큰 사람이었다. 그 사람이 부인의 남편이었을 것이다.

관광객들이 뒤에서 따라오고 있어서 외국 부인도 떠밀리듯이 구미코 앞에서 지나쳐 갔다. 키가 큰 그녀의 모습은 언덕으로 되어 있는 오솔길을 올라간다. 이윽고 그 모습은 숲 그늘에 가려 보이지 않게 되었다.

울타리로 구분되어 있는 대나무 덤불 안은 낙엽에 묻혀 있었다. 소쿠리가 놓여 있는 것을 보면 사람이 청소하러 들어가 있는 모양이다. 하지만 안에서는 아무 소리도 들리지 않았다.

구미코는 그제야 그곳을 떠났다. 관광객들 사이로 돌아가 고인잔孱隱山이라는 이름이 붙어 있는 가파른 경사를 오르기 시작했다. 오솔길은 절벽 위에서 본당의 지붕을 내려다보듯이 나 있다. 거기에서 보면 연못이 바로 아래에 있었다. 어쨌든 길을 따라 이끼가 아름다운 모습을 보이는 것은 다름이 없다. 이끼의 종류만 해도 수십 종이나 된다.

관광객들이 한곳에 걸음을 멈추고 모여 있었다. 구미코가 들여다보니 한쪽에 자연석만 배치한 정원이 만들어져 있다. 고케데라에서는 하나의 명물이 되고 있는 가레산스이枯山水일본 정원에서 물을 쓰지 않고 돌과 모래를 배치하여 산수를 나타내는 양식였다. 돌은 지금까지 보아 온 것과 마찬가지로 날카로운 모서리를 보이며 배치되어 있다. 선사禪寺의 정원에 어울리는 거친 모습이었다.

그곳을 떠나자 또 작은 다실이 있었다. 구미코가 그 건축을 바라보며 얼굴을 돌렸을 때, 아까 본 외국 부인이 일행인 일본인과 함께 툇마루에 걸터앉아 있었다. 구미코의 눈과 선글라스가 바로 정면에서 마주쳤다.

구미코는 저도 모르게 가볍게 목례를 하고 말았다. 물론 일면식도 없지만 난젠지에서 보았을 때의 기억이 남 같지 않았다. 그 외국 부인에게 저도 모르게 호의를 갖고 있었기 때문이기도 했다.

외국 부인은 아름다운 치열을 보이며 구미코에게 웃음을 지었다. 대담한 것은 역시 그들의 관습일 것이다. 그녀는 곧 옆에 있는 일본인에게 뭔가 말했다.

이거 말을 걸겠구나, 하고 생각하고 있자니 과연 일본인 남자가 일어서서 구미코에게 인사를 했다.

"실례입니다만."

일본인은 붙임성 있는 웃음을 띠면서 구미코에게 말했다.

"이 부인이 당신을 모델로 사진을 찍고 싶다고 하시네요. 괜찮으실까요?"

구미코가 망설이자 그는 "이분은 프랑스 사람입니다. 실례지만 아가씨는 프랑스어를 할 줄 아십니까?" 하고 물었다.

간단한 말이라면 조금은 할 수 있다고 구미코가 말하자 통역은 외국 부인에게 그 말을 그대로 전했다.

부인은 두세 번 연달아 고개를 끄덕이고 직접 일어서서 구미코 앞으로 다가왔다. 손을 내밀며 말했다.

"메르시, 마드무아젤(고마워요)."

"봉주르, 마담(안녕하세요)."

구미코가 부인의 손을 잡자 상대방은 구미코가 깜짝 놀랄 정도로 힘을 주었다.

"에트 부 콩탕 드 무아(제가 도움이 될까요)?"

구미코는 조금 얼굴을 붉히며 말했다.

부인은 마흔이 넘어 보였지만 피부가 깨끗한 사람이었다. 스스로 선글라스를 벗었는데 눈동자가 푸른 하늘을 둥글게 응축한 것 같았다. 그 눈동자가 구미코의 얼굴을 물끄러미 바라보았다.

"부탁을 들어줘서 고마워요. 일본의 정원과 일본의 아가씨를 꼭 찍고 싶었어요."

부인은 손에 들고 있던 카메라의 뚜껑을 열고 긴 손가락으로 렌즈의 데이터를 맞추고 있었다. 손톱의 붉은색이 이때만큼 눈에 띄게 아름다워 보인 적은 없었다.

부인의 키가 크기 때문이기도 했지만 구도상 부인은 구미코 앞에 몸을 굽히고 셔터를 눌렀다. 끊임없이 아름다운 이를 드러내며 웃었고 구미코에게 포즈를 지시하는 몸짓도 화려했다. 통행인들이 그 모습을 뚫어져라 바라보고는 지나갔다.

셔터 소리는 일고여덟 번 정도 족히 들렸다. 그때마다 구미코는 몸의 방향을 바꾸어야 했다. 구미코의 배경에는 정원의 샘과 숲이 있었다.

부인은 겨우 자신의 눈을 파인더에서 떼었다.

"고마워요."

그녀는 어린아이처럼 웃으며 인사했다.

"분명히 예쁜 사진이 나올 거예요. 아가씨는 교토 분인가요?"

"아니에요. 도쿄 사람이에요."

"오오, 도쿄. 그럼 교토에 관광하러 오신 건가요?"

"볼일이 있어서 온 김에 구경하고 있어요."

"좋은 일이지요. 아가씨는 프랑스어가 아주 훌륭하시네요. 대학에서 배웠나요?"

"대학에서 배우긴 했는데 잘하지는 못해요."

"아뇨, 훌륭한 프랑스어예요."

부인은 칭찬해 주었다.

구미코가 곤란해하고 있자니 그것을 알아차린 모양이다.

"수고를 끼쳤네요. 고마워요."

부인은 다시 한 번 구미코의 손을 잡았다. 거기에도 부드럽게 힘이 들어가 있었다.

"고맙습니다."

구미코는 외국 부인에게 머리를 숙이며 안녕히 가세요, 하고 말했다. 상대방도 '사요나라' 하고 일본어로 말했는데 그 말이 외국인의 발음과는 꽤 달라서, 이 사람은 일본에 와서 상당기간 체류한 것이 아닐까 하고 짐작했다.

구미코는 남은 오솔길을 돌아 절 밖으로 나갔다. 가벼운 피로가 느껴졌다. 아름다운 그림을 실컷 본 후에 느끼는 피로와 비슷했다.

차들이 아까보다 더 북적거리며 서 있었다. 구미코가 눈으로 찾으면서 걷고 있자니 기사가 옆쪽에서 나왔다.

"차는 이 앞에 세워 두었습니다."

구미코는 차를 타고 다시 원래 왔던 길로 돌아갔다. 도게쓰쿄로 나올 때까지, 배를 실은 트럭이 지나갔다. 맞은편 산 경사면에 그림자가 크게 기어오르고 정상에만 햇빛이 비치고 있었다.

교토 거리로 들어가자 구미코는 쇼핑을 하고 싶어졌다.

기사는 어차피 가는 길이라며 시조 가와라마치 쪽으로 차를 몰아 주었다.

가와라마치까지 오자 혼잡함이 도쿄와 비슷했다. 구미코는 기사에게 거기까지의 요금을 지불하고 거리를 걸었다.

도쿄로 돌아가는 것은 내일 아침이었지만 그 전에 살 물건을 봐두고 싶었다. 하지만 다른 사람들이 교토에서 선물이라며 사다주는 물건과 그다지 다를 게 없는 것들만 늘어서 있었다.

그래도 신쿄고쿠를 한 바퀴 돌아 산조 거리로 나갔을 때는 한 시간 정도 걸은 셈이었다. 호텔로 돌아갔을 때 거리에는 불이 켜져 있었다.

"다녀오셨습니까."

보이가 맞이해 주었다.

구미코가 프런트에 들러 열쇠를 받을 때도, 다녀오셨습니까, 라는 인사뿐이었다. 역시 스즈키 경위의 수색이 여기까지는 뻗치지 않았다.

어쩌면 당황한 경위는 도쿄의 집으로 전화했을지도 모른다. 사촌 형부에게 구미코와 동행해 달라는 부탁을 받았으니 경위도 자신의 입장에서 책임을 느끼고 있을 것이다.

하지만 도쿄에 있는 어머니에게 전화를 하기는 아직 일렀다. 지금 전화하면 또 스즈키 경위에게 보고할지도 모른다.

구미코가 엘리베이터를 기다리는데 뒤에 온 손님이 작게 소리를 질렀다.

고케데라에서 구미코의 사진을 찍은 프랑스 부인이었다. 상대방도 의외라는 듯이 눈을 휘둥그렇게 뜨고 구미코를 보고 있었다. 바로 옆에 변함없이 아까 그 일본인 통역이 함께 있었다.

"아가씨도 여기에서 묵으세요?"

부인은 여전히 놀란 표정으로 구미코에게 프랑스어로 물었다.

"네."

부인은 외국인이니 이 호텔에 묵는 것은 이상한 일이 아니지만 역시 조금 의외였다.

"사층."

옆에 있던 일본인이 엘리베이터 보이에게 말했다.

"삼층 부탁드려요."

보이는 고개를 끄덕이고 3이라고 표시된 버튼을 눌렀다.

"트롸지엠(3층)?"

외국 부인은 그것을 눈썰미 좋게 보고, 구미코에게 확인하듯이 물었다. 구미코는 미소를 지으며 고개를 끄덕였다.

엘리베이터가 삼층에서 멈추었다.

문이 열리고 플로어로 나갈 때 구미코는 부인에게 가볍게 인사했다.

방으로 돌아가자 안심이 되었다.

구미코가 나가 있는 사이에 보이가 준비해 주었는지 침대 하나의 커버가 벗겨져 있고 베드메이킹이 되어 있었다. 창문에는 커튼이 쳐져 있다. 불빛은 스탠드뿐이었다.

구미코는 커튼을 걷고 블라인드를 올렸다.

바깥은 어두웠지만 하늘에 아직 희미하게 푸른빛이 남아 있어 산의 검은 선과 구분되었다.

산자락 일대에 민가의 불빛이 반짝이고 있다. 바로 아래를 달리는 전철도, 자동차도 불빛만이 움직이고 있었다.

구미코는 소파로 돌아가 잠시 쉬었다. 소리가 나지 않는 조용한 호텔이라 기분은 차분해졌지만 이대로 가만히 있을 마음도 없었다.

그녀는 비치되어 있는 커다란 메뉴를 집어 들었다. 물론 메뉴에는 양식밖에 없었고 그런 식당에 갈 기분은 나지 않았다. 모처럼 교토에 왔으니 도쿄에서는 먹을 수 없는 것을 먹고 싶었다.

생각에 잠겨서 창문에 비치는 수많은 불빛을 보고 있을 때 문에서 가벼운 노크 소리가 들렸다.

보이의 안내를 받으며 입구를 통해 조심스럽게 들어온 이는 방금 엘리베이터 밖에서 만난 일본인 통역이었다.

"아까는 여러 가지로 실례가 많았습니다."

그는 정중하게 인사를 했다.

"번번이 죄송하지만, 그 마담이 아가씨가 몹시 마음에 든 모양입니다. 그래서 제가 심부름을 온 건데요, 정말 갑작스러운 말씀이지만 오늘 밤에 아가씨와 함께 저녁 식사를 하고 싶으니 좀 초대해 주면 안 되겠느냐고 하시네요. 어떠십니까? 만일 지장이 없으시면 저녁 식사를 함께해 주실 수 없을까요?"

구미코는 당혹스러웠다. 자신의 인상으로는 결코 불쾌한 부인은 아니었지만 너무 갑작스러웠다.

"저어, 그분은 어떤 분이신가요?"

"프랑스에서 무역을 하고 계시는 분입니다. 물론 남편도 함께 오셨고요."

역시 그랬다. 틀림없이 난젠지의 경내에서 본 부부였다. 툇마루에 앉아 절 안의 정원을 질리지도 않고 바라보던 그 한 쌍이었다.

"오늘은 남편분께서 볼일이 있어 제가 부인을 모시고 고케데라에 갔지만, 부인이 돌아오신 후에 아가씨에 대한 이야기를 남편분께 하셨어요. 우연히 같은 숙소에 묵고 계시다는 사실을 알고 부인도 매우 기뻐하셨고, 꼭 부부가 아가씨를 초대하고 싶다고 하십니다."

"곤란해요."

"아뇨, 어렵게 생각하지 마십시오. 서로 여행지에서 조금 긴장을 푸는 정도로 식사나 하고 싶다는 겁니다."

"하지만……."

구미코는 거절하기로 했다. 그렇게 말하자 통역은 몹시 유감스러운 듯한 얼굴을 했다.

"부인이 실망하시겠네요."

구미코는 그 외국인의 이름을 묻고 싶었지만 자신의 이름도 말하지 않은 터라 질문을 할 수도 없었다.

"아쉽군요."

일본인은 마치 자신이 구미코를 초대한 사람인 것처럼 낙담했다.

"호텔에는 계속 계실 겁니까?"

"아뇨."

구미코는 서둘러 말했다. 또 식사를 같이 하자고 할지도 모른다.

"내일 아침에 교토를 떠나서 도쿄로 돌아갈 거예요."

"그럼 부인이 더욱더 실망하시겠네요."

통역은 그렇게 말했지만 이내 예의를 갖췄다.

"아니, 실례했습니다. 저희가 멋대로 초대한 건데."

"아뇨, 모쪼록 말씀 잘 전해 주세요."

"그러겠습니다."

일본인은 융단 위를 조용히 걸어 문 밖으로 사라졌다.

구미코는 다시 혼자가 되었다.

거절한 후에 그 프랑스 부인과 식사를 함께하는 모습을 떠올려 보았다.

노란색 머리카락이 무척 아름다웠다. 난젠지에서는 잘 몰랐지만 고케데라에서는 선글라스를 벗었을 때 보인 순간의 눈동자 색깔이 근사했다. 그녀는 구미코를 보며 내내 웃어 주었다. 틀림없이 좋은 집안의 마담일 것이다. 나이가 나이인 만큼, 여유 있는 생활을 하면서 남편의 출장을 겸해 세계 일주 여행이라도 하는 건지 모른다.

남편은 분명 백발이었다. 잠깐의 인상이라 확실하지 않지만 유럽인인데도 생김새가 동양풍이었던 것 같다. 어쩌면 프랑스인이라도 스페인계나 이탈리아계 사람일 수도 있다.

구미코는 부인의 초대를 괜히 거절했나 싶어 약간 후회했다. 자유를 즐기며 호텔에서 낯선 외국인 부부와 저녁 식사를 함께하는 것도 역시 자신만의 동화를 만드는 일일 텐데. 모처럼의 기회를 놓쳐 아쉽다는 생각이 든다.

그러나 구미코는 성격상 자신에게 결국 그럴 용기가 없다는 것을 알고 있다. 외교관의 가정이지만 고풍스럽다고도 할 수 있는 가정교육을 받으며 자랐다. 초대를 거절한 반대급부라고 할까, 구미코는 문득 일식이 먹고 싶어졌다. 물론 이 호텔에서는 어렵겠지만, 교토에는 '이모보'라는 특별한 요리가 있다고 들었다. 구미코는 나갈 채비를 했다.

열쇠를 프런트에 맡길 때 그 요리를 먹을 수 있는 집을 묻자, 프런트 직원은 마루야마 공원 안에 있다고 가르쳐 주었다.

택시로 오 분도 걸리지 않았다.

요릿집은 공원 한가운데에 있었다. 구조도 순수 일본식이었다.

구미코는 몇 개로 나뉘어 있는 작은 방으로 들어갔다. '이모보'라는 것은 대구포와 흑토란으로 만든 요리로, 다른 사람한테 이야기를 들은 적이 있었지만 실제로 먹기는 처음이었다. 담백한 맛이라 오히려 비어 있는 위에는 맛있게 느껴졌다.

종업원들도 모두 교토 말을 쓰고 옆방에서 이야기하고 있는 남자들의 사투리도 그랬다. 특색 있는 요리를 먹으면서 사투리를 듣고 있으니 여행을 왔다는 실감이 난다.

지금쯤이면 어머니도 저녁상을 마주하고 있을 텐데. 어머니를 혼자 두고 왔기 때문에 마음에 걸렸다. 어쩌면 사촌 언니 세쓰코가 와 있을지도 모른다.

구미코는 또 스즈키 경위가 신경 쓰이기 시작했다. 이제 포기하고 도쿄로 되돌아갔을까. 그 전에 분명히 집에 연락했겠지. 하지만 사촌언니 세쓰코가 와 있다면 어머니의 걱정도 세쓰코가 달래 주어 그렇게 크지 않을 것이다. 경위에게는 틀림없이 쪽지를 남겼고 내일 아침 기차를 탈 거라고 말해 두었다.

구미코는 요릿집을 나와 밤의 공원을 잠시 걸었다. 외등이 대낮처럼 켜져 있어서 어두운 느낌은 들지 않는다. 공원에서 야사카 신사 경내로 길이 나 있다. 찻집 안도 밝았다.

그다음으로 갈 곳이 없었다. 역시 모르는 곳에서는, 밤이 되니 낮만큼의 용기는 나지 않았다. 그녀는 결국 가와라마치 쪽으로 가기로 했다.

하지만 곧장 택시를 타기도 아까워서 전철길을 천천히 걸었다. 역시 교토라 골동품을 파는 가게가 많다. 과자 가게 입구도 다실* 窒처럼 꾸며 놓았다.

구미코는 시조 거리까지 걸어가 눈에 띈 영화관으로 들어갔다. 도쿄에서 미처 보지 못했던 외국 영화를 상영하고 있다.

여행지에서 영화를 보는 것도 첫 경험이라서, 조금 불안한 마음이 드는 한편, 역시 기분이 달랐다. 보고 있는 영화의 느낌까지 다르다.

구미코가 영화관을 나왔을 때는 열시가 다 되어 있었다. 서둘러 택시를 잡아타고 호텔로 돌아갔다.

현관의 문을 밀고 들어갔을 때 엘리베이터 쪽으로 걸어가고 있는 남자의 뒷모습이 보였다. 보이가 손님의 가벼워 보이는 슈트케이스를 들고 있다. 거기에는 항공사 짐표가 매달려 있었다. 구미코는 그 인물을 본 순간 저도 모르게 걸음을 멈추었다.

엘리베이터가 내려오고 문이 열리고 그 신사는 보이와 함께 안으로 들어갔다. 그녀는 엘리베이터가 내려왔는데도 가까이 다가갈 수가 없었다.

엘리베이터 문이 닫히고 위에 달린 층수 표시가 돌아간다.

구미코는 서둘러 프런트 앞으로 갔다.

"저어, 방금 그분, 무라오 씨 아닌가요?"

직원은 서명이 막 끝난 카드를 꺼내 봐 주었다.

"아뇨, 요시오카 님이라고 하십니다."

"요시오카 씨?"

구미코는 시선을 허공으로 향했다.

"사람을 잘못 본 걸까요? 실례했어요. 너무 닮은 분이셔서."

그녀는 프런트를 떠났지만 방금 도착한 인물은 외무성 유럽아시아국 ××과장 무라오 요시오라고 확신했다. 아버지의 옛 부하였고 바로 얼마 전에 가부키 극장에서도 만났으니 잘못 보았을 리가 없다.

무라오 과장이 이 호텔에 모습을 나타낸 것은 그렇게 이상한 일이 아니라고 해도, 왜 그는 요시오카라는 가명을 쓰는 것일까—.

구미코가 혼자서 엘리베이터를 탔을 때 든 의문이었다.

하권에 계속

황야를 선택한 남자
『구형의 황야』에 대하여 1

◉ 조영일(문학평론가)

球形の荒野

자신이 태어나고 자란 나라를 다시는 볼 수 없다는 것,

그것이 의미하는 것이 무엇인지 저로서는 잘 짐작이 가지 않습니다.

하지만 만약 그의 입장에 서게 된다면,

아주 작은 것 하나 놓치고 않고 기억에 담으려고 노력할 것이고,

그 어딘가에 나만의 흔적도 남기고 싶을 것입니다.

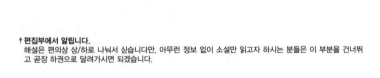

✝ **편집부에서 알립니다.**
　해설은 편의상 상/하로 나눠서 싣습니다만, 아무런 정보 없이 소설만 읽고자 하시는 분들은 이 부분을 건너뛰
　고 곧장 하권으로 달려가시면 되겠습니다.

1. 불리한 제목 짓기

이번 작품은 『구형의 황야』입니다. 이전에 다룬 『푸른 묘점』처럼 제목만 봐서는 무슨 이야기인지 도무지 감이 오지 않습니다. 마쓰모토 세이초의 소설 중에는 이런 낯선 제목을 단 작품이 적지 않습니다. 예를 들어, 얼마 전 국내에도 번역된 『D의 복합』이라는 작품이 있지요. 제목만으로 무슨 내용인지 추측하실 수 있나요? 제목은 책의 얼굴입니다. 그래서 작가나 출판사나 제목만큼 공을 들이는 것도 없지요. 독자와의 첫인상을 결정짓는 것이 바로 제목이기 때문입니다.

그런 점에서 세이초의 소설들은 일단 불리한 상태로 시장에 나온다고 할 수 있습니다. 그럼에도 불구하고(즉 첫인상의 불리함을 극복하고) 베스트셀러가 될 수 있었던 이유는 책의 제목이나 그에 대한 광고보다도 세이초라는 이름 때문이 아닌가 합니다. 그들은 경험상 이미 알고 있는 것입니다. 아무리 요상한 제목처럼 보여도

책을 다 읽고 나면 그보다 나은 제목을 다는 것은 불가능하다는 것을 말입니다. 『구형의 황야』도 예외는 아닙니다.

2. '修身齊家治國平天下'라는 이념

세상에서 제일 재미있는 이야기는 무엇일까요? 남녀 간의 로맨스일 수도 있고 미스터리일 수도 있고 SF일 수도 있고 판타지일 수도 있습니다. 하지만 무엇보다도 우리의 눈과 귀를 사로잡는 것은 가족 이야기입니다. 의외일지 모르지만, 우리 모두가 가족 없이는 태어날 수 없는 존재라는 점에서 어찌 보면 당연하다 하겠습니다. 그런데 모든 가족에게서 로맨스(이야기)가 생겨나는 것은 아닙니다.

일찍이 마르트 로베르는 프로이트에 기대어 가족 로맨스를 크게 두 가지로 구분한 바 있습니다. 업둥이 소설, 사생아 소설이 바로 그것이지요. 그런데 이런 로맨스가 왜 발생하는 것일까요? 그것은 관계의 이중화와 관련이 있지 않나 합니다. 생물학적 관계와 사회적 관계의 불일치가 바로 그것이지요. 즉 생물학적 관계와 사회적 관계가 일치하는 가족의 경우, 로맨스가 거의 발생하지 않는 셈이죠. 이는 바꿔 말해, 아이들이 부모의 역할이라는 것을 인식하고, 그것에서 자기분열을 느낄 때 로맨스가 발생한다고 할 수 있습니다.

예를 한번 들어 보죠. 얼마 전 서울시 교육감 선거에서 우리는 전혀 다른 두 가족의 이면을 들여다볼 수 있었습니다. 한국에서 공적 인물을 비판하는 가장 강력한 잣대 중 하나는 아시다시피 사생활(그것도 가족 관련 문제)입니다. 그런데 그것은 뜻밖에도 '수신제가치국평천하修身齊家治國平天下'라는 낡은 이념에 기반하고 있습니다. 즉 가족을 건사하지 못한 사람은 공적인 일을 할 자격이 없다는 뜻입니다. 따라서 예를 들면, 자식의 군복무 부정이나 불륜 문제만큼 상대방에게 커다란 정치적 타격을 입히는 것도 없지요.

프랑스의 경우 불륜이 정치적 능력을 판단하는 기준이 되지 않는 것 같지만(즉 별개로 취급되지만), 한국에서는 불륜이란 곧 '제가齊家'의 실패를 의미합니다. 이혼이나 재혼도 넓은 의미에서 그에 포함되고요. 말하자면 가족중심주의인 셈이지요. 그런데 한국은 정말 가족중심주의가 강한 국가일까요? 옛날이라면 그렇다고 말할 수 있었을지 모르지만, 오늘날은 일본이나 서양보다 가족중심주의가 딱히 강하다고 이야기할 수 있을지 의문입니다. 통계로 보았을 때도 불륜, 이혼, 재혼, 육아거부와 같은 가족해체적 지표들은 세계적으로도 상위권에 속합니다.

그렇다면 그럼에도 불구하고 우리가 '수신제가치국평천하'의 논리에 집착하는 이유는 무엇일까요? 제가 생각하기에 그것은 유교문화에 뿌리 깊게 남아 있는 '이야기 거부'와 관련이 있지 않나 합니다. 앞서 이야기한 생물학적 관계와 사회적 관계를 일치시키려는 욕망이 바탕에 있는 거지요. 즉 조희연 후보의 가족과 고승덕 후보 가족의 두드러진 대립은 생물학적 부모와 사회적 부모가 일치하는 가족(한국 사회가 원하는 가장 바람직한 가족)과 그렇지 못

한 가족의 모습으로, 다른 말로 로맨스(이야기)가 부재하는 가족과
그렇지 못한 가족의 모습이 아닐까 합니다.

자식 농사만 놓고 보았을 때, 조희연 후보도 고승덕 후보도 성
공했다고 볼 수 있습니다. 이는 고승덕 후보에게 비판적인 사람들
도 인정하는 사실이지요(물론 그런 인정이 선거용처럼도 보이지만
요). 다만 고승덕 후보의 딸의 경우 아버지 역할을 친아버지가 아
닌 다른 누군가(외가가 친가보다 훨씬 막강한 가문이었다는 점을
고려하시기 바랍니다)가 했다는 차이점이 있을 뿐이죠. 그럼에도
불구하고 고승덕 후보 딸의 폭로에 의해 선거가 뒤집혔다는 것은
이야기에 대한 이중적인 태도와 관련이 있지 않나 합니다.

우리 모두에게는 이야기를 소비하려는 욕망이 존재합니다. 현실
에서 스캔들만큼 그것을 충족시켜 주는 것도 없고요. 고승덕 후보
의 딸이 이번 선거의 주인공이었던 이유는 그가 생부를 비난하는
'윤리적 결단'(모 여성평론가의 입장입니다)을 통해 흥미로운 이야
기(가족 로맨스)의 소스를 제공했기 때문입니다. 언론은 이를 가지
고 갖가지 이야기들을 만들어 냈고, 사람들은 그것을 입맛대로 재
가공하여 소비했습니다. 이에 비해 조희연 후보 아들들이 행한 아
버지 옹호에는 그런 이야기의 발생이 원천적으로 차단되어 있지
요.

그런데 우리에게는 이야기와 현실을 구분하려는 욕망 또한 존재
합니다. 그것은 뭐랄까 이야기 소비에 대한 죄책감과 관련이 있습
니다. 특히 스캔들 소비란 기본적으로 타인의 사생활에 대한 관음
증과 직결되기 때문에 더욱 그러하다 하겠습니다. 따라서 그런 자

신의 모습을 인지했을 때의 거부반응은 공적 판단에서 윤리적 태도로 나타나는데, 이는 그들이 특별히 윤리적이기 때문이라기보다는 자신이 즐긴(소비한) 것을 멀리하기 위해서라고 할 수 있습니다. 자신의 배설물이 주변에 있는 것만큼 불편한 것도 없기 때문이지요.

따라서 공적 무대에 서기를 원하는 사람(즉 정치인)이 '이야기'를 혐오하는 것도 무리는 아닙니다. 전통적으로 한국의 엘리트나 관료가 문학(이야기)에 관심이 없었던 것도 그 때문인지 모릅니다. 그리고 그런 태도를 뒷받침하는 것이 '수신제가치국평천하'에 대한 집착이고요. 주자에 의해 사서의 하나로 정리된 『대학』의 이 구절이 조선왕조 500년을 뒷받침한 정치적 윤리적 이념으로 유효했던 것도 이와 무관하지 않을 것입니다.

근대화 과정에서 대부분이 전근대적 유산으로서 부정되고 망각되었지만, 유독 이것만큼만은 지금까지도 막강한 영향력을 발휘하고 있는 것은 어떤 의미에서 조선사회와 크게 달라진 바 없는 출셋길로서의 관료제와 관계가 있지 않나 합니다. 그런 의미에서 우리는 '수신제가치국평천하'를 욕망의 설계도로 볼 수도 있습니다. 보통 이것은 수신→제가→치국→평천하라는 연쇄 관계로 읽히는데, 이는 수신하기 전에는 제가하지 말고 제가하기 전에는 치국하지 말라는 식으로 상대방을 비난하기 위해 사용되기도 하지만, 수신한 후, 제가하고, 치국하고 평천하하라는 처세법으로 볼 수도 있습니다. 그런데 이런 단계적 인식에 이야기의 자리는 존재하지 않지요.

그렇다면 제가에 실패한 사람에게 공적 임무를 맡겨도 되는 것일까요? 상식적으로는 아니라고 말해야 할 것입니다. 하지만 자식에 근거한 아비 평가를 일반화하기로 한다면, 우리는 루소나 맑스에게서 어떤 교훈을 얻으려는 생각을 포기해야 합니다. 교육학의 고전『에밀』의 저자인 루소는 자식 두 명을 모두 고아원에 보냈고, 『자본론』의 저자 맑스의 딸 세 명 중 둘은 자살했으며 하녀에게서 난 사생아 아들은 자신의 아버지가 누군지도 모르고 죽었습니다.

따라서 마음 같아서는 교육자의 사생활을 조사하여 이혼을 한 사람이나 자식들과 좋지 못한 관계를 맺고 있는 사람들을 교육계에서 추방하는 편이 좋을지도 모르겠습니다. '제가'를 하지 못한 사람이 제대로 된 교육을 할 리가 만무하기 때문입니다. 하지만 이런 것은 모두 말도 안 되는 이야기이지요. 사실 자식농사를 잘 지은 이로 따지자면, 박정희만 한 사람도 없습니다. 그의 딸만큼 아버지를 존경하는 이도 찾기 힘듭니다. 아버지의 불명예(쿠데타에 의한 집권)를 상쇄시키기 위해 합법적인 과정을 통해 대통령이 되었기 때문입니다.

그에 비하면 박정희의 라이벌이었던 장준하는 소위 나쁜 아버지의 대표격입니다. 사정이야 어찌 됐든 그는 자식과 가족에 충분한 관심을 기울이지 못했기 때문입니다. 친일 행각을 벌인 안준생의 아버지 안중근도 마찬가지이지요. 그는 '제가'는 물론 '치국'까지 건너뛰고 평천하를 하러 나선 인물이니까요. 한국인이 전적으로 숭배하는 세종대황도 제가에 실패했지요. 조카(문종)를 죽이는 삼촌(수양대군)을 낳았으니까요.

사실 오늘날 '수신제가치국평천하'라는 이념을 곧이곧대로 받아들이는 사람은 드뭅니다. 즉 실천적 이념으로서 생각하는 사람은 드뭅니다. 그럼에도 불구하고 여전히 살아 있는 것은 누군가를 비판할 때 이것만큼 타격감이 좋은 무기도 없기 때문입니다. 아니 스캔들(남의 가족 로맨스)에 대한 관음증을 은폐하는 데에 이보다 유용한 도구도 없기 때문일지 모릅니다.

그런데 유교문화는 우리가 생각하는 것보다 훨씬 깊이가 있습니다. 『명심보감』 존례편에는 다음과 같은 구절이 있지요.

> 아버지는 자식의 덕을 말하지 않으며, 자식은 아버지의 허물을 이야기하지 않는다. •

조희연 후보의 경우, 자식 덕을 본 케이스인데, 설사 그 시작이 자식들의 자발적인 행동이었다고 하더라도, 이후 그가 보인 행보••는 그것(자식의 덕)을 이용하고 있다는 의심을 지울 수 없습니다. 그리고 고승덕 후보 딸의 폭로는 '윤리적인 결단'으로 받아들여져 많은 지지를 얻었습니다. 저는 선거라는 것이 정말 무섭다는 생각이 들었습니다. 당선되기 위해서, 자신이 지지하는 이의 당선을 위해 보인 놀라울 정도로 유연한 해석들을 보니 말입니다.

• 父不言子之德, 子不談父之過.
•• 6월 2일자 《조선일보》 1면 하단광고와 《중앙일보》 전면광고.

『논어』에는 흥미로운 이야기가 하나 등장합니다.

　　섭공이 공자에게 "우리 마을에 정직한 자가 있는데, 아버지가
양을 훔치자 그것을 증언했습니다." 그러자 공자가 말했다. "우리
마을의 정직한 자는 그렇지 않다. 아버지는 자식을 위해 숨겨 주
고 자식은 아버지를 위해서 숨겨 주니 정직이란 그 가운데에 있
다." •

'수신제가치국평천하'에서 치국은 제가의 확장으로 설정되어 있
습니다. 하지만 위 공자의 논리에 따르면, 가족은 사회(나라)와 대
립하게 됩니다. 단계적 포함관계가 아니라는 것이지요. 국가(법)보
다 앞서고 결코 국가에 흡수되지 않는 가족이 존재하는 셈입니다.
그런데 그처럼 가족적 정직을 강조한다면, 사회적 정직, 즉 정의는
어떻게 되는 것일까요? 이를 가족이기주의로 비난해도 될까요? 아
니 어떻게 보면, '제가→치국'이라는 단계적 이념에야말로 가족이
기주의가 깃들어 있는 것은 아닐까요?
　　앞서 '수신제가치국평천하'가 지배이념인 사회에서는 이야기가
발전하기 힘들다고 말했습니다만, 거꾸로는 어떨까요? 저는 『구형
의 황야』에 이에 대한 답이 들어 있지 않나 하는 생각이 듭니다. 사

• 葉公 語孔子曰 吾黨 有直躬者 其父攘羊 而子證之 孔子曰 吾黨之直者 異於是 父爲子隱 子爲父隱 直在
其中. 『子路編』.

실 이 이야기를 하기 위해 지금까지 이런저런 이야기를 주절거렸
습니다. 그러나 끝까지 들으시면, 제가 왜 그런 이야기를 했는지
조금은 이해해 주시리라 믿습니다. 그럼 이제 본론으로 들어가 보
지요.

3. 아버지와 딸의 이야기 : 『구형의 황야』와 『방황하는 칼날』

『구형의 황야』는 한 대중소설잡지(《올 요미모노オ−ル讀物》)에 1960
년 1월에서 이듬해인 12월까지 연재되었다가 1962년 단행본으로
출간된 장편 소설로, 무려 여덟 번이나 드라마화된 작품입니다.[*]
흥미로운 것은 드라마화의 간격입니다. 나열해 보면 1962년, 1963
년, 1969년, 1978년, 1981년, 1992년, 2010년, 2014년. 1960년대
에 연이어(62년, 63년) 드라마화된 바 있고, 최근에도 2010년에 이
어 다시 4년 만에 드라마화되었습니다. 드라마화나 영화화에서 우
선적으로 고려되는 것은 같은 원작을 사용한 드라마나 영화와의
시간적 간격이 아닐까 합니다. 이전 드라마(영화)에 대한 기억이
남아 있을 때, 새로운 배우나 연출로 만든 드라마가 성공할 리 만
무하기 때문입니다.

---

[*] 1975년에 한 번 영화화되기도 했습니다.

그럼에도 불구하고 드라마화된 지 얼마 되지 않은 작품이 다시 드라마화되는 것을 볼 때, 이를 연출자의 무모함으로 보아야 할지 패기로 보아야 할지 망설이게 됩니다. 하지만 이렇게 자꾸, 그리고 짧은 간격으로 영상화될 수 있다는 것은 원작 자체가 반복되는 각색의 폭력을 견딜 만한 힘을 가지고 있다는 뜻은 아닐까요? 그렇다면 그 힘이 도대체 어디에서 오는지 궁금하다 하겠습니다. 그런데 답은 의외로 간단합니다. 가족 로맨스이기 때문이지요. 그것도 '아버지와 딸'의 이야기입니다!

여담이지만 한국에는 아버지와 아들, 어머니와 아들, 그리고 어머니와 딸의 이야기는 많아도 소위 아버지와 딸의 이야기는 매우 드뭅니다. 왜 그런지 자세히 논할 시간이 없기에 여기서는 고종석의 다음과 같은 트윗으로 대신할까 합니다.

아들자식에게 미움받는 아비가 되긴 쉽지만, 딸자식에게 미움받는 아비가 되긴 정말 어렵다. 고승덕, 큰일을 이뤄낸 사람이다. •

그렇다고 해서 『구형의 황야』가 가족 드라마라는 이야기는 아닙니다. 엄연히 미스터리이지요. 하지만 그럼에도 불구하고 저는 아

• 고종석 5월 31일자 트윗 중에서. 고승덕 딸의 생부에 대한 디스(diss)는 그가 미국인이었기 때문에 가능했다 하겠습니다.

직도 이 소설의 마지막 장면(제가 아는 한 최고의 라스트신입니다)을 눈물 없이 읽지 못합니다. 아, 생각만 해도 눈물이 나는군요. 이는 아마 딸을 가진 남자들만이 느끼는 감정은 아닐 것입니다. 그러고 보니 아버지와 딸이 핵심 축을 이루는 미스터리로 『방황하는 칼날』이 떠오르는군요. 얼마 전 일본에 이어 국내에서 영화화된 것 같더군요.

저 역시 히가시노 게이고의 애독자이긴 하지만 솔직히 이 작품만큼은 공감이 가지 않았습니다. 아버지의 분노는 충분히 이해가 되면서도 딸을 기껏해야 아버지의 분노를 촉발시키는 원인 정도로밖에 설정하지 않은 것이 못내 거슬렸기 때문입니다. 물론 이 소설은 아버지와 딸의 이야기라기보다는 딸을 잃은 아버지의 복수와 그에 대한 공감에 포커스가 맞추어진 작품이며, 그런 의미에서 국내에서 다시 영화화될 만큼 충분히 보편적이라 할 수 있지만, 그런 설정 자체가 가진 선정성만큼은 아무래도 불편했습니다.

4. 역사적 가정 1 : "일본이 늦게 항복을 했다면……"

방금 저는 『방황하는 칼날』의 이야기가 보편적이라고 말했습니다만, 이에 비하면 『구형의 황야』는 그렇지 못하다고 말해야 할지 모르겠습니다. 다시 말해, 이 소설을 한국에서 영화화하는 것은 불가능에 가깝습니다. 그 이유는 이 소설의 핵이 일본의 근현대사에 깊이 뿌리 박혀 있기 때문입니다. 소위 '종전공작終戰工作'이라는 것이 바로 그것입니다. '종전終戰'이라는 표현은 '전전戰前'이라는 표현 과 마찬가지로 (일본에서는 흔히 사용되지만) 우리에게는 다소 낯 선 용어입니다.

한국에서는 보통 '전전'을 '일제 말기'로 '종전'을 '해방'으로 부르 지요. 그렇다면 이 차이는 어디에서 오는 것일까요? 그것은 전쟁 을 수행하는 주체(국가)의 유무와 관련이 있지 않나 합니다. 이는 한반도에서 몇 차례 전쟁이 일어났음에도 불구하고, 수행 주체가 항상 일본이었던 탓에 그것을 '전쟁'으로 인식하는 데에 미치지 못 했다는 의미이기도 합니다. 우리가 '종전'이라고 했을 때, 일반적으 로 한참 후인 '한국전쟁의 종결'을 떠올리는 것도 그 때문입니다.

그렇다면 이 작품의 배경으로 자주 지적되는 '종전공작'이 구체 적으로 어떤 것을 말하는지 조금 이야기해 보기로 하겠습니다. '종 전공작'이란 말 그대로 전쟁을 끝내기 위한 공작을 말합니다. 전쟁 이란 시작보다는 끝이 중요하다 하겠는데, 제2차 세계대전의 경우 는 특히나 그러했습니다. 개전開戰이 우발적으로 일어나지 않는 것 처럼(설사 그렇게 보이더라도) 종전 역시 이해 당사자들 간의 복잡 한 셈이 정리되지 않고는 끝나지 않는 법입니다. 즉 종전은 전쟁에 관련된 이들의 물밑 계산이 끝났을 때야 비로소 이루어지는 것이 라 하겠습니다.

클레우제비츠는 "전쟁은 정치의 연장이다"라고 말했는데, 여기 서 말하는 정치의 연장으로서의 전쟁이란 개전이라기보다는 종전 을 가리키는 게 아닐까 합니다. 왜냐하면 어떤 의미에서 정치야말 로 전쟁의 연장이기 때문입니다. 종전만큼 정치성이 첨예하게 부각되는 시기도 없으니까요. 어떻게 종전을 맺는가에 따라 이후 평화기(전쟁보다 더 긴 시기)가 규정되고 결정되죠. 즉 그것은 한편으로 평화의 초석이 되기도 하고 다른 한편으로 또 다른 전쟁의 씨앗이 되기도 합니다. *

사실 해방 이후 한국현대사의 비극은 종전 과정에 우리가 참여할 수 없었다는 데에 있지 않나 합니다. 이 때문에 일본이 조금만 더 늦게 항복했더라면 하고 안타까워하는 사람이 많습니다. 이런 분들 중 상당수는 한반도 진공작전을 염두에 두고 있습니다. 여기서 소위 '한반도 진공작전'이란 OSS에 의해 3개월간 특수 훈련을 받은 약 110여 명 ** 의 광복군이 정보 수집과 후방 교란을 위해 한반도에 침투하려고 한 작전을 가리킵니다. 이와 관련된 이야기는 장준하의 『돌베개』나 김준엽의 『장정』 같은 수기에 자세히 기록되어 있으니 관심 있는 분들은 참조하시기 바랍니다.

그런데 이 작전이 이루어지기 전, 원래 D데이는 8월 29일이었는데, 분위기가 심상치 않자 20일로 앞당겼습니다만, 그럼에도 불구하고 일본이 그보다 빨리 항복을 하고 만 것입니다. 김구 선생이 일본의 항복 소식을 듣고 기뻐하는 대신 한탄을 한 것도 바로 이 작전 때문이었다고 합니다. 임시정부와 광복군이 종전에 어떤 역할을 한 모습을 보여 주어야 해방 정국에서 나름 말발을 세울 수

---

* 주지하다시피 제2차 세계대전의 씨앗은 제1차 세계대전의 종전기에 이미 뿌려졌습니다.
** 제2지대에서 구십여 명이 제3지대에서 스물두 명이 선발되었습니다.

있었을 텐데, 그렇게 하지 못한 상태에서 모든 것이 끝났기 때문입니다. 하지만 냉정히 판단하건대 수십에서 백여 명이 침투한다고 해서 당시 정세에 반향을 일으킬 만한 역할을 했을 리 만무합니다.

여기서 잠깐 2008년 미국립문서기록보관소(NARA)가 공개한 무려 75만 쪽에 달하는 OSS 관련 비밀문서를 살펴보기로 하지요. 이 기록에는 어니스트 헤밍웨이의 아들 존 헤밍웨이나 영화배우 스털링 하이든 등이 OSS요원이었다는 흥미로운 부분도 들어 있지만, 우리의 관심을 끄는 것은 그보다 태평양 전쟁 때 활동한 재미 한국인 OSS요원입니다. 이들은 한인 2세대들로 대부분 미국 시민권자이자 기독교도였고 상당수가 이승만의 추천을 받았습니다. 한반도 진공작전의 경우 광복군이 미군과 합작을 하는 형태였다면, 이들은 정식 OSS요원으로서 통역은 물론 감청과 같은 첩보 수집활동을 했습니다.

종전 후 이들이 해방 공간에서 이승만을 지원하는 세력 중 하나가 됩니다. 그 이후 과정은 뭐 여러분들이 아시는 대로입니다. 똑같이 개인 자격으로 귀국했지만, 미군정의 힘을 등에 업은 이승만이 정국의 주도권을 잡게 됩니다. 미국 눈에 김구의 임시정부와 광복군은 중국의 장개석군에 배속된 단체 이상으로 비치지 않았던 것입니다. 그래서 가정법을 쓰는 것인지도 모르겠습니다. 일본이 조금만 더 늦게 항복을 했다면……

역사에서 가정은 무의미하다고 합니다. 하지만 그럼에도 불구하고 자꾸 가정을 하는 것은 어떤 안타까움 때문이 아닐까 합니다. 시간을 되돌릴 수 있다면, 사랑하는 사람이 살았을지도 모르고, 분단이 되지 않았을지도 모르고, 서로가 서로에게 총부리를 겨누지 않아도 됐을지 모릅니다. 그런데 저는 바로 그런 의미에서 "일본이 항복을 늦게 했더라면"이라는 가정을 진정으로 의미 있게 여기는 이들과는 거리를 두고 싶습니다.

왜냐하면 당시에는 수십만의 조선인들이 징병, 징용, 학병, 위안부 등의 형태로 전장에 끌려가 언제 죽어도 이상하지 않는 처지에 놓였습니다. 만약 그들의 주장대로 전쟁이 늦게 끝났다면, 특정 세력이 해방공간에서 주도권을 잡는 데에 유리했을지 모르지만, 그만큼 더 많은 이들이 희생되었을 것이 분명합니다. 즉 '일본이 항복을 늦게 했더라면'이라는 가정은 윤리적인 것과 거리가 먼 매우 정치적인 입장이라 하지 않을 수 없습니다. 전쟁은 하루라도 빨리 끝나야 했고, 이와 관련해서는 어떤 가정도 무의미합니다.

5. 역사적 가정 2 : "일본이 빨리 항복을 했다면……"

『구형의 황야』에도 매우 주목할 만한 가정이 존재합니다. 그런데 그것은 우리의 그것과는 반대로 "일본이 조금만 더 일찍 항복을 했더라면"이라는 가정입니다. 광복군 OSS훈련소가 설치되고 22명의 적격자가 이 훈련소에 입소한 것은 1945년 6월입니다. 그런데 이때는 이미 독일마저 항복한 뒤입니다(5월 8일). 다시 말해, 당시 연합군에 대항하여 끝까지 버티고 있는 추축국은 일본뿐이었습니다. 도저히 이길 수 없는 싸움이었지요. 버티면 버틸수록 피해만

걷잡을 수 없이 커지는.

통제가 불가능할 정도로 넓어진 전선에서는 본국의 물적, 인적 지원을 거의 받지 못한 채 승산 없는 싸움을 하고 있었고, 미군은 도쿄를 중심으로 200여 개의 도시에 폭탄을 쏟아부어 이로 인한 사상자만 80만 명에 달했습니다. 그리고 결국 8월 6일 히로시마에, 8월 9일 나가사키에 원자폭탄이 투하됩니다. 그래서 그런 가정을 하는 것 같습니다. 만약 "일본이 조금만 더 일찍 항복을 했었더라면……". 많이도 아니고 8월 5일에만 항복했더라면, 인류 역사상 원자폭탄이 실전에서 사용되는 일은 막을 수 있었을 것입니다.

그러나 이런 가정의 안타까움은 비단 일본만의 것이 아닙니다. 우리에게도 똑같이 해당됩니다. 최소한 히로시마에 원자폭탄이 떨어진 8월 6일에라도 항복을 했다면, 소련은 일본에 대한 선전포고를 할 시기를 놓쳤을 것이고, 만약 그랬다면 소련은 한반도에 진출할 명분을 찾지 못해 3.8선도 한국전쟁이라는 동족상잔의 비극도, 지금까지 이어지고 있는 남북분단도 없었을지 모릅니다. 그런 의미에서 우리로서도 의미 있는 가정이란 일본의 '늦은 항복'이라기보다는 '이른 항복'이어야 하지 않나 하는 생각을 잠시 해 봅니다.

그렇다면, 일본은 왜 늦게 항복을 했을까요? 좀 더 일찍 할 수는 없었을까요? 그런데 이후 밝혀진 사실이지만, 일본 정부 안팎에서

• 이탈리아는 1943년 9월 8일에 항복했습니다.

전쟁을 마무리하기 위한 시도가 전혀 없었던 것은 아닙니다. 일단 정부 내에서는 일본이 그나마 유리한 시기에 정치적 이득을 최대화하면서 전쟁을 끝내자는 의견이 있었지만, 도조東條내각과 군부에 의해 탄압을 당했고 이 과정에서 나가노 세이고中野正剛* 등은 자결에까지 이릅니다. 하지만 도조내각이 붕괴된 이후에도 사정은 나아지지 않았습니다. 전쟁이 장기화되면, 소련의 점령에 의해 일본이 적화될지 모른다고 주장한 「고노에近衛 상주문上奏文」이 작성되기도 하지만, 쇼와 천황은 이를 각하했고 관련자들이 군부에 의해 체포되었습니다.

도조내각 이후에 성립한 고이소小磯** 내각은 한편으로는 본토결전을 주장하면서 다른 한편으로는 장개석을 통한 평화교섭을 진행합니다. 하지만 당시 예비역이었던 고이소의 입지는 그리 확고하지 못했던 것 같습니다. 천황과 군부의 신뢰를 이끌어 내지 못한 그는 결국 물러나게 됩니다(1945년 4월 7일). 이후 스즈키鈴木내각이 들어서고 외무상 도고 시게노리*** 가 일소중립조약을 맺은 소련을 중개 삼아 평화 교섭을 시도하지만 소련의 예매한 입장(소련

• 나가노 세이고는 조선인에게 참정권을 주어 자치를 하도록 해야 한다는 전향적 주장을 한 인물로, 그 때문인지 적잖은 조선 청년들이 그를 추종하기도 했습니다. 그러던 터라 그의 자결은 그를 따르던 조선 청년들을 공황에 빠지게 만듭니다. 참고로 이병주의 장편 소설 『관부연락선』에는 이와 관련된 에피소드가 등장하지요.

•• 총리 고이소 구니아키(小磯國昭)는 1942년에서 1944년까지 조선총독을 역임한 자로 조선에 학도지원병제도와 징병제를 실시한 인물입니다. 별명은 '조선의 호랑이'였는데, 패전 후 A급 전범으로 체포되어 구치소에 수감중 식도암으로 죽습니다.

은 이미 1945년 2월 얄타회담에서 독일의 항복으로부터 3개월 이
내에 대일 선전포고를 하기로 합의를 한 상태였습니다)에 별다른
진전을 보지 못합니다.

사정이 이러하니 다른 채널로 소련을 중재 삼아 종전 교섭을 하
려고 했던 해군대신 요나이 미쓰마사*內光政의 노력 역시 성과가 있
을 리 없었습니다. •••• 여기서 흥미로운 점은 당시 일본이 왜 미국
이 아닌 소련을 교섭 대상으로 삼았는가 하는 것입니다. 역사가들
은 당시 일본이 종전교섭을 미국과 직접 했다면, 훨씬 나은 쪽으로
마무리되었을 거라고 평가합니다. 물론 일본의 입장에서 미국은
자신들과 총부리를 겨누고 있는 전쟁 당사자였고, 소련은 불가침
조약을 맺은 국가라 심리적인 부담이 덜했을 테지만(소련의 경우

••• 도고 시게노리(東鄕茂德)는 책임감이 강한 평화주의자이자 합리주의자였지만, 불운하게도 역사
의 격랑에 휘말린 인물로 평가받습니다. 패전 후 A급 전범으로 20년 금고형을 받고 구치소에서 수감
중 1950년에 죽습니다. 참고로 그는 임진왜란 때 끌려간 도공 박평의 후손으로 한국 이름은 박무덕
이었습니다.

•••• 일본의 육군과 해군은 그 뿌리가 서로 달라 전세에 대한 서로 다른 인식으로 시종 대립했습니
다(육군은 프로이센 육군의 영향을, 해군은 영국 해군의 영향을 받았습니다. 이는 다음 책에 자세합
니다. 吉田俊雄, 「日本陸海軍の生涯」, 文春文庫, 2001). 이는 시바 료타로의 대표작 「언덕 위의 구
름」만 봐도 쉽게 확인할 수 있습니다. 예컨대 해군은 태평양 전쟁의 개전에 회의적인 입장을 취했습
니다. 물론 일단 결정된 후에는 적극적이 되지만 말입니다.

일본 해군의 종전공작은 비교적 널리 알려져 있습니다. 사실 「구형의 황야」의 노가미 겐이치로도 해
군 쪽과 가까운 것으로 설정되어 있습니다(하권 234~235쪽 참조). 하지만 무엇을 위한 종전공작이었
는가라는 점에서 보면, 역사적으로 마냥 긍정적으로만 평가하기 힘든 부분이 있습니다. 왜냐하면 그
들의 목표는 국민 보호라기보다는 '국체호지(國體護持)'에 있었고, 이는 패전이 불가피한 상황에서 육
군 주전파로부터 주도권을 빼앗아 전후 권력의 핵심을 쥐려는 장기적 전략에서 나온 정치적 판단으로
볼 수도 있기 때문입니다(纐纈厚, 「日本海軍の終戰工作」, 中央公論社, 1996 참조). 실제 패전 후 그
들은 천황의 무죄를 주장하면서 모든 전쟁 책임을 육군에 전가하는 데에 급급했습니다.

그런 조약 따위는 이미 안중에도 없었습니다만), 지금 와서 생각하면, 오판 중의 오판이라 하지 않을 수 없습니다.

6. 세상에서 가장 슬픈 여행

그런데 여기서 우리는 "일본과 미국 쪽의 종전협약은 전혀 없었던 것일까?" 하는 질문을 던져볼 수 있는데 『구형의 황야』의 배경은 바로 이것과 관련이 있습니다. 전쟁이 끝나고 약 16년 후 한 초로의 노인이 프랑스인 부인과 함께 일본을 방문합니다. 일본인처럼 보이지만 일본 국적이 아닌 이 노인은 엄청난 사건을 겪은 사람들이 흔히 그러하듯 나이에 비해 훨씬 늙어 보입니다. 자, 그는 왜 일본에 온 것일까요? 겉보기에는 그저 관광 목적인 것처럼 보입니다만…….

앞서 언급한 것처럼 이 소설이 연재되기 시작한 것은 1960년이고 단행본으로 출간된 것이 1962년인데, 내용상으로도 대충 60년대 초반을 배경으로 하고 있다 하겠습니다. 1960년대 초반은 50년대 후반부터 시작된 고도성장이 궤도에 오른 시기로 1964년 도쿄 올림픽으로 그 절정을 맞이하게 됩니다.

21세기에 들어서자 일본에서는 지난 20세기를 정리하는 여러 가지 조사들이 발표되었는데, 그때 20세기 후반 일본 경제사에서 가장 큰 전환점으로 뽑힌 것이 바로 이케다 하야토池田勇人 내각이 1960년부터 밀어붙인 국민소득배증계획이었습니다. '전후는 끝났다'는 경제백서도 이미 나왔고, 사람들도 자신이 살고 있는 나라가 불과 10여 년 전만 해도 전쟁으로 폐허가 되었던 곳이었다는 사실을 잊어가고 있었습니다.

그런데 바로 그때 한 노인이 '마지막이 될' 일본 여행을 시작합니다. 흥미로운 것은 그가 전후 일본의 발전을 볼 수 있는 도회지보다는 관광객의 발길마저도 적은 나라奈良의 오래된 절을 찾아다닌다는 점입니다. 『구형의 황야』의 주무대는 나라와 교토, 그리고 옛 무사시노의 흔적이 남아 있는 주택가로, 사찰과 풍경에 대한 묘사가 많은 부분을 차지하고 있는데, 사실 세이초의 작품군에서 이처럼 배경 묘사에 공을 들인 작품도 찾기 힘듭니다. 『구형의 황야』가 그토록 묘사에 집착한 것은 아마 마지막으로 조국을 둘러보는 노인의 시선이 화자의 시선을 빌어 과장 없이 담담히 표현되고 있기 때문이 아닌가 합니다.

자신이 태어나고 자란 나라를 다시는 볼 수 없다는 것, 그것이 의미하는 것이 무엇인지 저로서는 잘 짐작이 가지 않습니다. 하지만 만약 그의 입장에 서게 된다면, 아주 작은 것 하나 놓치고 않고 기억에 담으려고 노력할 것이고, 그 어딘가에 나만의 흔적도 남기고 싶을 것입니다. 풍광에 대한 것도 이러한데, 그 대상이 단 하나밖에 없는 딸이라면 어떨까요? 이번이 딸과 만날 수 있는 마지막 기회라면 여러분들은 과연 어떻게 하시겠습니까?

다른 것은 몰라도 아마 세상에서 가장 슬픈 여행이 되지 않을까 합니다. 그렇다면 그는 왜 이번을 마지막으로 조국을 완전히 떠날 수밖에 없는 것일까요? 도대체 어떤 기구한 사연이 있기에 천륜이라는 부모와 자식이 영원히 헤어져야 하는 것일까요? 『구형의 황야』는 오로지 물음을 향해 달려갑니다.

하권에 계속

커피 브레이크

by 북스피어 편집자 김홍민

　몇 해 전, 기타큐슈의 작은 도시 고쿠라에 위치한 '마쓰모토 세이초 기념관'에 들른 적이 있다. 지하 1층, 지상 2층 규모로 만들어진 이곳에서 가장 인상적이었던 것은, 기념관 한가운데 턱 하니 자리 잡고 있는 이층집이었다. 작가로 전업한 이후 하루 종일 틀어박혀 글만 썼던 세이초가 생전에 기거하던 집이다. 원래는 도쿄 하마다야마에 있었는데 기념관이 지어질 때 일부는 옮겨 놓고 나머지는 복원했다고 한다.

　통유리로 막아 놓아서 내부에 들어갈 순 없지만 밖에서도 집필실의 정경이 잘 보인다. 참조용 도서와 사전들, 박스 안에 어지러이 담겨 있는 자료들, 둘둘 말아서 세워 놓은 지도들, 바닥 융단 여기저기를 수놓은 담뱃불 자국, 그리고 삐딱하게 돌아가 있는 커다란 의자. 그의 문학적 세례를 받은 작가 미야베 미유키가 "잠깐 자리를 비우신 것 같아요. 금방이라도 들어오실 것 같"다고 묘사했던 모습 그대로다. 현관 오른쪽에는 편집자가 찾아와 상의를 하거나 원고를 기다리던 응접실이 있다. 그는 워낙 많은 원고를 동시다발적으로 썼고 마감을 밥 먹듯 어겼기 때문에 응접실은 항상 그의 원고를 받아 가기 위해 잡지사와 출판사에서 온 편집자들로 북적댔다고 한다.

그곳을 보며 잠시 상상해 보았다. A문예지 편집자가 배달이 지체되어 퉁퉁 불어 터진 짜장면 같은 모습으로 초조하게 담배를 피우고 있다. 한 시간쯤 지나자 B잡지 편집자가 내일모레 지구가 멸망한다는 소리를 들은 것 같은 얼굴로 들어온다. 서로 악수를 하며 안부를 물은 그들은 마주 앉아 잠시 세상 돌아가는 이야기를 한다. 그러다가 목소리를 낮춰, "세이초 선생님에게는 완전히 질렸다니까, 이번에도 원고를 안 주시면 회사에서 난리가 날 텐데"라며 한숨을 쉰다. 그러자 상대방도 "나는 오늘로 한 달째 회사 대신 이곳으로 출근하고 있어"라며 진저리를 친다. 하지만 두 사람 다 결국은 허탕을 친 채 빈손으로 회사에 돌아가 편집장에게 싫은 소리를 듣지 않았을까.

그런 생각을 하니 어쩐지 마음이 좋지 않다. 나 역시 편집자 신분으로 청탁한 원고가 마감일이 지나도 소식이 없으면 속이 타들어간다. 출간 일정을 잡아 놓은 원고가 늦어지면 생명이 단축되는 기분마저 느낀다. 그런 필자들은 일 년 정도 마쓰모토 세이초 같은 작가의 전담 편집자로 만들어 고통을 받게 해 주고 싶다. 참고로 이 앞에 있는 조영일 선생의 해설 원고는 정말, 마감을 상당히 어긴 후에 들어왔다. 하지만 내용이 훌륭하니까 참겠다.

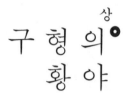

구형의^상
황야

초판 1쇄 발행 2014년 7월 18일

지은이　　마쓰모토 세이초
옮긴이　　김소연

　　　　발행편집인　　김홍민 · 최내현
　　　　책임편집　　안현아
　　　　편집　　유온누리
　　　　마케팅　　홍용준
　　　　표지디자인　　이혜경디자인
　　　　용지　　한신피앤엘
　　　　출력　　한국커뮤니케이션(CTP)
　　　　인쇄 제본　　현문

펴낸곳　　도서출판 북스피어
출판등록　　2005년 6월 18일 제105-90-91700호
주소　　(121-130) 서울특별시 마포구 방울내로 11길 43 101-902
전화　　02) 518-0427
팩스　　02) 701-0428
홈페이지　　www.booksfear.com
전자우편　　editor@booksfear.com

　　　　ISBN 978-89-98791-20-9 (04830)
　　　　ISBN 978-89-98791-19-3 (세트)

　　　　책값은 뒤표지에 있습니다.
　　　　파본은 구입하신 곳에서 교환해 드립니다